Karlheinz Lappler

Rivalen

Einfluss, Geld und Macht im 15. Jahrhundert

Wer ist der richtige Papst?

Papst
Gregor XII.
(Angelo Correr)
1406 – 1415

Papst
Johannes XXIII.
(Baldassare Cosa)
1410 – 1415

Wer hat die Herrschaft in Florenz?

Cosimo de' Medici
Il Vecchio
1389 – 1464

Rinaldo
degli Albizzi
1370 - 1442

Wer ist der reichste Mann in Florenz?

Palla Strozzi
1372 – 1462

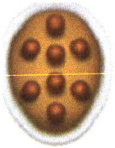

Cosimo de' Medici
Il Vecchio
1389 – 1464

Wer bestimmt in der Medici-Niederlassung in Brügge?

Tommaso
Portinari
1428 – 1501
Bankier in der
Medici-Bank

Agnolo di Jacopo
Tani
1415 – 1492
Bankier in der
Medici-Bank

Der blutige Krieg der Rosen

Henry VI.
(Lancaster)
1421 – 1471
König von
England

Edward IV. (York)
1442 – 1483
König von England

2

Handelsstreit in der Nordsee

 Edward IV.
König von Eng-
land

 Hansestadt Danzig

Familie Medici gegen Familie Pazzi

 Lorenzo di Piero
de' Medici
Il Magnifico
1449 – 1492

 Francesco di Jacopo
de' Pazzi
1444 – 1478

Feindschaften entstehen

 Papst Sixtus IV.
(Francesco della
Rovere),
1414 – 1484

 Die Stadtrepublik
Florenz

Wird aus Burgund ein Königreich?

 Ludwig XI.
König von
Frankreich
1423 – 1483

 Karl der Kühne
Herzog von Burgund
und Luxemburg
1433 – 1477

Streit im Burgundischen Erbfolgekrieg

 Maximilian I.
1459 – 1519
röm.-dt. König

 Die Stadt Brügge
in Flandern

3

Herstellung und Verlag:
BoD – Books on Demand, Norderstedt
ISBN: 978-3-7504-3719-7

Hamburg, 21.03.2012

»Meine Damen und Herren, ich habe heute alle Ressortleiter zusammengerufen, um einen neuen Themenzweig anzustoßen. Wie wir alle wissen, sind die Entscheidungen und Ergebnisse der Geschichte von mehr oder weniger bekannten Personen abhängig. Damals wie heute sind es immer wieder Männer, aber auch Frauen, die durch ihr Handeln über Krieg und Frieden, Fortschritt oder Vernichtung entscheiden. Es ist mir ein Bedürfnis, die Vergangenheit verständlich, umfassend und hintergründig, aber auch emotional packend darzustellen. Ich stelle mir ein monothematisch konzipiertes Heft vor, in dem eine Epoche oder ein bedeutsamer Abschnitt der Geschichte in ihrem historischen, politischen und kulturellen Zusammenhang beschrieben wird.«

Das Vorstandsmitglied der Verlagsgruppe, Gernot von Westenhausen, strich sich über seinen kurzgeschnittenen grauen Schnauzbart und fuhr dann fort:

»Der Vorstand unserer Verlagsgruppe hat beschlossen, zu unseren erfolgreichen Magazinen „Mensch und Natur", „Fortschritt und Technik" ein weiteres Produkt auf den Markt zu bringen, von dem wir erwarten, dass es sich ähnlich erfolgreich einführt wie die anderen. Es soll ein Angebot für unsere Leser mit geschichtlichem Interesse sein.«

Gernot von Westenhausen blickte in die Runde.

»Gibt es noch irgendwelche Fragen?«

Die Teilnehmer schauten erwartungsvoll, ob sich einer vordrängen wollte. Doch keiner wollte sich aus der Deckung wagen und irgendeinen Beitrag oder gar eine Kritik äußeren.

»Dann beauftrage ich Herrn Sven Mittler mit der Übernahme unserer neuen Reihe.«

Er wandte sich dem Genannten zu:

»Sie, Herr Kollege, wählen die geeigneten Leute dafür aus und koordinieren die Recherchen.«

Er blickte in die Runde der Ressortleiterkonferenz.

»Ich danke Ihnen, meine Damen und Herren, für Ihre Mitwirkung.«

Er schaute noch einmal in die Richtung von Sven Mittler.

»Herr Mittler, wir treffen uns morgen um 10.30 Uhr zu einem ersten Vorgespräch und bringen Sie Herrn Böhmler mit.«

Die Besprechung war zu Ende, und die Versammlung löste sich mit leisen Gesprächen in kleinen Gruppen, die sich bis in den Flur hinauszogen, auf.

Hamburg, 22.03.2012

Am folgenden Tag erschien pünktlich wie anberaumt Sven Mittler im Vorstandsbüro. Der Chefredakteur Walter Böhmler hatte sich schon vorher eingefunden. Er stand noch wartend an einem großen Panoramafenster und blickte in die Ferne.

»Guten Morgen, mein Lieber. Habe ich gestern die Runde überrollt oder nur verunsichert? Oder täuscht mich mein Eindruck?«, lachte Gernot von Westenhausen zur Begrüßung.

»Nein, ich denke, es ist immer das Neue, das eine Zeit braucht, bis es akzeptiert wird«, gab Sven Mittler in einer philosophischen Floskel als Antwort.

»Nun gut. Setzen wir uns«, meinte das Mitglied des Vorstands, Gernot von Westenhausen, kurz.

Die drei Männer ließen sich in einer bequemen Sitzgruppe nieder.

Böhmler nahm neben dem Chefredakteur auf einer breiten Besuchercouch Platz. Auf dem Tisch standen Getränke und Gläser, doch Gernot von Westenhausen wollte rasch in das Thema einsteigen und vorankommen und bediente sich nicht. Die Besucher waren gezwungen, diesem Beispiel zu folgen und ohne Getränk die Besprechung durchzustehen.

»Ich habe bei meinem Vorschlag an die längst vergangenen Konstellationen gedacht, wie Napoleon und Wellington, Churchill und Hitler, Kennedy und Chruschtschow usw. Aber ich denke bei unserem neuen Projekt an viel frühere Jahrhunderte. Der Vorstand hat meine Idee einstimmig begrüßt und gebilligt. – Was fällt Ihnen zum 15. Jahrhundert ein?«, fragte er, sich unvermittelt an Böhmler wendend.

»Mir fallen sofort Könige, Kaiser, Päpste, Schlachten, Kriege ein«, antwortete Böhmler schnell und ließ sein Wissen aufblitzen.

Der Chefredakteur schmunzelte.

»Ich kann es noch etwas konkreter machen«, sagte Gernot von Westenhausen, der Wortführer.

»Es gab im 15. Jahrhundert sieben deutsche Könige und Kaiser, Rupprecht von der Pfalz, Jobst, beide sind weniger wichtig, dann Sigismund, Albrecht II. auch nicht so wichtig, dann Friedrich III. und sein Sohn Maximilian !.

In dieser Epoche gab es vier französische Könige: Karl VI., Karl VII., Ludwig XI. und Karl VIII.

In England gab es Henry IV und V., Henry VI. und Edward IV., die beiden Rosenkrieger, dann Edward V. und Richard III., dann folgte Henry VII, der erste Tudor.

Nun noch die Päpste jener Zeit: Martin V., Eugen IV., beide hatten jeweils einen Gegenpapst; dann Nikolaus V., Calixtus III., Pius II., Paul II., Sixtus IV., Innozenz III. und Alexander VI., doch der greift schon in das nächste Jahrhundert hinein.

Das habe ich mir alles zusammengeschrieben. Wie Sie sehen, ganz schön viel Personal in einem Jahrhundert. Daher habe ich die wichtigsten auf meinem Merkzettel markiert.«

Er reichte seine Notiz an den Chefredakteur, der sie an Böhmler weitergab.

»Mir wäre aber wichtig, nur einige dieser Herrschaften herauszugreifen, wenn sie für die Geschichte von Bedeutung gewesen sind. Denn ich fokussiere mich auf zwei weniger hochrangige Figuren. Die heißen *Tommaso Portinari* und *Angelo Tani*, den Sie auch *Agnolo* geschieben finden können.«

»Leider habe ich von beiden noch nie etwas gehört«, sagte entschuldigend Böhmler.

»Macht nichts. Muss man auch nicht. Es ist besser, in das Unbekannte der großen Geschichtskiste zu greifen, ohne die geschichtlichen Zusammenhänge im Hintergrund zu vergessen. – Also *Tommaso Portinari* und *Agnolo Tani*, um die beiden geht es im Kern, waren zwei Vertreter der Medici-Bank. Auch ihre Väter arbeiteten schon bei der Medici-Bank. Es waren keine einfachen Angestellten, da sie sich auch mit Einlagen an den jeweiligen Niederlassungen beteiligten. Mit diesen beiden Personen geht es auch um zwei Kunstwerke. Aber da werden Sie sicher im Laufe der Zeit selbst darauf stoßen. Mir ist es wichtig, Geschichte an konkreten Personen, in die sich die Leser hineinversetzen können, zu beschreiben. – Jetzt habe ich noch vier wichtige Vertreter dieser Bank vergessen: Giovanni, Cosimo, Piero und Lorenzo de' Medici. Daneben gab es noch weniger Wichtige aus dieser Familie.«

Gernot von Westenhausen merkte, dass er sich in die Thematik hineingesteigert hatte und bremste seinen Erzähldrang.

»Von Frauen habe ich überhaupt noch nicht gesprochen, die wirken leider nur sporadisch in der Geschichte oder die Geschichtsschreiber haben das nicht für so wichtig erachtet. Es waren damals andere Zeiten, jedenfalls keine guten für die Frauen. Doch die wirkten oft im Hintergrund. Also viel Arbeit, wie Sie sehen, um zu sichten und auszuwählen. – Aber ich will Sie jetzt nicht weiter von Ihrer Arbeit, die auf Sie wartet, abhalten. Eines noch: Der Vorstand besteht auf die Veröffentlichung der ersten Ausgabe des Magazins zum frühen Herbst. Also dann an die Arbeit!«

Er stand sprunghaft auf. Auch die beiden Besucher erhoben sich sofort. Die Besprechung war zu Ende und Gernot von Westenhausen verabschiedete die beiden Besucher, die sich anschließend in das Büro von Chefredakteur Walter Böhmler begaben.

Das Redaktionsbüro lag im 8. Stock. Durch die großen Fenster konnte der Chefredakteur Walter Böhmler, ohne sich von seinem Schreibtisch erheben zu müssen, die Hafenanlagen, die ein- und ausfahrenden Schiffe, die Schlepperboote, ja den gesamten Schiffsverkehr beobachten. Sein Blick reichte bis zu den Werftanlagen mit den grauen stählernen Gerippen der großen Kräne.

Im Büro angekommen übernahm Böhmler die Gesprächsführung.

»Also, mein Lieber, nun haben Sie miterlebt, wie Arbeit verteilt wird und ehe man sich versieht, hat man ein neues Aufgabengebiet am Hals.« Er lachte etwas gequält zu seiner Bemerkung.

»Ich finde es nicht so schlimm ein neues Aufgabengebiet zu eröffnen. Lassen Sie uns loslegen. Die Uhr tickt schon«, lenkte sein Gesprächspartner ein.

»Ich rate Ihnen, schicken Sie ein paar Leute los, die Ihnen zuarbeiten. Mitunter ist ein Informant vor Ort sehr nützlich. Eine Bitte noch! Es wurde mir von oben geraten eine junge Kunsthistorikerin in diese Aktion einzubinden. Wie gesagt, es geht auch um Kunst. Sie ist schon einbestellt.« Er sah auf seine Armbanduhr. »Sie wird in einer halben Stunde da sein.«

Dem Ruf der Wechselsprechanlage folgend, ließ er ein trockenes „Soll reinkommen!" folgen. Es war Dietmar Fischer, ein langjähriger Auslandsreporter, groß gewachsen, sonnengebräunt, im Alter von Anfang fünfzig.

»Endlich seh' ich Sie wieder einmal, mein lieber Dietmar. Nehmen Sie Platz! Wo waren Sie denn die ganze Zeit?«

»Ich war für drei Wochen jenseits des großen Teichs. In Cleveland gab es einige Verzögerungen, aber ich habe meine Recherche bereits abgeliefert. Wie ich höre, gibt es neue Aufgaben für mich.«

»Ja, die gibt es, wie Sie sich das denken können. Es ist eine schöne Reise nach Italien, um gleich medias in res zu gehen.«

»Das freut mich. Nicht immer diese USA-Aufträge. Worum geht es denn?«

»Bevor ich Ihnen das verrate, brauchen wir noch eine weitere Person.«

»Wozu? Das können Sie mir auch gleich verraten.«

»Langsam, mein Lieber. Sie sind ein guter Reporter, aber Sie sind nicht in allen Themen gleich gut zu Hause!«

»Wer ist das schon?«, gab Fischer zurück.

»Eben, deshalb gibt es eine weitere Person«, setzte Böhmler dazu.

»Ich brauche dazu noch genauere Auskünfte, um sagen zu können, wen ich für Italien brauchen könnte.«

»Das ist bereits geregelt«, sagte Böhmler mit Deutlichkeit.

Der Redakteur drückte den Knopf der Sprechanlage und sagte:

»Frau Petersen, schicken Sie bitte Frau Weiland herein!«

Es dauerte keine drei Sekunden und an der Bürotür war ein Klopfen zu hören. Nachdem kaum vernehmbaren „Herein" des Redakteurs, trat eine junge Frau, keine dreißig Jahre alt, in das Büro und blieb neben der Türe abwartend stehen.

»Kommen Sie näher, Frau Weiland«, sagte der Chefredakteur.

Fischer runzelte überrascht die Stirn, denn er war es gewohnt, alleine zu arbeiten. Und jetzt stand da ein „Mädchen".

Die junge Frau machte einige beherzte Schritte auf den Schreibtisch des Redakteurs zu und blieb neben dem sitzenden Besucher stehen, den sie interessiert anblickte.

»Darf ich Sie bekannt machen? Dietmar, das ist Frau Ines Weiland, Ihre Begleiterin nach Italien. Frau Weiland, das ist einer unser fähigsten Reporter, einsetzbar in der ganzen Welt.«

»Ich verstehe immer noch nicht ganz«, sagte Dietmar Fischer und blickte zu der jungen Frau verwundert hoch.

»Klar«, sagte der Redakteur, »ich erklär's gleich. Also, Dietmar, passen Sie auf! Die junge Frau, Ihre Begleiterin auf dieser Reise, ist eine junge Kunsthistorikerin, aber schon eine Fachkraft für Altniederländische Malerei.«

»Aha. Es geht also um Bilder.«

»Gleich um mehrere«, bemerkte erstaunt der Reporter, der die Mehrzahl herausgehört hatte.

»Ja, es geht konkret um zwei Bilder«, ergänzte Böhmler. »Und um zwei weniger bekannte Personen. Aber das steht alles in diesem Handout«, sagte Böhmler und reichte dem Reporter einen Umschlag.

»Ihre Abreise, Fahrkarten und Hotelbuchung, regeln Sie bitte mit Frau Petersen. Inhaltlich wird Sie Frau Weiland auf die richtige Fährte setzen. Ich verlass mich auf Ihre Fähigkeiten, wie immer.«

Auch für die junge Kunsthistorikerin hielt er einen Umschlag bereit. Er verabschiedete das ungleiche Paar und wünschte eine „gute Reise".

Hamburg, 26.3.2012

Sie trafen sich im Appartement von Dietmar Fischer.

»Es ist gut, uns vor unserer Florenz-Reise zu besprechen. Es gibt einiges zu besprechen«, begann Frau Weiland das Treffen.

»Ich habe auch einige Bücher besorgt, damit wir nicht ganz unvorbereitet in das Thema hineinstolpern. Wenn Böhmler so auf zwei Außenseiter hinweist, dann werden wir so leicht nicht viel darüber finden. Aber machen wir es uns zuerst einmal gemütlich«, schlug Fischer vor.

Sie nahmen in der Couchecke Platz, dort wo er schon einige Bücher auf das Tischchen vor ihnen platziert hatte.

»Womit fangen wir an?«

»Erst einmal mit einem Getränk«, lachte Fischer. »Was möchten Sie denn gerne?«

»Einen Tee, bitte, wenn es Ihnen keine zu großen Umstände macht.« Ines Weiland hatte schon die Bücher in ihren Blick genommen.

Fischer erhob sich wieder und verschwand in die Küche.

»Ich sehe, hier liegen einige Bücher über die Zeit der Hochblüte der Medici, von 1400 – 1500.«

»Ja, ich denke wir können daraus schon die ersten Informationen entnehmen, da beide ‚Typen', um die es Böhmler geht, bei den Medici beschäftigt waren.«

»Gut, erforschen wir zuerst, was wir von den Lebensläufen der beiden herausfinden können.«

Jeder griff sich einen bereits bereitliegenden Notizblock, begann in den Büchern zu blättern und notierte sich nebenher einiges.

Es vergingen nahezu zwei Stunden. Etwas erschöpft klappte einer nach dem anderen die Bücher zu und legten sie auf den Stapel.

»Eine immense Arbeit, ein fast unübersichtliches Feld«, stöhnte Fischer. »Wie können wir vorgehen? Greifen wir uns zuerst die Personen heraus, die Böhmler markiert hat oder gehen wir das Jahrhundert chronologisch durch?«

»Ich denke wir sollten zweigleisig fahren und die Personen in einer Zeitleiste erfassen«, meinte die Kunsthistorikerin.

»Gut, dann beginnen wir chronologisch mit den zentralen Personen: *Portinari* und *Tani*,« sagte Fischer entschlossen.

»Können wir wenigstens eine vorläufige Übersicht wagen?«, traute sich die junge Frau das Gespräch zu eröffnen.

»Also, was wissen wir bereits von *Tani* und seiner Arbeit?«, stieg Fischer in das Thema ein.

»Er war in Brügge und in London tätig«, antwortete die junge Frau.

»Bisher habe ich nur Folgendes herausgefunden: *Agnolo Tani* wurde 1415, ein Jahr vor Piero de' Medici, für den und dessen Nachfolgern er in späteren Jahren bis zu seinem Lebensende tätig war, geboren. Sein Vater, Jacopo di Tommaso Tani, dessen Name in einer Mitarbeiterliste von 1402 der Medici-Bank in Rom notiert ist, war dort unter Ilarione di Lippaccio de' Bardi schon in gehobener Stellung tätig.

Agnolo Tani, war anfangs Angestellter und später Minderheitsgesellschafter der Medici-Bank bzw. einer ihrer Niederlassungen. Als *tavoliero* wechselte er Geld der unterschiedlichsten Herkunft und Ausprägungen im Bereich des Palazzo Medici. Er arbeitete ab 1440 unter Giovanni d'Adoardo Portinari in Venedig. In den Augen der Bankherren in Florenz machte er einen gediegenen und erfolgreichen Eindruck. Vielmehr noch, *Tani* stand stets loyal und zuverlässig zu ihnen.«

»Welche Geschäfte betrieben die Medici?«, wollte Ines Weiland wissen.

»Die Medici waren nicht nur Geldwechsler, sondern sie betrieben auch Produktionsbetriebe zur Tuch- und Seidenherstellung sowie im Bergwerksgeschäft und später noch in der Goldschlägerei.«

»Und was trieb die Medici nach Brügge?«, fuhr Ines fort.

»Durch den Wollhandel waren Flandern und England wirtschaftlich sehr verbunden. Zu Beginn des 15. Jahrhunderts war die Medici-Bank durch Repräsentanten dort mit Kaufleuten aus Lucca und Mailand vertreten. Nachdem die „maggiori", die Chefs in Florenz, mit den Vertretern ihrer Interessen unzufrieden geworden waren, beschlossen sie 1436 einen vertrauenswürdigen und fähigen eigenen Vertreter nach Brügge zu schicken, Bernardo Portinari, der Sohn von Giovanni d'Adoardo.«

»Und dieser Bernardo eröffnete in London ein Zweigbüro, mit dem er *Agnolo Tani* betraute, den er gut kannte, da sie beide Seite an Seite in der Faktorei in Venedig tätig gewesen waren.«

»Doch diese Besetzung war nicht zufriedenstellend. Da *Tani* weder Englisch noch Französisch sprach, kam er nicht recht vorwärts, und als in Florenz beschlossen wurde, die London-Bank von der Brügge-Bank zu trennen, wurde ihm ein anderer vorgezogen, Gerozzo de' Pigli. Mit ihm wurde ein Vierjahresvertrag abgeschlossen. *Tani* sollte mit einer höheren Gewinnquote beruhigt und abgespeist werden. Ihm wurde ein Zehntel des Nettogewinns zugestanden. Die *maggiori* reduzierten dann ihren Gewinn von vier Fünftel auf sieben Zehntel.

Von 1446 bis 1450 arbeitete *Agnolo Tani* als Assistent von Gerozzo de' Pigli. Dann wurde ein Tausch vollzogen, *Tani* wurde nach Brügge beordert und Simone d'Antonio Nori wechselte nach London. *Tani* blieb bis 1468 in Brügge, er war jetzt dort zum Direktor aufgestiegen.«

Fischer fügte hinzu:

»Als Tani geboren wurde, herrschte ein großes Durcheinander in der Kirche, es gab zeitweise drei Päpste gleichzeitig. So bemühte man sich, das seit 1378 andauernde Große Abendländische Schisma in einem Konzil zu beenden. Das Konzil wurde auf Betreiben des römisch-deutschen Königs Sigismund von Gegenpapst Johannes XXIII. einberufen und dauerte von vom 5. November 1414 bis 22. April 1418. Merkwürdigerweise kam nur Johannes XXIII. als einziger Papst selbst nach Konstanz. Die Gegenspieler, der in Rom residierende Papst Gregor XII. hatte das Konzil nicht anerkannt, aber vor seiner Wahl zum Papst einen Eid geschworen, nötigenfalls zurückzutreten, wenn dies zur Beendigung des Schismas dienlich sei. Papst Benedikt XIII. in Avignon weigerte sich dagegen abzudanken und floh nach Spanien. Hauptziele des Konzils waren die Wiederherstellung der Einheit der Kirche, notwendige Reformen innerkirchlicher Zustände durchführen, die Klärung von Fragen der kirchlichen Verkündigung und der Sakramentslehre.

Am 22. April 1418 beendete Papst Martin V. das Konzil von Konstanz, das auch beschloss, sich in zehn Jahren wieder zu versammeln. Die wenigsten Beschlüsse wurden aufgrund der unterschiedlichen nationalen Interessen in diesem Zeitraum umgesetzt. Ein negativer Höhepunkt war, dass, obwohl König Sigismund ihm freies Geleit zugesagt hatte, Jan Hus 1415 verhaftet und als Ketzer verbrannt wurde.«

»Eine unruhige Zeit in die *Agnolo Tani* hineingeboren wurde.«

»Die Menschen waren jedoch nicht so vernetzt wie heute, so dass sie erst nach einiger Zeit von den Informationen oder gar Ergebnissen und Folgen der Geschehnisse erreicht wurden«, schloss Fischer seine Ausführungen.

Florenz, 29.03.2012

Die Fahrt nach Italien mit einer Zwischenübernachtung in München beanspruchte zwei Reisetage. Die Redaktion hatte keine Flugreise bewilligt. Die beiden Journalisten hatten genügend Zeit, sich über ihr bevorstehendes Programm zu unterhalten. Die Abfahrt von München am späten Vormittag ließ den Tag ohne Hektik angehen. Die Ankunft in Florenz nach einer 8-stündigen Reise kurz vor 20 Uhr war gerade passend für das Abendessen, zu dem sich die Reisenden nach dem Check-in im Hotel verabreden konnten.

Die beiden Einzelzimmer, die sie in einem kleineren Hotel in einer Nebenstraße der toskanischen Hauptstadt, jedoch zentral gelegen, bezogen, waren winzig wie die meisten, die in

Italien der mittleren Preisklasse angeboten wurden. Man hielt sich dort nicht gerne lange auf. In der Hotellobby, wo sie sich wieder trafen, ließen sie ihren Unmut über die Unterbringung aus, die ja von Hamburg aus organisiert worden war.

»Verständlich, dass die Italiener lieber auf der Straße oder auf den zahlreichen Plätzen lebten, da auch ihre Wohnungen in den Städten ebenfalls relativ klein waren«, beschrieb Fischer die italienischen Verhältnisse.

»Ein paar Tage werden wir es schon aushalten. Wir sind ja nicht zu unserem Vergnügen hier«, meinte seine Begleiterin, die nicht so sehr an der Unterkunft herummäkelte.

Der nächste Tag war ihr erster Arbeitstag vor Ort. Sie begannen ihn schon sehr früh, die Stadt erwachte erst langsam.

»Wir kümmern uns erst einmal um die Spuren der Familie Portinari. Es gibt beispielsweise eine Straße, einen Palast und eine Kirche, bzw. ein Hospital, das von einem Portinari gegründet wurde. Dem gehen wir jetzt nach«, sagte Fischer, als sich die beiden Deutschen aufmachten, um ihre ersten Erkundigungen einzuziehen.

Die Via Folco Portinari, die über die Via dell' Oriuolo vom Domplatz aus, erreicht wird, führt geradewegs auf die Piazza Santa Maria Nuova zu, an der das gleichnamige Ospedale und die dazugehörige Kirche Sant' Egidio liegen. Der schöne Platz war jetzt mit einigen Einsatzfahrzeugen des Krankenhauses belegt. Betonabsperrungen und Ketten halten unberechtigte Fahrzeuge fern. Die siebzehn Bögen der Fassade, je drei an den kurzen Seiten und elf an der langen Seite begrenzen den Platz. Im einzigen Obergeschoss wechseln sich Rundbögen und Dreiecksformen über den Fenstern ab.

»Die Portinari müssen schon Geld gehabt haben, um so eine Stiftung machen zu können«, meinte Ines mit Erstaunen.

»Sie taten das auch für ihr Ansehen in der Stadt und um ihr Seelenheil im Jenseits zu sichern«, erklärte Fischer.

Florenz, 30.03.2012

Die Uffizien öffneten pünktlich um 8:15 Uhr. Das Aufsichtspersonal, das gerade erst seine Positionen bezogen hatte, schaute überrascht und argwöhnisch dem Paar nach, das zwar nicht im Laufschritt, aber doch zügig ausschreitend die ersten Säle durcheilten. Einige taten sogar einen Schritt nach vorne, um das Ziel, welches das auffällige Paar wohl ins Auge gefasst hatte, auszumachen. Im Saal 10, der erst durch die Zusammenlegung von fünf Räumen in seiner jetzigen Fläche entstanden war, und der Botticelli-Raum genannt wird, da er mit einer Vielzahl von Botticelli bestückt ist, stießen die eiligen Besucher auf ihr Ziel: den *Portinari-Altar.* Ein flämisches Werk, das mit seiner Größe Weite und Abstand braucht.

»Im alten Reiseführer von meinem Vater war der Flügelaltar in einem viel kleineren Raum, im Raum 24, untergebracht,«

sagte Fischer. »Ich bin froh deswegen, nicht zwei Drittel der riesigen Sammlung durcheilen zu müssen,« fügte er noch an.

Die wenigen Besucher, die schon eingetroffen waren, hatten nur Augen für Botticellis *Geburt der Venus* und *La Primavera*, eine Allegorie des Frühlings.

Aber sie standen nun vor dem eindrucksvollen Werk, aus Brügge. Weiland las aus ihrem Führer vor. Die Seite hatte sie schon vorgemerkt, indem sie ihren Daumen an der betreffenden Stelle hineingesteckt hatte:

»Inventar-Nummer 3191, 3192 und 3193, das Mittelteil 253 zu 304 cm, die Flügel 253 zu 141 cm, um 1476, Hugo van der Goes«.

»Hugo van der Goes war also der Maler, kein Italiener, wie ich gedacht habe«, sagte Fischer.

»Richtig. Er stammt aus Gent in Flandern. Sein genaues Geburtsdatum ist unbekannt. Er wurde im Mai 1467 als Meister in die „Malergilde Lucas" aufgenommen. Von 1474 bis zum 15. August 1476 war er sogar Dekan der Gilde. 1482 verstarb Hugo van der Goes.«

Aufgrund der Höhe des Bildes traten beide Betrachter drei Meter vom Bild zurück. Sie spürten die wachsamen Augen der Aufseher in ihrem Rücken, die sich dann wieder gegenseitig verwundert anschauten. Der Abstand reichte ihnen noch nicht, denn sie mussten die sechs Meter Breite des Bildes immer noch in einem Schwenk erfassen.

»Die Figuren weisen eine beachtliche Größe auf und lassen wohl einen Hang zur Monumentalität des Malers erkennen«, bemerkte Fischer.

»Die Staffelung der Figuren in die Tiefe ist eine der wegweisenden Fortentwicklung nicht nur der flämischen Malerei. „Die Kunst hat seinesgleichen nicht mehr."«, zitierte Ines Weiland die Inschrift auf seinem Grabstein, von dem sie eine Abbildung in einem kleinen Büchlein über den Künstler fand

»Das darf einen nicht verwundern«, sagte Fischer, obwohl ihm der Schritt im Bildnerischen, wie ihn die Flamen getan hatten, nicht gleich verständlich war.

»Setzen wir uns hier hin«, sagte er zu seiner Begleiterin und deutete auf eine Bank in der Raummitte.

»Zuerst besticht schon mal die Größe, zwei mal drei Meter für die Mitteltafel. Wie viele Bretter hat es da gebraucht? Es sind doch Bretter, keine Leinwand, oder?«, vermutete Fischer.

»Richtig. Zu dieser Zeit malte man noch nicht auf Leinwand, sondern auf Holz. Für eine nicht ganz vergleichbare Größe wie der „Columba-Altar" in München misst, wurden auf einer Gesamtbreite, die beiden Flügel mitgerechnet, vierzehn Bretter benötigt«, erklärte Ines.

»Das ist ja gewaltig viel. Wo ist denn dieser Altar?«

»Jetzt ist er in München in der Alten Pinakothek. Er ist von Rogier van der Weyden, von 1455. Ursprünglich war er für einen Anbau einer Kapelle in der Kirche St. Kolumba in Köln gestiftet worden.«

»Verstehe. Es war die Zeit in der nahezu alle Bilder auf eine Holzgrundlage gemalt wurden«.

Fischer versuchte, sich die Arbeitsweise der damaligen Zeit. vorzustellen.

»Ja, die Paneelen der Bildträger wurden vorbereitet und dann zusammengefügt. Oft wurden sie wieder zerlegt und am Ort, der dafür vorgesehen war, wieder zusammengestellt.«

»Wahrscheinlich so auch bei unserem Portinari-Altar.«

»Ja, die Aufstellung in der St. Jacobs-Kirche in Brügge war einfacher als an seinem vorletzten Ort in San Egidio, der Kirche des Hospitals von Santa Maria Nuova in Florenz. Die Großherzöge der Toskana veranlassten dann, ihn im 16. Jahrhundert mit anderen Werken in die Uffizien zu bringen, die von einem Verwaltungsgebäude zu einem Museum umgewidmet worden waren. Jetzt sitzen wir also davor.«

Ines Weiland war in ihrem Element. Es ist ihr spezielles Fachgebiet.

»Die Mitteltafel zeigt die Anbetung Jesu durch Maria, Josef und eine Gruppe von drei Hirten. Jesus liegt in einem Strahlenkranz nackt auf dem Boden. Im Vordergrund liegt ein Büschel Getreide, eine Anspielung auf die Eucharistie (Brot des Lebens) und eine auf die Bedeutung der Geburtsstadt Betlehem, was Haus des Brotes bedeutet. Zwei Vasen, eine aus Keramik, eine aus Glas, bilden ein kleines Stillleben mit Bezügen zu Eucharistie und Passion. Weizen, Weinblätter und Trauben weisen auf das letzte Abendmahl hin. Die weiße Iris symbolisiert die Reinheit, die orangefarbenen Lilien versinnbildlichen die Passion, die roten Nelken zeigen die blutigen Nägel des Kreuzes Christi. Purpurne Irisblüten und Stängel der gemeinen Akelei stehen für die Demut Mariens und die sieben Sorgen der Jungfrau Maria. In der Gesamtheit der Geburt Christi nehmen die Symbole die folgende Erlösung, die durch seinen Tod erreicht wird, auf.

Der ausgezogene Schuh des Josef ist eine alttestamentliche Anspielung, zu finden im zweiten Buch Mose, Abschnitt drei, Zeile fünf, wo dem Moses vor dem brennenden Dornbusch befohlen wird: „Zieh deine Schuhe aus, denn du stehst auf heiligem Boden".

Über das ganze Bild ist eine Reihe von Engeln verteilt, bekleidet mit feinen Brokatstoffen. Im Hintergrund sind der Besuch von Maria bei Elisabeth und die Verkündigung an die Hirten durch einen Engel dargestellt.

Im linken Flügelbild finden wir den Stifter *Tommaso Portinari* kniend mit zwei seiner Söhne, Antonio und Pigello, die sehr klein dargestellt sind, dahinter der Apostel Thomas, der Namenspatron des Stifters, mit seinem Attribut der Lanze und der Hl. Antonius der Große mit einer Glocke, einen Buchbeutel aus Leder und einen T-förmigen Stock, an dem ein Rosenkranz hängt. Weit im felsigen Hintergrund ist der beschwerliche Weg der Hl. Familie nach Bethlehem zu sehen. Josef stützt Maria beim Gehen, der Esel folgt den beiden.

Auf dem rechten Flügel ist Portinaris Frau, Maria di Francesco Baroncelli mit ihrer Tochter Margarita zu sehen, die auch sehr klein gemalt worden ist. Sie trägt ein dunkelviolettes Kleid mit einem breiten Saum, der am Boden weit ausgebreitet ist. Sie kniet auf einem schwarzen Kissen. Ihre Burgundische Haube, Henin genannt, aus schwarzem Samt, deren Schleier weit hinabreicht, trägt die Initialen M und T, für Maria und Tommaso. Kunsthistoriker haben diese Buchstaben auch mit „Maria Tommasis" interpretiert.

Als Namenspatroninnen stehen dahinter Maria Magdalena im hellen Kleid und schwarzen Mantel mit einem Salbgefäß sowie Margareta von Antiochien im roten Mantel mit einem Buch und stehend auf dem Drachenkopf. Im Hintergrund ist das Herannahen der Weisen aus dem Morgenland abgebildet. Sie nähern sich in einer hügeligen Landschaft mit fast kahlen Bäumen. Die Drei Heiligen Könige mit ihrem Gefolge im Hintergrund haben einen Boten vorausgeschickt, der einen Hirten nach dem Weg fragt.

Wenn die beiden Altarflügel geschlossen sind, sehen wir auf diesen Rückseiten eine geteilte Verkündigungsszene in Grisaille-Malerei, links Maria, über deren Haupt die Taube des Heiligen Geistes schwebt und rechts den Erzengel Gabriel, den Überbringer der Nachricht.

Die riesigen Figuren, die täuschend Steinskulpturen ähneln, sind scheinbar in ihre strengen, gewölbten Nischen eingelassen und in dicke, fließende Gewänder gehüllt. Der gesamte Trompe-l'oeil-Effekt war in der Renaissance-Kunst in Florenz etwas völlig Unbekanntes.

Das Portinari-Altarbild ist wegen der revolutionären Züge eines der bedeutendsten Renaissance-Gemälde. Der Realismus, zu sehen vor allem in den Gesichtern der Hirten, ist eine scharfsichtige und zugleich poetische Beobachtung der menschlichen Gestalten und der Natur. Als das Bild nach Florenz kam und der Maler Domenico di Tommaso Curradi di Doffo Bigordi, besser bekannt unter dem Namen Ghirlandaio, es bewundern konnte, übernahm er die Gruppe der Hirten für sein Bild „Anbetung der Hirten" , entstanden im Jahre 1485, in der Capella Sassetti in Santa Trinita, eine der ältesten Kirchen der Stadt. Mit der Monumentalität in der Ausführung, der Schaffung großer Raumtiefe und der feinen, farblichen Schattierung in der Malweise war die flämische Malerei wegweisend für die italienischen Maler, die noch den akribischen Naturalismus zu imitieren versuchten.«

»Das sind aber eine Menge an Informationen, mit denen Sie mich überschütten. Jetzt bin ich richtig froh, eine Fachfrau dabei zu haben«, stöhnte Fischer halb im Spaß.

»Den Maler und die Absicht, die dahinter standen, werden wir wohl später noch analysieren müssen. Und auch was das Schicksal des Bildes betrifft.«

Die beiden Deutschen durchstreiften rasch die anschließenden Räume der gewaltigen Bildergalerie und setzten sich in das Café des Museums.

»Wer war nun dieser *Portinari* und dieser *Tani*? Der Böhmler hat ja nur Andeutungen gemacht.«

»Ich habe mir zwischenzeitlich weitere Literatur beschafft. Was ich über *Tani* gefunden habe ist nicht viel. Er war dreizehn Jahre älter als *Portinari* und arbeitete in der Medici-Bank als *banchiero* oder *tavoliero*. Er war nahezu gleichaltrig wie Piero de' Medici, den man Il Gottoso, den Gichtigen, nannte. Vermutlich litt er nicht an der Gicht, sondern an einer schmerzhaften Form der Arthritis und überlebte seinen Vater, Cosimo de' Medici, nur um fünf Jahre.«

»Und was ist mit dem *Portinari*?«

»Das ist eine etwas längere Geschichte, da die Mitglieder der Portinari Familie schon länger in wichtigen Positionen in Florenz tätig waren. Sie waren Mitglieder der Arte dei Mercatanti oder di Calimala, einer politisch und wirtschaftlich mächtigen Gilde, der Zunft der Stoffimporteure und -veredler. Zu den berühmtesten florentinischen Familien, die der Vereinigung von Calimala angehören, gehören die Albizzi, die Pazzi und die Strozzi. Von denen wird noch die Rede sein.«

»Tommaso Portinari stammte also aus einer alten florentinischen Familie, und sie hatten wichtige Ämter in der Stadt inne«, vermutete Fischer.

»Ja. Sie wohnten im Stadtteil Porto San Piero. Vermutlich kommt der Name von dem Begriff „portinarius", eine Verwalterfunktion auf dem Schloss eines adeligen Herrn. Der Aufstieg zu einer angesehenen Handelsfamilie ist nicht mehr nachzuverfolgen. Jedenfalls war ein Vorfahre, Folco Portinari, so begütert und gehörte dem Großkaufmannsstand von Florenz an, dass er eine bedeutende Stiftung machen konnte. Er gründete das heute noch existente Hospital Santa Maria Nuova und ließ es reich ausstatten. Auch eines der Familienmitglieder wurde zu der hohen Geldstrafe von 1.000 Goldflorin verurteilt. Er musste daher über ein beträchtliches Vermögen verfügt haben«, führte Ines aus.

»In Brügge ist ein Andrea Portinari bei der Bank der Bardi, einer bedeutenden Bank im 14. Jahrhundert, welche die kirchlichen Zehntgelder aus Frankreich und England verwaltete, nachzuweisen. Doch im Jahre 1345 kam es zum vollständigen Zusammenbruch der Bardi-Bank zusammen mit den Acciajuoli und Peruzzi. Die enge Verbindung mit den Genannten riss auch die Familie der Portinari in eine Krise. Später näherten sich die Portinari den Medici an. So war Giovanni d'Adoardo Portinari für die Medici-Bank in Venedig von 1416 bis 1435 tätig.«

»Da haben Sie ja schon eine ganze Menge über diesen Portinari herausgeholt. Eine interessante Familie von Händlern und Bankern. Die Portinari waren auch in Mailand für die Medici tätig«, stellte Ines fest.

»Ja. Die Medici unterstützten Francesco Sforza bei der Übernahme der Macht in Mailand. Es kam zu einem Geschenk an Cosimo de' Medici. Es war ein prächtiger Palast. Dort leitete Pigello di Folco Portinari, der älteste Sohn von Folco d'Averardo Portinari, ab 1453 die Geschäfte. Ihm folgte der mittlere der drei Brüder, Accerrito, von 1468 bis 1478. Bernardo di Giovanni Portinari war Faktor in Venedig 1435 und später Leiter der Niederlassung in Brügge von 1439 bis 1448.«

»Übrigens, wenn Sie noch Erinnerung aus der Schulzeit an italienischer Literatur haben: Folco di Ricovero Portinari, war

der Vater von Dantes Beatrice in der Divina Commedia«,
merkte Ines noch an.

Florenz, 20. Februar 1429

Machiavelli berichtet die Worte, die Giovanni di Bicci de' Medici kurz vor seinem Tod an seine Söhne richtete:

„Ich glaube, die Zeit, welche Gott mir bei meiner Geburt bestimmte, ist abgelaufen. Ich sterbe zufrieden, denn ich lasse
euch reich, gesund und angesehen zurück, so dass ihr, wenn
ihr in meine Fußtapfen tretet, in Florenz geehrt und von jedem
gerne gesehen leben könnt. Denn nichts beruhigt mich so
sehr bei meinem Tode, als der Gedanke, dass ich nie irgend-
jemand beleidigt, im Gegenteil, so viel an mir lag, jedem Wohltaten erzeigt habe. Euch ermahne ich, ein gleiches zu tun.
Wollt ihr in Sicherheit leben, so nehmet an der Regierung so
vielen Anteil, als Gesetze und Menschen euch zugestehen:
auf solche Weise werdet ihr dem Neide wie den Gefahren
entgehen. Denn was der Mensch sich nimmt, erregt Hass,
nicht was ihm gegeben wird: immer werdet ihr solche sehn,
welche das ihrige einbüßen, weil sie nach fremdem Gut be-
gehren, und die, bevor sie verlieren, in anhaltender Beängsti-
gung leben. Durch solche Kunst habe ich unter so vielen Gegnern, inmitten solcher Misshelligkeiten mein Ansehen in dieser
Stadt nicht bloß bewahrt, sondern gemehrt. So werdet ihr tun,
folgt ihr meinem Beispiele: handelt ihr anders, so bedenkt,

dass der Erfolg nicht glücklicher sein wird, als er bei denen war, die zu meiner Zeit sich selbst und ihre Familien zugrunde gerichtet haben."

»Das ist ein aufschlussreiches Zeugnis über das Denken und Handeln eines der ersten erfolgreichen Medici«, sagte Fischer.

»Wir müssen noch weitere Hintergründe erforschen. Ich habe gelesen, dass es Dokumente gibt, die in ihrer Vollständigkeit erst seit einigen Jahrzehnten vorliegen, von denen frühere Forscher noch nichts wussten. Es sind Briefe und Aufzeichnungen von Kontrakten von Giovanni di Bicci de' Medici bis zu seinem Urenkel Lorenzo.«

Florenz, 28. Mai 1431

Vor einer halben Stunde hatte Folco d'Averardo Portinari, der Manager der *tavola* in Florenz seit 1420, im Alter von 45 Jahren die Augen für immer geschlossen. Seine Familie hatte sich am Lager des Toten versammelt. Vor dem Bett standen die noch sehr jungen Kinder des langjährigen Mitarbeiters der Medici-Bank, der 10-jährige Pigello, der 4-jährige Accerrito und der jüngste, der 3-jährige Tommaso.

Die Kerze, die neben dem Verstorbenen brannte, flackerte in der Zugluft, als sich die Türe öffnete, und ein Mann in den Raum eintrat, der an seiner schlichten, aber vornehmen Kleidung den wohlhabenden Bürger erkennen ließ. Es war Cosimo de' Medici, genannt il Vecchio, der Leiter der Medici-Bank und Dienstherr des Verstorbenen.

Er blieb eine Weile stumm vor dem Lager des Toten stehen. Die Kinder wechselten ihre Blicke einmal zum toten Vater, einmal zu der schwarz gekleideten Gestalt Cosimos.

»Ich werde für die Kinder sorgen«, sagte Cosimo mehr in den Raum hinein als zu den trauernden Anwesenden.

»Nehmt eure Sachen«, sagte er nach einer Weile, den Blick auf die Kinder gerichtet, »und kommt mit.«

Die beiden jüngsten Kinder, die noch verwirrt von dem vorangegangenen Ereignis waren, keineswegs an ihr eigenes Schicksal denkend, blickten fragend die Mutter und den größeren Bruder an. Die Mutter hielt regungslos den Kopf geneigt und schwieg. Der Älteste der Brüder nickte, auch weil die Anweisung Cosimos nahezu befehlshaft klang. Die vier Mädchen, die um die Mutter standen, blieben bei dieser zurück. Noch einmal kurz auf die Szene zurückblickend, folgten die drei Brüder dem Medici.

Cosimo selbst, der Sohn von Giovanni di Bicci und Piccarda de' Bueri, hatte einen Zwillingsbruder namens Damiano, der bald nach der Geburt 1389 starb, so dass er nur zusammen mit seinem Bruder Lorenzo, der sechs Jahre jünger war, an der Spitze der Familie stand. Lorenzo starb jedoch schon 1440 im Alter von 45 Jahren. Der illegitime Carlo, geboren

1428, war noch zu jung und wurde von der „Firma" bewusst ferngehalten.

So wuchsen die drei Portinari-Knaben im Palazzo der Medici auf und wurden bald in die Bankgeschäfte eingewiesen. Alle drei folgten den Fußstapfen ihres Vaters.

Jeder von ihnen war vorgesehen, Zweigstellenleiter der Bank zu werden. Pigello und Accerrito in Mailand und Tommaso in Brügge. Zwei dieser beruflichen Verbindungen sollten zum desaströsen Untergang der Bank beitragen.

Bei den Unternehmungen der Medici muss unterschieden werden zwischen dem Hauptbüro der Medici-Bank und der Wechselstube, der *tavola*. Das erste war eingerichtet im *scrittoio* oder counting room im Palazzo Medici, mit dem General Manager und einer kleinen Zahl von Assistenten und Sekretären in der Via Larga. Das zweite war in der Via Rossa in Kern des Geschäftszentrums gelegen, wenige Schritte vom Mercato nuovo.

Die *tavola* beschränkte sich nicht auf den örtlichen Wechselverkehr, sondern engagierte sich in das Import- und Exportgeschäft.

Der erste Manager der *tavola* ab 1406 war Giuliano di Giovanni di ser Matteo, der am 20. Dezember 1400 in die Medici-Bank eingetreten war. Ihm folgte 1409 Niccolò di Baltassare Buoni. Folco d'Adoardo Portinari war der Leiter der *tavola* von 1420 bis zu seinem Tod. Die Position von Folco wurde durch Lippaccio di Benedetto de' Bardi ersetzt, der Sohn von Giovanni di Biccis erstem Partner.

„Fremde" Kinder in die Familie aufnehmen war in der damaligen Zeit keine Besonderheit. So hatte Cosimo mit einer Sklavin, Maddalena, ein Kind. Es wurde vermutet, dass die tscherkessische Mutter, die später den Namen Maddalena annahm, im Alter von 22 Jahren angeblich von Cosimo de' Medicis Agenten Giovanni Portinari, der von 1353 bis 1436 lebte, am Rialto in Venedig im Sommer 1427 gekauft worden war. Der Junge, der den Namen Carlo erhielt, wuchs zusammen mit den ehelichen Söhnen Piero und Giovanni in seinem Haushalt auf. Dem kleinen, illegitimen Familienmitglied wurde eine kirchliche Laufbahn verordnet, auch um ihn von den Bankgeschäften und vom Erbe fernzuhalten. Letztlich wurde er durch den Einfluss der Medici-Familie Bischof von Prato.

Ein illustres Beispiel zu einem beruflichen und privaten Leben gibt Cosimo de' Medicis Hauptratgeber Giovanni d'Amerigo Benci. Sein Weg hatte in Rom als Bürohelfer mit 15 Jahren begonnen und führte ihn dann im Jahre 1424 über die Stelle eines Hauptbuchhalters und als Vertreter der Medici-Bank nach Genf. Nach dem Catasto-Bericht von 1427 verdiente er 115 Fiorini im Jahr. Er betrieb seine Geschäfte in Genf sehr erfolgreich und wurde daher 1433 für ein zeitweiliges Büro in Basel während des Konzils abgeordnet. Zwei Jahre später wurde er als Assistent Cosimo de' Medicis General-Manager der Tavola in Florenz, die unter der Krise und der Exilierung der Medici stark gelitten hatte. Zusammen mit Antonio di Messer Francesco teilte er sich die Aufgabe von 1435 an zehn Jahre lang, die er dann bis zu seinem Tod 1455 alleine bewältigte. Er war ein effektiver Geschäftsmann mit einem strukturierten und systematischen Sinn.

Vor seiner Heirat um 1448 hatte er einen illegitimen Sohn, Damiano, von einer Sklavin, die Lorenzo Berucci, einem Geschäftspartner, gehörte. Benci heiratete relativ spät 1431, als er sich in Florenz aufhielt und die Tochter Ginevra von Bartolomeo di Verano Petrucci, zur Frau nahm, die sehr viel jünger als ihr Ehemann war. Sie schenkte ihm über die Jahre acht Kinder bis zu ihrem vorzeitigen Tod etwa 1444. Neben dem illegitimen Damiano hatte er noch eine erwachsene Tochter von seiner eigenen Sklavin Maria.

Rouen (Frankreich), 30. Mai 1431

Jeanne d'Arc wird auf dem Scheiterhaufen verbrannt. Sie war von den Burgundern gefangen genommen worden und für 10.000 Franken an die Engländer verkauft worden. Schon vor dem inszenierten Inquisitionsprozess stand ihre Todesstrafe fest.

Florenz, 31.03.2012

Weiland und Fischer saßen in einem Café an der Piazza della Repubblica. Der Cappuccino wurde umgehend nach der Bestellung von einem überheblich auftretenden Kellner serviert. Lieblos schob er das Tablett mit den Tassen über den Tisch und verschwand wortlos. Die deutschen Gäste schauten sich an, zuckten mit den Achseln und taten mechanisch dasselbe. Die Zuckerpäckchen wurden geschüttelt, aufgerissen und sie ließen den Zucker auf den standfesten Milchschaum in der Kaffeetasse rieseln. Langsam versank er dann in der Tiefe. Ein Zeichen, dass der Cappuccino von bester Qualität war. Das Umrühren geschah bedächtig. Doch Fischer konnte seine Frage, die ihn beschäftigte, nicht mehr zurückhalten:

»Wieso hielten die Medici Sklaven?«, fragte er. »Das ist mir neu!«

Es war ihm anzumerken, dass ihn das erregte.

»Nicht nur die Medici. Es wurden Hunderte fremdländischer, entwurzelter Kreaturen nach Italien gebracht und vor allem in den Häfen von Genua und Venedig gehandelt. Nach der furchtbaren Pest, die zwischen 1346 und 1353 in Italien wütete und in Florenz nur ein Fünftel der Bürger überlebte, wurde die Sklavenhaltung erlaubt, denn die Bevölkerung war sehr dezimiert und es fehlten vor allem Arbeitskräfte. Sie fehlten in den Produktionsstätten und in den Haushalten der Wohlhabenden. Daher hatten die Priori der Signoria 1366 beschlossen, den Import von Sklaven zu genehmigen, und zwar unter der Bedingung, dass es keine Christen waren, sondern Ungläubige. Mit den Jahren wurde die Gesellschaft in den letzten beiden Jahrhunderten des Mittelalters schließlich von den Diensten der Sklaven abhängig, so wie früher im antiken Griechenland und in Rom. Die Menschen kamen aus dem Osten, aus Georgien, Tadschikistan und anderen Ländern. Die Venezianer, die im Osthandel aktiv waren, handelten mit allem was käuflich und zu einem guten Preis wieder verkäuflich war. Sie handelten daher auch mit Sklaven. Eine Sklavin kostete 50 Fiorini, etwa so viel wie ein Maulesel.«

»Nicht nur mit Sklaven. Sie waren vor allem auch Händler von Wolle, Textilien und anderen Waren«, meinte Ines.

»Ja, bleiben wir erst einmal beim Geld.« Fischer blieb sachlich.

»OK. Reden wir über Geld. Geld im Mittelalter. Eine ausufernde Geschichte, nicht vergleichbar mit heute«, sagte Ines begeistert.

Fischer fuhr fort:

»Vor unserer Abreise habe ich einen Kollegen aus der Wirtschaftsredaktion getroffen«, sagte Fischer, »der hat mich an einen Bankfachmann in Florenz von der Banca Monte dei Paschi di Siena verwiesen. Zu diesem habe ich schon Kontakt aufgenommen. Wir werden ihn morgen Mittag zum Essen treffen. Der kann uns sicher alles ausführlich über das Geldwesen erzählen«.

»Das wird sicher interessant«, meinte Ines Weiland.

Die beiden Deutschen waren pünktlich. Der italienische Bankier hatte sich auf seine Besucher verlassen und wartete am Eingang des Lokals.

»Bruno Martelli, piacere, sehr erfreut«, begrüßte er Weiland und Fischer.

»Sie sind pünktlich. Eine deutsche Tugend«, sagte er und lächelte.

»Sie sprechen gut deutsch«, stellte Fischer fest.

»Ich habe einige Jahre in Hamburg gearbeitet«, gab der Italiener zurück.

»Das ist für uns ein großes Entgegenkommen. Ich denke, Sie sind informiert, weswegen wir hier sind«, steuerte Fischer auf sein Ziel zu.

»Ja, ich soll Ihnen Auskünfte über die Geldpolitik im Mittelalter geben«.

»Ja, genau. Dann liegen wir richtig. Aber jetzt lassen Sie uns erst einmal etwas essen«, betonte Fischer.

Die Dreiergruppe betrat das Restaurant.

Während der Vorspeise und dem Hauptgericht berichtete Fischer über den Auftrag, der ihnen von der Redaktion erteilt worden war. Nach dem Essen, beim Kaffee, merkte Martelli die gespannte Unruhe der Deutschen.

»Nun, ich glaube, Sie warten jetzt auf meine Informationen, nicht wahr?«, meinte er verschmitzt.

»Ja, wir sind äußerst neugierig«, sagte Fischer.

»Wir können froh sein, heute nur eine Währung, den Euro, zu haben. Im Mittelalter war das ganz anders.

Ich gehe jetzt einmal weit zurück. Ich weiß selbst nicht mehr, welcher der entscheidende Zeitpunkt war, als der Florin eingeführt wurde. Es war jedenfalls um das Jahr 1250. War der Auslöser die Schlacht von Montaperti oder die von Montalcino? Meine Schulzeit ist schon lange her«, lachte der Italiener. Die Münze, die damals geprägt wurde, wog 3,537 Gramm und war aus 23¾ Karat Gold. 96 Münzen wurden aus einem Florentiner Pfund von 339 Gramm geschlagen. Auf der Vorderseite trug sie das Wappenzeichen der Stadt, eine Lilie. Die Rückseite zeigte Johannes den Täufer, den Schutzpatron der Stadt. Im Laufe der Jahre wurde der Feingehalt schrittweise abgesenkt. Das war eine Art Geldentwertung.«

»Das gab es also damals schon«, warf Fischer ein.

Der Informant fuhr unbeirrt fort: »Um diese winzigen Münzen vor Beschädigungen und Unholden, welche diese beschnitten, zu schützen, wurden sie in Lederbeutel gepackt, die dann versiegelt wurden und waren dann beim Handeln leichter zu handhaben, da das Zählen und Wiegen der einzelnen Münzen verlässlich entfallen konnte. Das war der *fiorino di sugello*. Strenge Regeln mit harten Strafen durch die Geldwechsler-Gilde garantierten den sorgfältigen Umgang mit diesen Lederbeuteln.

1433 brachte die Florentiner Regierung den *fiorino largo* heraus, der sechs *fiorini di sugello* entsprach. Der fiorino di sugello wurde durch Gesetz im Oktober 1471 abgeschafft und der fiorino largo wurde zu allen Transaktionen im Handel herangezogen. Die Prägung des fiorino in Florenz endete erst 1533.

Ein Rechnungswert, den es nicht als reale Münze gab, war der *affiorino*. Er wurde in 20 *soldi affiorino* oder 348 *deniers affiorino* gestückelt. Der *fiorino* wurde auch in 20 *soldi a oro* und dieser in 12 *deniers a oro* aufgeteilt.«

»Diese Aufteilung ist schon verwirrend«, bemerkte Fischer.

»Aber es gab nicht nur die Florentiner Münze. Erstmals wurden Dukaten 1284 in Venedig geprägt. Die Vorderseite der venezianischen Dukaten zeigt den heiligen Markus beim Überreichen der Kreuzfahne an den Dogen. Die Rückseite weist das Bildnis Jesu in einer Mandorla auf.

Der Name Dukat kommt von der Umschrift auf der Rückseite der ersten Prägungen: "Sit tibi Christe datus quem tu regis iste ducatus", das heißt „Dir, Christus, sei dieses Herzogtum, welches du regierst, gegeben". Der venezianische Dukat wird auch Zechine oder Zecchine auf Italienisch *zecchino* genannt. Der Name ist von *zecca*, die „Prägestätte" oder „Münzanstalt" abgeleitet, das vom arabischen sikka, der „Prägestock" abstammt.

In Venedig wurden Dukaten bis zum Ende der Republik im Jahre 1797 mit gleichem Münzbild und nahezu unverändertem Feingewicht an Gold geprägt. Damit waren die venezianischen Dukaten über Jahrhunderte die stabilste Währung der Welt.«

»Neben dieser Goldwährung gab es auch eine in Silberprägung, die *piccioli*, wobei beide unabhängig voneinander existierten. Die großen Handelsgeschäfte wurden in *fiorini* abgewickelt und Löhne, Handwerkerleistungen und einfache Waren wurden mit *piccioli* bezahlt. *Piccioli* konnten nur von der Bank in *fiorini* getauscht werden. Der Tarif beim Geldwechsel betrug 6 *d. di piccoli* für 100 *fiorini*. Der Wert schwankte stark, da die *piccioli* im Laufe der Zeit, auch durch unedle Beimischungen, immer mehr an Wert verloren. So sank der Wert im Jahre 1252, als man 20 *piccioli* für einen *fiorino* geben musste, auf 140 *piccioli* für einen *fiorino* im Jahre 1500.

Natürlich war es immer bedeutsam was man für sein Geld an Gegenwert bekam: Eine Stange Lauch kostete 1 piccioli, eine Elle billigen Tuches 9 *piccioli*. Eine *lira de piccioli* hatte ein Fass Wein gekostet; nur ein halber *fiorino* für den Astrologen. Zweieinhalb *fiorini* bedeuteten, dass aus dem billigen Tuch Damaszener Seide wurde. Ein Maulesel oder eine Sklavin, wie Sie vielleicht schon wissen, war ungefähr 50 *fiorini* wert oder man konnte ein Dienstmädchen für 10 *fiorini* pro Jahr bekommen. Mit zwanzig *fiorini* bezahlte man den Jahreslohn des Lehrlings der Bank. Ein kleines Stadthaus mit Garten oder ein Büro konnte für 35 *fiorini* pro Jahr gemietet werden. Ein Palazzo kostete 1.000 *fiorini*, aber nur 20, um ihn von einem Künstler mit einem Fresko bedecken zu lassen.

»Ich glaube, das muss ich mir nochmals langsam durch den Kopf gehen lassen«, meinte Fischer.

»Wenn man die verschiedenen Prägungen von England, Frankreich, Burgund, Spanien und Deutschland heranzieht, kann man über die Kenntnisse und das Wissen der Bankiers jener Zeit nur staunen«, ergänzte der italienische Banker.

»Nun haben Sie uns nahezu erschlagen mit diesen Informationen über das Geld vor 500 Jahren. Ich bin jetzt richtig froh, dass ich in Europa in fast allen Ländern mit dem Euro bezahlen kann.«

»Auch wir in den Banken sind mit diesem Vorteil sehr zufrieden, es erleichtert uns die Arbeit erheblich.«

»Wir danken Ihnen für Ihre Auskünfte, Sie haben uns ein Stück weiter gebracht. Aber jetzt trinken wir noch einen Digestif. Ist es Ihnen recht, wenn ich für uns ein Gläschen Grappa bestelle?«

»Volentieri. Sehr gerne.«

Froh gestimmt trennte sich die Gruppe nach einer herzlichen Verabschiedung.

Florenz, 7. September 1433

Ein schwerer Schlag gegen die Medici Familie. Cosimo de' Medici wird verhaftet. Wie war es dazu gekommen?

Durch einen verlustreichen Krieg mit Lucca war Florenz 1433 finanziell stark angeschlagen. Die führenden Bankhäuser steckten in einer Krise. Lediglich die Medici konnte aus dem Krieg finanziellen Gewinn schlagen. Die Feinde der Familie, die Albizzi, witterten einen Staatsstreich der mächtig gewordenen Medici und inszenieren einen Prozess.

Nachdem durch Einwände des Papstes Eugen IV. und des Markgrafen von Ferrara, Ercole I. d'Este, beide den Medici verpflichtet, die Vollstreckung des Todesurteils, das am 9. September ausgesprochen wurde, abgewendet werden konnte, wurden die Mitglieder der Medici Familie in die Verbannung geschickt: Cosimo für zehn Jahre nach Padua und sein Cousin Averardo nach Neapel. Sein Bruder Lorenzo musste für fünf Jahre nach Venedig. Außerdem wurde fast der gesamten Sippe für zehn Jahre die Übernahme jedes öffentlichen Amtes verboten.

Vorausschauend hatte Cosimo jedoch wenige Monate zuvor im Mai 1433 das Familienvermögen in Sicherheit gebracht, so dass es nicht konfisziert werden konnte. So transferierte er 15.000 *fiorini* nach Venedig, brachte 3.000 Dukaten ins Kloster von San Miniato al Monte und 5.800 Dukaten in das Kloster San Marco und schickte den Verkaufserlös von seinen Staatsanleihen im Wert 10.000 *fiorini* zu seiner Filiale nach Rom.

Die Machtübernahme der Albizzi war nicht von langer Dauer, und die Stimmung in der Stadt schlug wieder um. Beschleunigt von einer verlorenen Schlacht zusammen mit den verbündeten Venezianern gegen Mailand bei Imola im Sommer 1434 und einem entscheidenden Fehler von Rinaldo Albizzi, indem er einige Medici-Anhänger zur Prioren-Wahl zuließ, führte dazu, dass er von der neuen Stadtregierung mit siebzig anderen wichtigen Männern der Stadt selbst ins Exil geschickt wurde. Der Weg zurück nach Florenz war für Cosimo de' Medici nach einer Verbannungszeit vom 3. Oktober 1433 bis zum 29. September 1434, frei.

Florenz, 6. Oktober 1434

Im September war Cosimo in Careggi in der Nähe von Florenz eingetroffen. Er musste jedoch noch die Zustimmung der Signoria abwarten, um in die Stadt einziehen zu können.

Mit der Verbannung hat sich Cosimo die Gunst des Volkes erst erobert. Er wurde in diesem Jahr zum Gonfaloniere berufen und er behielt die Führung über Florenz dreißig Jahre bis zu seinem Tode in der Hand.

Die Medici begannen nun systematisch ihre Gegner auszuschalten. Einer der prominentesten war Palla Strozzi, der reichste Bürger der Stadt, der in der Steuerschätzung von 1427 mit 162.906 *fiorini* weit vor Giovanni de' Medici mit „nur" 91.089 *fiorini* lag. Dazwischen lag noch Francesco Tornabuoni mit 109.333 *fiorini*. In der Steuererklärung von 1431 gab Strozzi 124.063 *fiorini* als Bruttovermögen an. 1433 betrug das Vermögen nur noch 65.401 *forini*. Unter dem Namen Strozzi zählte man 39 Familien. Eine personelle Übermacht gegenüber den Medici, was sicher deren Neid auslöste.

Die Exilierung der Familie Strozzi von 1434 bis 1454, die das Familienoberhaupt nach Prato schickte, schloss diesen von allen Geschäften in der Stadt, ja sogar das Betreten für ihn und seine Söhne aus. Die Exilierten durften sich der Stadt nur in einem Abstand von zehn Kilometer nähern. Das genügte den Medici jedoch noch nicht. Gründe für eine weitere Verbannung wurden gesucht und gefunden; die Strafe wurde um zehn Jahre verlängert. Doch bevor diese Verbannung 1464 enden sollte, wurde die Verbannung auf weitere 25 Jahre ausgedehnt. Damit war die Familie Strozzi politisch tot und wirtschaftlich nahezu zerstört, so dass sie 1464 Bankrott ging. Palla Strozzi hat seine Heimatstadt nie mehr betreten. Er starb 1462 in Padua.

Florenz, 9. November 1434

Die Baila verbannte auf Betreiben von Cosimo de' Medici Rinaldo degli Albizzi, Ridolfo Peruzzi, Niccolò Barbadori und Pala Strozzi und viele andere Bürgern der Stadt, so dass es kaum eine italienische Stadt gab, in der sich keine Exilierten befanden.

Merkwürdigerweise konnte ein Bruder des Rinaldo degli Albizzi bleiben, da Luca degli Albizzi sich schon früh zu den Anhängern der Medici zählte. Auch hier ging ein Riss durch die Familie.

Auch war merkwürdig, dass von den noch lebenden fünf Söhnen Palla Strozzis, Leonardo, nicht vom Bann betroffen war und mit seiner Frau Alessandra Bardi und seiner Mutter Marietta Strozzi bleiben durfte, während Matteo Strozzi, ein Exilierter aus der Strozzi Verwandtschaft, Enkel des Simone Strozzi, des zweiten Sohnes, der mit 15 Kindern gesegneten Familie

Filippo di Lionardo Strozzi, verließ am 12. November 1434 die Stadt und begab sich nach seinem Verbannungsort Pesaro. Auch war ihm auferlegt worden eine Bürgschaft zu hinterlegen und er durfte seinen Exilsort nicht verlassen.

Aus der vielköpfigen, verzweigten Familie brachte es Filippo Strozzi der Ältere, Sohn des Matteo Strozzi, als Kaufmann in Neapel zu Wohlstand und kehrte erst zwei Jahre vor seinem Tod 1489 nach Florenz zurück. Er hinterließ den Palazzo Strozzi und das Grabmal in der Strozzi-Kapelle in der Basilika Santa Maria Novella. Beide beeindruckende Bauwerke von Benedetto da Maiano erlebte er nicht mehr.

Ein anders Beispiel für das harte Vorgehen von Cosimo de' Medici war Felice Brancacci. Der Seidenhändler heiratete in 2. Ehe die Maddalena Strozzi, eine Tochter des Palla Strozzi. Brancacci war bei der Medici-Bank verschuldet, doch er war mit Cosimo de' Medici seit dreißig Jahren befreundet. Doch Cosimo wollte 1435 nichts mehr von dieser Freundschaft wissen. Brancacci wurde für zehn Jahre nach Capodistria in Istrien verbannt. Seine nachfolgende Verurteilung als Rebell, da er Kontakte zum Herzog von Mailand aufgenommen haben soll, bedeutete seine Vernichtung. Sein Vermögen wurde eingezogen und er irrte durch Italien, mühsam seinen mageren Geschäften nachgehend. Er starb 1440 und wurde noch posthum 1458 zum Staatsfeind erklärt. Durch diese "damnatio memoriae" sollte jedes Zeichen der Familie Brancacci ausgelöscht werden. Besonders betroffen war die 1423 gestiftete

Kapelle in der Karmeliter-Kirche Santa Maria del Carmine in Florenz. Die Kapelle blieb so unvollendet und erst um 1480 konnte Filippino Lippi den Freskenzyklus fertigstellen.

Auch die Ehemänner der weiteren Töchter Palla Strozzis Tanica, mit Tommaso Sacchetti und Jacopa, mit Giovanni Rucellai verheiratet, mussten in die Verbannung, da sie Mitglieder der Baila von 1433 waren. Die Rache der Medici war kaum zu stillen.

Es war nahezu ein Fluch, dass das politische Leben in Florenz durch die fortgesetzten Verbannungen von politischen Gegnern, durch dieses mittelalterliche Rechtsinstrument, stark beeinflusst wurde. Keiner konnte sicher sein, dass er bei der nächsten Machtverschiebung nicht selbst mit seiner Familie zum Verbannten wurde.

Die vielen Verbannungen sorgten für das Entstehen eines „auswärtigen" Florenz. Das waren die Zusammenschlüsse von exilierten Bürgern in wichtigen Städten wie Rom, Genua, Neapel, Prato und außeritalienischen Orten.

Florenz, 3.04.2012

Fischer und Weiland hatten eine kleine Besichtigungstour durch die Stadt gemacht und waren auf der anderen Seite des Arno in einem Café an der Piazza S. Spirito gelandet.

»Wie arbeitete die Medici-Bank, bei der unsere Hauptakteure beschäftigt waren?«

»Im Gegensatz zu anderen Florentiner Gesellschaften, bei denen das Mutterhaus in Florenz und die einzelnen Filialen eine rechtliche Einheit bildeten, hatten die Medici für ihre Bank schon sehr früh im 15. Jahrhundert die Struktur einer Holding-Gesellschaft ausgebildet. Jede ihrer Filialen habe eine getrennte juristische Einheit dargestellt, mit eigenem Namen, eigenem Kapital, einer eigenen Verwaltung und eigenen Rechnungsbüchern. Untereinander hätten diese Filialen sich somit als Klienten behandelt, wobei sie zugleich miteinander kooperierten, dann aber ihre jeweiligen Gewinne getrennt berechneten.«

»Dann könnte man die Medici-Bank daher als erste wirkliche Holdinggesellschaft bezeichnen.«

»Dies bedeutete allerdings nicht, dass alle Filialen für sich allein verantwortlich waren und nur für sich arbeiteten. Eine übergeordnete Funktion kam der in Florenz ansässigen Medici-Bankgesellschaft zu, wie die bis 1415 erhaltenen Geheimbücher der Medici-Bank zeigen, in denen Kapitalzuweisungen und die Konten der Partner verzeichnet waren. In der Florentiner Filiale kam sogar das gesamte Kapital von den Medici zusammen. Die auch dieser Filiale übergeordnete Florentiner Mutter-Bank verfügte in der Regel um mehr als 50% bis zu 100% des Kapitals der einzelnen Filialen und konnte sie auf diese Weise kontrollieren. Für diesen Zweck sind zudem Klauseln in die Gesellschaftsverträge eingebaut worden, nach welchen die Bücher und Papiere der einzelnen Filialbanken zu festgelegten Zeitpunkten zur Kontrolle in Florenz vorgelegt werden mussten. Die Direktoren der Filialen mussten stets am Ende eines Rechnungsjahres im März Saldi und Bilanzen der Konten erstellen, die Gewinne und Verluste berechnen, und das Ganze in einer Kopie an den Hauptsitz in Florenz senden. Dort wurden diese Bilanzen dann vor dem Generaldirektor bzw. -manager der Medici-Bank, der somit über den einzelnen Filialdirektoren stand, auf ihre Stimmigkeit überprüft. Bei Lorenzo de' Medicis Tod 1492 gehörten der Medici-Gesellschaft zum einen außer den Filialbanken in Florenz, Pisa, Rom, Neapel und Lyon noch drei Verarbeitungs- bzw. Produktionsbetriebe für Seiden- und Wollproduktion sowie Firmen für Goldschläger, von denen er zwei erst wenige Monate vor seinem Tod gegründet hatte. All diese Banken und Firmen liefen unter einem Medici-Namen. Unsere besondere Aufmerksamkeit muss freilich zum anderen zwei weiteren Banken gelten, die nicht den Namen der Medici trugen, da sie gleichsam als Medici-Tarnbanken von Lorenzo de' Medici gegründet worden waren und von ihm als anonymen Mehrheitseigner dominiert wurden. Nicht nur, dass ihre ganze Konstruktion und Entwicklung ein äußerst spannendes Kapitel der Geschichte der Medici und der europäischen Wirtschaft bietet. Gerade diese beiden Banken werden eine maßgebliche Rolle für die exilierten Medici und ihre engsten Freunde in den Jahren 1492 bis 1513 spielen, mit ihnen und durch sie erkennen wir die Struktur der geheimen mediceischen Finanzpolitik. Nur diese haben das Überleben für eine so lange Exilzeit gesichert.«

Neapel, 2. Februar 1435

Tod der Königin Johanna II. aus dem Hause Anjou. Mit ihrer unglücklichen Nachfolgeregelung, in der sie einmal nach einer Adoption von Ludwig von Anjou dessen Bruder, René und ein anderes Mal Alfons V. von Aragon als Erben benannte. Mit dieser doppelten Nachfolgeregelung verschuldete sie die blutigen Auseinandersetzungen, die um ihr Erbe geführt wurden. Nach mehrjährigem Kampf erreichte Alfons die Belehnung mit Neapel durch den Papst Eugen IV. im Jahre 1442. Er war als Alfons I. der als erster ausländischer König im Folgejahr den burgundischen Orden vom Goldenen Vlies erhielt.

Florenz, 1435

Cosimo, sein Bruder Lorenzo und Ilarione, der Bruder Benedetto de' Bardi wurden Partner. Für die Medici Familie machten zwei eheliche Söhne im Vergleich zur Bardi Familie oder gar zur Strozzi Familie mit einer vielköpfigen Kinderschar einen dürftigen Eindruck, da jederzeit eine Krankheit oder eine Epidemie den Bestand der Familie hätte gefährden können.

Eine einschneidende Reorganisation der Medici-Bank wurde durchgeführt. In den wichtigsten Positionen wurden die Bardi aus der Firma gedrängt und durch andere Mitarbeiter ersetzt. Der General Manager Lippaccio di Benedetto di Lippaccio de' Bardi wurde fallen gelassen, da er für die Verluste in der Exilzeit Cosimos verantwortlich gemacht wurde und wegen seiner dubiosen Rolle in dieser Zeit. Er wurde durch Antonio di Messer Francesco Salutati da Pescia, Manager in Rom und Giovanni d'Amerigo Benci, Manager in Genf, ersetzt.

Die beiden Medici Brüder gaben eine Einlage von 24.000 *fiorini* oder drei Viertel, Benci und Salutati je 4.000 *fiorini*. Die Gewinne wurden jedoch nicht im gleichen Verhältnis aufgeteilt: zwei Drittel gingen an die Medici und je ein Sechstel an die beiden Partner.

Der Bruch mit den Bardi war demnach politisch motiviert. Bardo di Francesco di Messer Alessandro de' Bardi, der reichste der Bardi Familie wurde aus Florenz verwiesen.

Leonardo Palla Strozzi, der Sohn des reichsten Mannes von Florenz, war 1432 mit einer Alessandra Bardi verheiratet.

Es war die Strategie von Cosimo, starke Konkurrenten aus dem politischen und wirtschaftlichen Leben der Stadt auszuschalten.

Florenz, 4.04.2012

Fischer und Ines Weiland setzten sich heute in der Nähe ihres Hotels an der Piazza von Santa Maria Novella in ein Café, von dem aus ein weiter Blick über den Platz möglich war. Dietmar Fischer überließ Ines den Platz mit der besten Sicht auf die Eingangsfront der Kirche.

»Die Dominikanerkirche wurde 1279 begonnen und 1360 beendet«, wusste Ines.

»Die Fassade wurde nach einem Entwurf von Leon Battista Alberti von Giovanni Bertini 1470 ausgeführt. Der untere Teil im Florentiner Stil des 14. Jahrhunderts, das schöne Hauptportal und der Giebelteil im Stil der Renaissance. Der Turm ist noch romanisch im lombardischen Stil«, berichtete Ines weiter.

Zahlreiche Menschen passierten vor der Abgrenzung des Cafés mit grünen Pflanzen in Betonwannen. Der Blick von Ines begegnete dem Blick einer jungen Frau für einen kurzen Moment. Die Frau ging noch einige Schritte weiter und kehrte dann kurz entschlossen um. Die Frau blickte über die Abgrenzung auf den Tisch an dem die beiden Deutschen saßen.

»Ines? Ines Weiland?«
Ruckartig wandte sich Ines der Frau zu und blickte in ein Gesicht, das ihre Erinnerung weckte.

»Welch' ein Zufall. Die Welt ist klein. Die Stimme kam mir sofort bekannt vor. Eine deutsche Stimme mitten in Florenz.«

»Das ist wahrlich ein Zufall. Chiara? Du? Wir haben uns seit dem Studium in Köln nie mehr gesehen. Aber komm doch an unseren Tisch.«
Die Frau betrat den abgegrenzten Platz vor dem Café und kam auf die beiden Besucher zu. Fischer und Ines waren aufgestanden.

»Darf ich vorstellen: Dietmar Fischer, mein journalistischer Begleiter auf meiner Italien-Mission. – Chiara ..? Eine Studienkollegin. Wie ist denn dein jetziger Name, denn ich sehe einen schönen Ring an deiner linken Hand.«

»Du passt aber gut auf! Zanetti, jetzt heiße ich Zanetti.«

»Und was machst du hier in Florenz?«

»Wir sind hier, weil wir über ein Bild berichten müssen, das in den Uffizien hängt. Das haben wir heute Vormittag schon angesehen.«

»Ah, Ihr interessiert euch für Bilder.«

»Für Bilder und den damit verbundenen Personen.«

»Kannst du mir einen Namen nennen?«

»*Portinari* und *Tani. Tommaso Portinari* und *Agnolo Tani.*«

»Ah, von *Portinari* gibt es ein Krankenhaus, eine Straße und einen Palazzo. Über *Tani* weiß ich im Moment nichts. Aber ich habe da eine Idee. Ich könnte bei meinem Onkel nachfragen.«

»Was möchtest du trinken?«, fragte Ines Weiland.

»Danke, nichts. Ich muss jetzt los, meine Pause habe ich ohnehin schon überzogen. Wie lange seid ihr denn noch in der Stadt?«, wollte die Italienerin wissen.

»So lange unser Chef uns das Hotel und die anderen Spesen zahlt«, lachte Fischer.

»Wenn ihr Zeit habt, treffen wir uns gleich hier um die Ecke zum Abendessen. Ich denke es gibt noch eine Menge zu erzählen. Das Lokal liegt in der Via delle Belle Donne und heißt auch so: „Belle Donne". Es ist eine typische toskanische Osteria.«

»Gut einverstanden. Ist 19.30 Uhr zu früh?«

»Normalerweise esse ich immer später, aber es passt schon.«

Die Italienerin verabschiedete sich in einer ungewohnten Eile. Ines und Fischer sahen ihr noch einige Sekunden hinterher, bis diese um eine Ecke in eine schmale Gasse verschwunden war.

»Unglaublich. Zufälle gibt es«, sagte Ines kopfschüttelnd.

»Aber es gibt sie«, bemerkte Fischer dazu.

Am Abend trafen alle drei fast gleichzeitig mit der typischen deutschen Pünktlichkeit vor der Osteria „Belle Donne" zusammen. Sie ließen sich vom Patron, den Chiara anscheinend gut kannte, einen Tisch zuweisen. Ein Kellner brachte die Speisekarten. Nur die Deutschen studierten das Speisenverzeichnis. Chiara hatte die Karte rasch beiseite gelegt. Anscheinend hatte sie ihre Wahl schon getroffen.

Auch die Deutschen klappten ihre Karten zu und Ines begann, neugierig zu fragen:

»Was hast du denn nach dem Studium gemacht?«

»Ich habe schon bald darauf geheiratet. Mein Mann ist Rechtsanwalt und ist oft unterwegs, in Rom, Mailand, Turin. Mitunter ist er auch im Ausland. Ich arbeite in einem grafischen Institut, das sich mit Kunstdrucken befasst. Ich schreibe die Texte für die Kunstbücher. Und du?«

»Ich habe mich auf die flämische Malerei spezialisiert, wie du vielleicht noch weißt.«

Der Kellner unterbrach das Gespräch und nahm die Bestellungen auf. Kurz darauf brachte er die Getränke und ein Körbchen mit Brot.

»Ah, ja. Jan van Eyk, Hugo van der Goes, Hans Memling, Rogier van der Weyden«, legte Chiara wieder los.

»Du hast ja noch fast alle im Gedächtnis.«

»Leider haben wir nur zu wenige von diesen Künstlern davon in Italien.«

»In den Uffizien hängt eine „Anbetung der Hirten".«

»Genau. Und wegen diesem Bild sind wir hier in Florenz.«

»Ach, und was ist daran besonderes, dass ihr gleich zu zweit anreisen musstet?«

»Das Bild gehört in einen Zusammenhang mit einer größeren Geschichte.«

»Und zu zweit reist es sich unterhaltsamer«, lachte Fischer.

Es wurde ein vergnüglicher Abend im Restaurant, der zwar wenig für die Nachforschungen erbrachte, weswegen sie nach Florenz gereist waren, der aber viele Erinnerungen aus den vergangenen Studienjahren wieder aufleben ließ. Sie vereinbarten einen Termin schon für den nächsten Tag. Die italienische Studienkollegin reichte Ines eine Notiz mit der Adresse ihres Onkels und sagte mit einem Lächeln:

»Für Euch leicht zu finden. Es ist ein großes Gebäude.«

»Wir haben einen guten, detaillierten Stadtplan«, sagte Fischer und zog diesen aus der Tasche.

Die Italienerin griff zum Erstaunen von Fischer rasch den Plan, faltete ihn auf und deutete mit dem Finger auf eine bestimmte Stelle in einer breiten Straße:

»Hier! Das werdet Ihr sicher finden. Ihr müsst nur läuten. Ich hole Euch dann am Eingang ab.«

»Dann ist ja alles klar. Also bis morgen.«

Arras (Atrecht), 19. September 1435

In diesem bedeutenden Vertrag von Arras verständigten sich der französische König Karl VII. und der burgundische Herzog Philipp der Gute über eine Beilegung ihres jahrelang dauernden Konfliktes. Er beendete das Bündnis Burgunds mit England. Er beendete auch den bürgerkriegsähnlichen Streit der Armagnacs, der Anhänger des Dauphins, die Herzöge von Orleans und der Bourguignons, der Anhänger Burgunds. Der Vertrag von Arras war die geschichtliche Gründung des burgundischen Staates.

London, 31. Mai 1446

Ein vierjähriger Partnerschaftsvertrag zwischen Cosimo de' Medici und Giovanni Benci auf der einen Seite und Gerozzo de Pigli auf der anderen wurde geschlossen, um Geschäfte in London auszuführen. Die Vereinbarungen waren für Gerozzo de Pigli gemacht, ein junger Mann mit begrenztem Kapital, der nach England geschickt werden sollte, um sich in diesem Vierjahresvertrag im Handel und im Wechselgeschäft und einarbeiten sollte. Das Kapital der Gesellschaft war £ 2.500 Ster-

ling, wertgleich mit 13.184 *fiorini* 1 s. (= Solidus, Schilling) 10
d. (= Denarius, Pfennig) *affiorino,* von denen Cosimo und
Giovanni £ 2.166 ⅔ und Gerozzo den Ausgleich bis zum Anfang November zu leisten hatten. Cosimo und Giovanni sollten
zwei Fünftel des Gewinns und Gerozzo ein Fünftel bekommen. Der Rest sollte für karikative Zwecke verwendet werden.

Rom, 1. April 1447

Der am 6. März gewählte Papst Nikolaus V. beruft Cosimo de'
Medici und Roberto de Martelli als „socius et insistor societatis
de Medicis de Romana Curia" in das Amt der Depositaren der
päpstlichen Kammer. Die Beauftragung endete im März 1455
mit der Thronbesteigung von Calixtus III., dem ersten Borgia-
Papst.
Die Camera apostolica war nicht nur die oberste Finanzbehör-
de der römischen Kirche, sie war auch die eigentliche Regie-
rungsbehörde des Kirchenstaates. Nicht nur die Verwaltung,
sondern auch die Verwaltungsrechtsprechung und selbst ein
großer Teil der allgemeinen Justizpflege fielen in ihren Bereich.

London, 1447

König Heinrich VI. entzieht der Hanse alle Privilegien. Ein
bedeutsamer Einschnitt in die Handelsaktivitäten der nord-

deutschen Kaufleute, der ihnen das Stapelrecht in eigenen abgegrenzten Bezirken, z. B. im Stalhof, entzog. Der Stalhof lag am Nordufer der Themse und hatte eine Fläche ca. 7000 Quadratmeter.

Calais, 4. September 1346 bis 3. August 1347

Das Datum verweist in einem Rückblick auf das Schicksal der bedeutenden, von Engländern und Franzosen umkämpften Stadt, die sich an der engsten Stelle des Ärmelkanals, nur 34 Kilometer von der Südküste Englands entfernt befindet. Nach der Schlacht von Crécy am 26. August 1346, dem Anfangszeitpunkt des Hundertjährigen Krieges wurde Calais vom englischen König Edward III. elf Monate belagert und schließlich im August 1347 durch Aushungern der Eingeschlossenen eingenommen.

Florenz, 1. Januar 1449

Lorenzo de' Medici, der Enkel Cosimos, wird geboren. Dieser Nachkomme war bestimmend für den weiteren Lebensweg von *Tommaso Portinari* und *Agnolo Tani*. Weit darüber hinaus bestimmte er die Geschicke der Stadt Florenz und der Kunst in diesem letzten mittelalterlichen Jahrhundert. Mit Recht bekam er den Beinamen Il Magnifico (der Prächtige, aber auch der Prachtliebende).

Seine Taufe wurde auf den Feiertag der Hl. Drei Könige, den 6. Januar, gelegt. Als Taufpaten erschienen der Erzbischof von Florenz, Antonio Pierozzi, der zusammen mit Cosimo de' Medici als Prior von San Marco eng beim Wiederaufbau des Klosters zusammengearbeitet hatte, dann der Prior von San Lorenzo, Benedetto Schiattesi, und als Dritten den jungen Grafen Federico da Montefeltro, der jedoch in seiner Vertretung seinen Bruder Ottaviano Ubaldini schickte. Dieser Taufpate Federico sollte später im Jahre 1478 eine zwielichtige Rolle spielen, wie erst viel später im 21. Jahrhundert bekannt wurde. Wichtige Amtsbürger der Stadt und Medici-Freunde ergänzten die Zeremonie.

Im Ärmelkanal, Mai 1449

Die Engländer kapern eine hansische Baiensalzflotte, wobei Lübeck sechzehn und Danzig vierzehn große Schiffe verliert. Das Salz wurde von der westfranzösischen Küste mit den dort befindlichen „Salzwiesen", den Salinen, bezogen und war für die Haltbarmachung von Fisch ein wichtiges Handelsgut.

Mailand, 25. März 1450

Nach Kämpfen gegen die Venezianer und einer langen Belagerung und Aushungerung Mailands konnte der Condottiere
Francesco Sforza in Mailand einmarschieren und die Macht in
der Stadt ergreifen. Mit finanzieller Unterstützung von Cosimo
de' Medici konnte Sforza Mailand seine vielen Feinde besiegen und Herzog in der lombardischen Stadt werden. Das
stärkte die Verbindung von Mailand zu Florenz.

Florenz, 5. 04. 2012

Die beiden Florenz-Besucher suchten die angegebene Adresse auf. Es war ein alter Palazzo. Die Besucher betraten durch
die große Eingangstüre das Treppenhaus und stiegen die
breiten Stufen in die obere Etage hinauf. Chiara öffnete nach
ihrem Läuten die Tür. Der Onkel Chiaras wartete im Salon auf
die angekündigten Besucher. Nach dem Chiara alle miteinander bekannt gemacht hatte, und nochmals erklärte, auf welcher Suche die Besucher sind, gab der Signore aufgeschlos-
sen Auskunft.

Er begann zu erzählen und Chiara übersetzte bereitwillig:

»Sie wollen also etwas über die Medici-Bank wissen?«

»Ja. Uns interessierten besonders die Dokumente, mit den
Kontakten der Medici nach Brügge zu *Tommaso Portinari* und
Agnolo Tani.«

»Mit den Bankgeschäften der Medici haben sich schon viele befasst. Mein Onkel kann Euch nur einige Buchempfehlungen geben.«

»Heinrich Sieveking hat etwas über die Handlungsbücher der Medici geschrieben, das war noch vor dem Krieg, dem Ersten. Zur gleichen Zeit schrieb Otto Melzing über verschiedene Bankhäuser, auch über das der Medici«, erklärte der Signore.

»Das liegt aber schon alles weit zurück«, bemerkte Fischer. Er merkte jedoch gleich, dass dem alten Herrn diese Anmerkung nicht gefiel. Der Signore räusperte sich und fuhr fort. Chiara übersetzte weiter entgegenkommend.

»Ja, interessant wird es erst nach dem Krieg, dem Zweiten.«

»Damals 1950, mein Onkel war als junger wissenschaftlicher Mitarbeiter von Prof. Arnaldo D'Addario dabei, als die 166 Bündel von Dokumenten der Banca Medici, *filze* genannt, gesichtet wurden, die zuvor gefunden worden waren. Nach Auskunft meines Onkels waren die Dokumente fehlerhaft, d. h. mit irreführenden Aufschriften versehen, abgelegt und über Jahrhunderte nicht beachtet worden. In mehreren Folgen wurden die Ergebnisse in den ersten drei Bänden zwischen 1951 und 1957 veröffentlicht. «

»Jetzt wird es interessant!«, freute sich Ines.

»Diese Papiere, „Mediceo avanti il Principato" genannt, im Staatsarchiv von Florenz, wurden von einem belgisch-amerikanischen Professor, Raymond de Roover ausgewertet und in seinem Buch „The Rise and Decline of the Medici-

Bank, 1397 – 1494" publiziert. Im Archivo secreto del Vaticano gibt es eine Ausgabe. Der belgische Professor dürfte eine verkürzte Ausgabe der Harvard Universität benutzt haben. Allerdings beendete der Professor seine Ausführungen abrupt mit dem Jahr 1494.«

»Und wo erfahren wir etwas über *Portinari* und *Tani*?«

»Der belgische Professor hat auch einige Kapitel über die Auslandsniederlassungen der Medici-Bank geschrieben, darunter auch etwas über Brügge und London.«

»Dem müssen wir noch genauer nachgehen«, meinte Fischer.

»Das war alles sehr aufschlussreich. Wir beide möchten uns recht herzlich bei Ihnen bedanken und dass Sie uns Ihre Zeit geopfert haben«, ergänzte Ines Weiland höflich.

Der Signore strahlte mit gnädigem Stolz und sagte:

»Volentieri per gli amici di Chiara.«

Chiara lächelte bescheiden vor sich hin.

»Wenn unsere Arbeit getan ist, werden wir Ihnen eine Ausgabe selbstverständlich zusenden.«

Die beiden Deutschen wurden nach der Verabschiedung von diesem alten Herrn, dem die Hochrangigkeit anzumerken war, von Chiara noch die Treppe hinunter zum Ausgang begleitet. Dort empfing sie der lärmende Feierabendverkehr an diesem milden Frühlingstag. Sie steuerten ihren Weg zurück in das nahegelegene Hotel.

London und Brügge, 25. März 1451

Beide Unternehmensniederlassungen in diesen Städten wurden auf Geheiß der Zentrale von Florenz voneinander getrennt. In den folgenden Jahren überkreuzten sich die Wege unserer Bankiers nicht mehr. Obwohl Gerozzo de' Pigli immer noch Partner in beiden Niederlassungen blieb, überließ er die Führung der Geschäfte in London den Juniorpartnern Simone Nori und *Agnolo Tani.*

Florenz, 6.04.2012

Im Hotel setzten sich die beiden Reisenden in eine Ecke der Lobby und nahmen einen Drink. Ines Weiland war mit ihren Gedanken noch immer bei den Handelsgeschäften der Medici.

»Warum war der Handelsplatz in London für die Medici so wichtig?«

»Damals lieferte England die Wolle, den Rohstoff für die textile Produktion. Die Beschaffung dieses Rohstoffs sollte sichergestellt werden. Baumwolle gab es damals noch nicht, daneben nur noch den Lein. Der König kontrollierte den Wollhandel mit Flandern, vergab Lizenzen und forderte den Zoll. Doch der König hatte zu dieser Zeit keine gesicherte Position. Der Großgrund besitzende Adel und ihre Rivalitäten schwächten die Zentralgewalt des Königs durch blutigste Kämpfe. Hervorzuheben sind die rivalisierenden Parteien der Lancaster und der von York.«

»Wie kam es zu der schwachen Position des Königs?«, wollte Ines wissen.

»Diese wirklich dunkle Epoche in der englischen Geschichte reicht zurück in die zweite Hälfte des 14. Jahrhunderts. Da muss ich weit ausholen:

Als im Jahre 1377 König Edward III., der aus der französisch-englischen Dynastie der Anjou-Plantagenêt stammte, stirbt und sein Enkel Richard II. den Thron besteigt, war dessen Vater Edward, der "Schwarze Prinz", der älteste Sohn des Königs bereits ein Jahr zuvor verstorben.

Dann setzt das Parlament Richard II. im Jahr 1399 ab und sein Cousin, Henry IV., der Sohn des dritten Sohnes des Königs, John of Gaunt, 1. Duke of Lancaster, besteigt den Thron. Da sein Vater, John of Gaunt, um ein Jahr älter war als Edmund of Langley, Herzog von York und 15 Jahre älter war als Thomas of Woodstock, Herzog von Gloucester, begründete Henry IV. seinen Thronanspruch als Vertreter der älteren väterlichen Linie.

Sein Nachfolger, Henry V., starb im Alter von 35 Jahren 1422 und hinterließ seinem Sohn, Henry VI., noch ein Kind mit acht Monaten, den Thron von England. Das Königreich England wurde von Regenten verwaltet, bis Henry volljährig war. Diese einflussreichen Regenten waren seine Onkel, Humphrey, Duke of Gloucester und John, Duke of Bedford.

Henry VI. wurde am 6. November 1429 in der Westminster Abbey zum König von England gekrönt. Im Alter von zehn

Jahren folgte am 16. Dezember 1431 die Krönung zum König von Frankreich in der Kathedrale Notre Dame in Paris.

Henry VI. übernimmt im Jahre 1437 die Regierungsgeschäfte. Er erreicht vorübergehende Erfolge in den Kämpfen des Hundertjährigen Krieges in Frankreich. Doch der aufflammende französische Widerstand, für immer verbunden mit dem Namen der Jeanne d'Arc, läutete den endgültigen Zerfall der englischen Herrschaft auf französischem Boden ein. Im Jahre 1450 ging die Normandie für England für immer verloren.

Die Verluste im Hundertjährigen Krieg führen im Jahre 1453 dazu, dass Henry VI. erkrankt und in geistige Umnachtung fällt. Gerade wegen seiner gesundheitlichen Schwäche gelang es dem König nicht, die Intrigen durch den Adel zu unterbinden. Die Folge davon war, dass um 1450 eine Gruppierung um Edmund Beaufort, 1. Duke of Somerset versuchte, die tatsächliche Regierungsgewalt in England zu übernehmen. Aufgrund des Machtstrebens von Somerset begann Richard Plantagenet, Duke of York, politisch aktiv zu werden. Richard hatte laut der englischen Erbfolge ein begründbares Anrecht auf den englischen Thron, dessen Ansprüche mit denen von Henry VI. selbst vergleichbar waren. Erst 1453 konnte er die Unterstützung der mächtigen und mit ihm verwandten Hochadelsfamilie Neville erlangen, unter deren Protektion er den Vorsitz des Kronrats einnahm. Dieses Gremium wurde nun so mächtig, dass es anstelle des inzwischen regierungsunfähigen Henry VI. nahezu alle Amtsgeschäfte wahrnahm.

Richard Neville (York), 16. Earl of Warwick, der ein angeheira-
teter Neffe von Richard Plantagenet, 3. Duke of York war,
spielte eine Schlüsselrolle in den folgenden Rosenkriegen. Er
wird 1454 als Lordprotektor eingesetzt und ein Jahr später
wieder abgesetzt«, schloss Fischer seine lange geschichtliche
Ausführung.

Ines atmete auf. Das waren fast zu viele Geschichtsinformati-
onen.

Konstantinopel, 29. Mai 1453

Die Osmanen unter Sultan Mustafa II. (Fatih) erobern die
Stadt und besiegelten damit das Ende des Byzantinischen
Reiches. Die neuen Herrscher weiten ihr Herrschaftsgebiet zu
einem Großreich aus.

Lodi (Lombardei), 9. April 1454

Durch den Friedensschluss zwischen dem Herzog von Mailand und der Republik Venedig wurden längere Streitigkeiten
dieser norditalienischen Machtblöcke beigelegt. Um den Preis
der Abtretung der Stadt Crema erkannte die Republik Venedig
Francesco Sforza als Herzog von Mailand an. Damit wurde
der Fluss Adda für mehr als 300 Jahre die Grenzlinie zwischen Venedig und Mailand. Florenz, das erst mit Venedig
verbündet gewesen war, dann aber an die Seite Francesco

Sforzas trat, wurde im August 1454 durch den Abschluss eines dreiseitigen Vertrags in die Friedensordnung einbezogen. Wenig später traten auch der Papst und das Königreich Neapel unter dem König Alfons I. dem Vertrag bei. Die so entstandene Pentarchie der fünf größten italienischen Staaten hielt bis zum Einmarsch der Franzosen unter Karl VIII. im Jahre 1494.

St. Albans, 22. Mai 1455

Die „Erste Schlacht von St. Albans" war die erste militärische Konfrontation der Rosenkriege, sie wurde bei der Stadt St. Albans ausgetragen. Das liegt ungefähr 35 Kilometer nördlich von London. Richard Plantagenet, 3. Duke of York, und sein Neffe und Alliierter Richard Neville, 16. Earl of Warwick, schlugen die Lancastrianer unter Edmund Beaufort, 1. Duke of Somerset, der getötet wurde. Richard Plantagenet nahm Henry VI. gefangen, der dann im Tower inhaftiert wurde. Richard wurde in seine früheren Ämter wieder eingesetzt.

Danach folgten bis zur zweiten Schlacht von St. Albans die Schlachten von Blore Heath, Ludlow, Northampton, Wakefield and Mortimer's Cross.

Schlachten der Rosenkriege 1455 – 1469

Florenz, Juli 1455

Der Tod von Giovanni d' Amerigo Benci, Generalmanager seit 1435, der bereits 1409 in den Dienst von Giovanni de' Medici, dem Gründer der gleichnamigen Bank, eingetreten war, brachte dank seiner herausragenden Intelligenz und der Beherrschung der Geschäftsführung und Buchhaltung die Genfer Filiale an die Spitze des Bankenimperiums der de Medici. Er hinterließ das zweitgrößte Vermögen in Florenz. Für die Medici-Bank war das ein großer Qualitätsverlust.

Zu dieser Zeit wird *Agnolo Tani* durch einen Gesellschaftsvertrag offizieller Partner der Firma von Pietro und Giovanni de' Medici.

Mailand, 20. August 1455

Für die Niederlassung der 1452 eingerichteten Medici-Bank in Mailand betraute Cosimo de' Medici Pigello di Folco Portinari, den ältesten Sohn des Folco Portinari, der als einfacher Bürojunge 1434 in den Dienst der Medici getreten war. Nach einer Weile in der römischen Niederlassung, wurde er nach Venedig geschickt und war dort tätig bis er zur neugegründeten Zweigfirma in Mailand berufen wurde. Seine gefällige Persönlichkeit, gepaart mit einer großen verwalterischen Effektivität, führten ihn bald zu Francesco Sforza und er wurde dessen finanzieller Ratgeber.

Mit dem Gedanken die Medici enger an sich zu binden, schenkte Francesco Sforza ihnen ein Grundstück mit Gebäuden und Bodenrechten, einen bereits bestehenden Bau aus dem Besitz der Adelsfamilie Bossi an der Via dei Bossi nahe dem Tor nach Como, da sie sich immer auch seinem Vater gegenüber als gute Freunde erwiesen hätten. Cosimo de' Medici ließ die alten Gebäudestrukturen erneuern und formte einen Palast für die geschäftlichen Interessen der Firma. Er verpflichtete den Architekten Michelozzo Michelozzi, der die Fassade des imposanten Gebäudes entwarf. Der Palastin-

nenhof wurde von Vincenzo Foppa mit Fresken ausge-
schmückt.

Die Arbeiten zogen sich über Jahre hin und die Kosten stiegen, doch Pigello Portinari war überzeugt, dass das Geld gut
angelegt wäre. Die Unterhaltskosten betrugen 200 Milaneser
Pfund, das waren 50 Dukaten, jährlich. Und er drängte Cosimo 1461 nach Mailand zu kommen, um den Palast in seinem
vollen Glanz zu bewundern.

Das palastartige Gebäude wurde von den Medici an die eigene Bank verliehen.

Mainz, 6. November 1455

Vor dem Mainzer Stadtgericht wird in einem Verfahren die
Auseinandersetzung zwischen Johannes Fust und Johannes
Gutenberg vom Notar Ulrich Helmasperger dokumentiert. Fust
forderte die gesamte Schuldenrückzahlung von 2020 Gulden,
mit denen er sich ab 1449 an der Druckwerkstatt Gutenbergs
beteiligt hatte. Da Gutenberg der Aufforderung nicht nachkommen konnte, musste er die Druckerwerkstatt mit den fast
fertigen Bibeln, die er als Sicherheit eingesetzt hatte, an Fust
übergeben, der die Arbeit Gutenbergs zu Ende brachte.

Gutenberg erfand den Buchdruck durch Verbesserung und
Entwicklung der damals bereits bekannten Reproduktions-
und Druckverfahren (das Arbeiten mit Holzblöcken, Modeln
und Druckplatten oder Stempeln) zu einem Gesamtsystem.

Der Kern von Gutenbergs Entwicklungen waren das Hand-
gießinstrument, mit dessen Hilfe Drucklettern einzeln, schnel-
ler und feiner gegossen werden konnten, die Erfindung der
Druckerpresse und eine verbesserte Druckfarbe.

Genappe (Burgund), Herbst 1456

Da Ludwig, der Dauphin von Frankreich, von Jugend an einen
herrschsüchtigen, dabei tückischen Charakter zeigte und als
erklärter Feind seines Vaters und dessen Geliebte, Agnès
Sorel, auftrat, gab es von Anfang an Spannungen im französischen Könighaus. Er stellte sich 1440 sogar an die Spitze der
Praguerie, einer Verbindung des hohen Adels gegen die
Günstlinge seines Vaters. Die Empörer wurden von Karl VII.
bald unterworfen.

Auch die Teilnahme an einer neuen Verschwörung gegen den
König wurde ihm von diesem verziehen; gleichwohl kam es
1456 wiederum zum Bruch zwischen Vater und Sohn, und
Ludwig flieht vor seinem Vater an den Hof von Burgund und
verbringt seine Zeit bis 1465 auf dem Brabanter Schloss von
Genappe dessen Tod abwartend.

Der Aufenthalt in Burgund, der Ludwig nicht daran hinderte,
sich nach dem Tod seines Vaters gegen seinen ehemaligen
Verwandten und Verbündeten zu wenden und unter anderem
die Verpfändungen der Somme-Städte an Karls Vater Philipp
zu lösen. Durch ein Bündnis mit den französischen Adelshäu-

sern, die sich daraufhin gegen Ludwig stellten, gelang es Karl jedoch, diese schließlich zurückzuerhalten. Zeitlebens sollte das Verhältnis zwischen Karl und Ludwig dem XI. geprägt sein von einem ständigen Wechsel friedvoller Phasen und Bündnisse sowie Anfeindungen und erneuter Kampfhandlungen.

Brüssel, 17. Januar 1457

In einem heftigen Streit zwischen Herzog Philipp und seinem Sohn, seinem späteren Nachfolger, musste der Herzog gerade noch abgehalten werden, seinen Dolch zu zücken und auf Karl loszugehen. In seiner Rage ritt der Herzog in den Wald von Soignies. Er verirrte sich dort und wurde erst nach langer Suche gefunden und zurückgeleitet.

Was war der Auslöser für diesen Streit? Karl führte einen eigenen Hofstaat. Vater und Sohn hatten unterschiedliche Vorstellungen mit welcher Person eine Kammerposition besetzt werden sollte. Letztlich setzte sich der Herzog durch und der alte Kanzler Karls wurde entlassen und die Stelle mit Vertrauten des Herzogs besetzt.

Brüssel, 13. Februar 1457

Maria, die Tochter von Karl dem Kühnen, Graf von Charolais, späterer Herzog von Burgund und Isabelle de Bourbon, seiner Cousine, wird geboren. Die Eltern hatten im Vorjahr am 30.

Oktober in Lille geheiratet. Isabelle starb erst 28-jährig 1465 in Antwerpen. Für Karl war dies die zweite Ehe. Seine erste Frau, Katharina von Valois, war gestorben, als er 13 Jahre alt war.

Die vielen Verlobungsversuche mit verschiedenen europäischen Adeligen spiegeln wieder, dass sie als einziges Kind Karls und daher Erbe von Burgund immer schon als Objekt betrachtet wurde, um politische Interessen durchzusetzen und zu steuern.

Bereits 1462 äußerte sich Johann II. von Aragón, dass er für seinen Sohn Ferdinand um die Braut Maria werbe, obwohl der Junge erst 10 Jahre alt war.

Papst Pius II. brachte 1463 Maximilian von Österreich ins Spiel, da er Karl den Kühnen für einen Kreuzzug gegen die Türken gewinnen wollte.

Als die Hoffnung Karls des Kühnen auf einen Sohn zunehmend schwand, denn er besuchte seine Frau immer weniger, führte er mit zahlreichen Adligen, die sich um die Hand seiner Erbtochter Maria bewarben, entsprechende Heiratsverhandlungen.

1471 zeigte der 25jährige Karl von Valois, Herzog von Guyenne, Interesse an einer Heirat, aber sein älterer Bruder der König Ludwig XI. hintertrieb dieses Vorhaben. Karl starb 1472 durch einen Giftanschlag, der von einigen dem König zugeschrieben wurde.

Im Jahre 1473 warb wieder ein 25jähriger, Herzog Nikolaus I. von Lothringen, Bar-Lothringen und Kalabrien um Maria. Er starb jedoch noch im gleichen Jahr bei dem Versuch die Stadt Metz zu erobern.

Friedrich von Tarent (1452 - 1504), der 2. Sohn von König Ferdinand von Neapel war 1474 für die 17jährige Maria vorgesehen.

Der Vater, Karl der Kühne, nahm nun den Plan zur Verheiratung seiner Tochter mit dem Kaisersohn Maximilian ernsthaft ins Visier und stimmte am 17. November 1475 erstmals brieflich mit Siegel der Vermählung seiner Tochter mit Maximilian zu. Im Mai 1476 wiederholte er die Eheabsprache in Lausanne feierlich, ohne Bedingungen zu stellen. Maria akzeptierte den Kaisersohn ebenfalls als ihren künftigen Gatten.

Wenige Wochen nach dem Tod Karls des Kühnen forderte König Ludwig XI. die Verlobung Marias mit dem Dauphin Karl (Karl VIII.), obwohl der spätere Thronfolger erst 7 Jahre alt war.

Im gleichen Jahr schlug Johann von Kleve die Verlobung Marias mit seinem Sohn Johann II. vor. Auch Adolf von Kleve, der vor Tournai starb, forderte für seinen Sohn Philipp Eberhard von Kleve, Herr zu Ravenstein (*1456), das gleiche.

Auch Margarete von York, die Stiefmutter von Maria, hätte anfangs eine Verbindung mit Georg von Clarence, ihrem und König Edwards IV gemeinsamen Bruder, begrüßt, weil dann eine englische Unterstützung im Streit um Burgund zu erwarten gewesen wäre. Da der englische König jedoch eine andere Verbindung bevorzugte und sich mit seinen Gedanken durchsetzte, schwenkte Margarete wieder auf eine Verbindung Marias mit Maximilian ein.

Brüssel, 17. Februar 1457

Maria von Burgund wird durch den Fürstbischof von Cambrai, Johann VI. von Burgund, in der Kapelle des Palastes Coudenberg, der Residenz der Herzöge von Brabant, getauft. Als Pate tritt der Thronfolger Frankreichs, der spätere Ludwig XI. auf. Sowohl Vater und Großvater fehlten bei der Zeremonie.

Buda, 24. Januar 1458

Wahl des 14jährigen Matthias Hunyadi durch hunderte ungarischer Kleinadelige, die sich auf dem Eis der zugefrorenen Donau versammelt hatten, einstimmig zum König von Ungarn. Dabei machte er sich Friedrich III. zum Feind, der gleichfalls die ungarische Königskrone beanspruchte und sich dabei vor allem auf den Adel Westungarns stützen konnte.
Am 14. Februar hielt der neue König Matthias seinen Einzug in Buda.

Neapel, 27. Juni 1458

Der kinderlose König Alfons I. von Neapel stirbt. In seinen Erbstaaten folgte ihm sein Bruder Johann II. von Aragon als König von Navarra. In Neapel, das nicht Teil des Erbes der Krone von Aragon war, wurde sein außerehelich geborener und vom Papst legitimierter Sohn Ferdinand (Ferrante) König, der bis 1494 regierte.

Florenz, 1458

Die Regierenden von Florenz bestimmen die Ausdehnung des Banns und der Exilierung auf die Nachkommen der im Jahr 1434 Verbannten. Betroffen sind auch die Söhne Matteo Strozzis, Filippo, Lorenzo und Matteo, der bereits ein Jahr später starb.

Güssing (Burgenland), 17. Februar 1459

Eine oppositionelle Gruppe von Ungarn wählt Kaiser Friedrich III. zum ungarischen König, damit war der Konflikt um den Königstitel nicht zu vermeiden.

Schlacht von Ludlow, 12. Oktober 1459

Die Schlacht bei der Brücke von Ludford über den River Teme war die bedeutendste Niederlage der Yorkisten am Beginn der Rosenkriege. Sir Andrew Trollope, der Kommandeur des Kontingents aus Calais, wechselte die Seiten. König Henry VI. hatte ihm Pardon angeboten. Trollope brachte nicht nur seine Männer, sondern auch wertvolle Informationen über die Pläne und Armee der Yorkisten. Richard Plantagenet, 3. Duke of York, sah sich nun einer Übermacht von drei zu eins gegenüber. Am gleichen Abend beschlossen er und seine beiden Söhne zusammen mit Richard Neville, 16. Earl of Warwick, und Richard Neville, 5. Earl of Salisbury, vom Schlachtfeld zu fliehen. Richard Neville von Salisbury, und Edward, Richard Plantagenets ältester Sohn, zogen sich nach Calais zurück, er selbst wich mit den anderen nach Dublin in Irland aus, wohin ihm sein zweiter Sohn, der erst 16-jährige Edmund, schwer verletzt folgte.

Wakefield, 30. Dezember 1460

Diese Schlacht fand in Wakefield, West Yorkshire, statt und war eine der Hauptschlachten der Rosenkriege. Kontrahenten waren die königliche Armee, kommandiert von Margarete von Anjou, und die Anhänger von Richard Plantagenet, 3. Duke of York, dem gegnerischen Thronprätendenten.

Der Duke of York wurde in der Schlacht getötet. Nach der Schlacht wurden die Köpfe des Duke of York, seines Sohnes Edmund, Earl of Rutland, und des Earl of Salisbury auf Pfähle gespießt und in York zur Schau gestellt. Der Duke trug eine Krone aus Papier und ein Schild, auf dem stand: „Lasst York die Stadt York überblicken."

Durch den Ausgang der Schlacht wurde Yorks ältester Sohn Edward der yorkistische Thronanwärter. Auch die mächtige nordenglische Magnatenfamilie Neville unterstützte unter Richard Neville, 16. Earl of Warwick, genannt der Königsmacher, die Yorkisten.

Mortimer's Cross, 2. Februar 1461

In der Schlacht bei Wigmore (Herefordshire) wurde die Armee der Yorkisten dem achtzehnjährigen Eduard, Earl of March, dem späteren König Eduard IV., angeführt. Er wollte die Truppen des Hauses Lancaster, die von Jasper und Owen Tudor geführt wurden, davon abhalten, nach Wales vorzurücken. Die Yorkisten waren siegreich. Die Waliser erlitten hohe Verluste, Jasper Tudor floh. Owen Tudor wurde gefangen genommen und in Hereford hingerichtet. Der Sieg ebnete den Weg zu Eduards Krönung im gleichen Jahr.

St. Albans, 22. Februar 1461

Die zweite Schlacht von St Albans war eine Schlacht im Rahmen der Rosenkriege und wurde am 22. Februar 1461 in der Nähe der Stadt St. Albans ausgetragen. Richard Plantagenet, 3. Duke of York, war im Dezember 1460 in der Schlacht von Wakefield geschlagen und getötet worden, und sein achtzehnjähriger Sohn, Edward of March, der spätere König Edward IV., war im Westen beschäftigt, wo zwanzig Tage vorher die Schlacht von Mortimer's Cross stattgefunden hatte. So war der Weg für die Lancastrianer frei, welche von Königin Margarete von Anjou nach Süden in Richtung London geführt wurden.

Die Lancastrianer wurden nahe St. Albans von einer von Richard Neville, dem 16. Earl of Warwick, geführten Armee der Yorkisten aufgehalten. Warwick ließ seine Männer einen Verteidigungsring mit Gräben und Spießen aufbauen, wurde jedoch davon überrascht, dass die Lancastrianer aus einer anderen Richtung kamen, statt von Luton von Dunstable aus, und wurden geschlagen.

Die Lancastrianer erlangten dabei König Henry VI., den Ehemann Margaretes von Anjou, aus Yorkscher Gefangenschaft zurück, der während der Schlacht singend unter einem Baum gesessen hatte, doch nutzten sie nicht die Gelegenheit, weiter nach London zu marschieren. Die Gründe sind nicht klar; vielleicht war ihnen ihr Ruf als Plünderer vorausgeeilt, und das

hätte die Londoner veranlasst, die Tore geschlossen zu halten.

Danach folgten noch die Schlachten von Ferrybridge, Towton,
Hedgeley Moor, Hexham, Edgecote Moor, Losecote Field,
Barnet and Tewkesbury.

Townton, 29. März 1461

Das Haus York siegt überwältigend in der Schlacht von Town-
ton. Dadurch ging die Herrschaft vom Haus Lancaster (rote
Rose) an das Haus York (weiße Rose) über.

London, 28. Juni 1461

Edward of March lässt sich als Edward IV. zum König krönen.
Er ist zu diesem Zeitpunkt 19 Jahre alt.

Florenz, 7.04.2012

In einem weiteren Gespräch wandten sich die beiden Journalisten einem anderen einträglichen Geschäftszweig zu.

»Die Medici handelten nicht nur mit Wolle, die vorwiegend
aus England kam, sondern sie stiegen in das Alaungeschäft
ein, das sie als gute Freunde des Papstes Pius II. sogar als
Monopolisten übernehmen konnten, nachdem im Herrschafts-

bereich der Kirche neue Alaunlager entdeckt wurden«, brachte Fischer ein zusätzliches Thema in das Gespräch ein.

Rom, 1461

Die Auffindung des Alauns von Tolfa erzählt Pius II. selbst in den «Commentaren» in folgender Weise:

„Um diese Zeit (es ist von 1461 die Rede), kam nach Rom Johannes de Castro, dem Papste schon von Basel her bekannt, da er dort Handelsgeschäfte getrieben und dem Papste Eugen als Depositar gedient hat. Sein Vater war Paulus de Castro, der berühmte langjährige Rechtslehrer von Padua, der in ganz Italien als Rechtsbeistand begehrt gewesen war. Auch der ältere Bruder des Johannes ist Jurist. Er selbst hat philologische Wissenschaften studiert, dann aber ist er auf Wanderschaft gegangen. In Konstantinopel hat er die Färbung italienischer Zeuge betrieben und war dadurch zu großem Reichtum gekommen. Auch die Gewinnung und Zubereitung des Alauns hat er dort kennen gelernt. Bei der Eroberung der Stadt durch Muhamed, 1453, verlor er seine ganze Habe und war froh, selbst mit heiler Haut zu entkommen. Er ist mit dem neuen Papste (Piccolomini) noch verwandt und wandte sich also nach dessen Erhebung gen Rom. Er wurde General-Kommissär des Papstes über alle Einkünfte der apostolischen Kammer in und außerhalb der Stadt und im Patrimonium. Jetzt sucht er alle Berge und Hügel ab, ja selbst in der Erde Eingeweide dringt er in rastlosem Entdeckungstrieb. Umherschweifend in den wald- und quellenreichen Bergen, die sich unweit Civittavecchia bis nahe dem Meere hinziehen, findet er endlich in der Mark von Tolfa ein Kraut, das auch auf den alaunhaltigen Bergen Kleinasiens wächst, dann weiße Steine, die der salzige Geschmack und erst recht die Auskochung als Alaun erweist. Er eilt zum Papste und verkündet ihm das Geschehene:

‚Heute bringe ich Dir den Sieg über den Türken; denn mehr als 300.000 Ducaten presst der jährlich den christlichen Alaunhändlern ab. Ich habe nun aber sieben Berge voll Alaun gefunden, Alaun in solcher Menge, dass es wohl für sieben Erdkreise genügen möchte. Wenn Du nur Alaunkocher anzuwerben, Kessel aufzustellen befiehlst und der Betrieb in richtiger Weise angefasst wird, dann kannst Du ganz Europa mit dem nötigen Alaun versehen, dem Türken aber seinen Gewinn nehmen. Was Dir zum Nutzen, muss jenem doppelten Schaden bringen. Jetzt erst kannst Du den Türkenkrieg vorbereiten. Wasser ist auch in genügender Menge vorhanden. Einen Hafen hast Du in Civittavecchia in erwünschter Nähe.‘

Und so redete de Castro im Entdeckerglück noch vieles. Dem Papste schienen seine Worte Wahnsinn. Er hielt das Ganze für eitlen Alchemisten-Traum. Nicht anders dachten anfangs die Kardinäle. De Castro hatte Mühe sich noch ferneren Zutritt zum Papste zu verschaffen. Aber er ruhte nicht. Er wollte dem Heiligen Vater die Auskochung des Alauns selbst zeigen.

Pius zog Sachverständige bei; sie bestätigten die Reinheit des Minerals. Man schickte, um jeden Betrug auszuschließen, zu den bezeichneten Stellen und dem Geologen Hess neue Steine holen. Auch diese bestanden die Probe. Ganze Flöze des Gesteins wurden gefunden. Alaunkocher aus Genua, die einst in den asiatischen Gruben gearbeitet hatten, wurden hergeholt, und sie weinten vor Freude und priesen Gott auf den Knien, als sie die ungeheuren Lager des Alaunsteines sahen. Ja, sie fanden den Alaun von Tolfa sogar viel besser als den asiatischen. Achtzig Pfund hatten den Wert von hundert Pfund türkischen Alauns.

Die Alaun-Minen von Tolfa

Rom, 20. Juli und 23. August 1461

Der Vertrag zur Ausbeutung der Alaun-Minen von Tolfa zwischen der Gemeinde Corneto (Tarquinia) und Giovanni da Castro wird unterzeichnet.

Mehun-sur-Yèvre, 22. Juli 1461

Tod Karls VII., der Siegreiche, König von Frankreich. Ihm gelang mit der Hilfe von Jeanne d'Arc, der schönen und wehrhaften Jungfrau von Orléans, die Wende im Hundertjährigen Krieg, bevor er 1453 mit der Vertreibung der Engländer aus Frankreich den endgültigen Sieg errang.

Sein Sohn, Ludwig XI., wird König von Frankreich.

Paris, 21. Oktober 1462

Ein Dekret Ludwigs XI., eine großer Eingriff in den Handel, verbot jedem Franzosen die Messe von Genua zu besuchen und machte ihn haftbar, dass seine Waren konfisziert würden.

Wachen wurden an strategischen Stellen der Haupthandelswege, die nach Genua führten, aufgestellt.

Tolfa, Kirchenstaat, Frühjahr 1463

Seit dem Frühjahr 1463 war der Betrieb der Tolfaer Gruben in vollem Gange. 8000 Menschen waren dabei beschäftigt. Man scheint schon bald vier Minen in Angriff genommen zu haben; denn wir finden in den Rechnungen einen Posten von zwölf Dukaten, ausgezahlt am 10. Juni 1463, dem Antonio de Sasso aus Florenz für Lieferung von vier Fahnen mit dem Wappen des Papstes, die für die Alaunwerke von Tolfa bestimmt waren. Über jeder Grube flatterte triumphierend das Banner des Papstes.

Schon in der Bulle vom 7. April 1463 ist der Monopolgedanke enthalten. Die Gläubigen werden ermahnt, den Alaun nicht mehr bei den Ungläubigen, sondern nur im Patrimonium zu kaufen. Paul II. fügte den Verträgen mit der «Alaungesellschaft» entsprechend den Zwang hinzu. Nach dem geltenden Rechte scheint sowohl zur Gewinnung als zum Vertrieb von Montanerzeugnissen im Kirchenstaate die Erlaubnis des Papstes und der apostolischen Kammer nötig gewesen zu sein.

Die technische Seite des Unternehmens überließ Pius II. von vornherein dem Entdecker Johann de Castro und zwar in der Hauptsache auf dessen eigene Rechnung und Gefahr. Der im Herbst 1462 geschlossene erste Vertrag, der auf drei Jahre lautete, wurde unter Paul II. am 20. März 1465 in der Kammer zu Rom abgeschlossen. Das Vertragsverhältnis lautete jetzt auf neun Jahre, beginnend mit dem 1. November 1465.

Verabredet und beschworen in der apostolischen Kammer zu Rom von dem Vicecamerar Viennesius de Albergatis, von dem Generalthesaurar Lorenzo Erzbischof von Spalatro, von Marius Bischof von Vicenza, Nepoten des Papstes und eigens Beauftragten, ferner von den Kammerklerikern Sulimanno de Sulimannis, Roberto de Cambrin, Antonio de Forlivio, Nicolo de Luca, Nicolo de Ghivizano und Falco de Sinibaldi auf der einen, und von den drei Unternehmern De Castro, dem Genuesen Bartholomeus de Framura, Scriptor der apostolischen Briefe und mit Carl de Gaetanis von Pisa auf der anderen Seite. Als Zeugen fungierten die Magister Giovanni Fortini, Cyriak Lecksteyn und Pietro Rubeo.

Ödenburg, 19. Juli 1463

Vertragsabschluss zwischen Kaiser Friedrich III. und Matthias Corvinus. Friedrich erkannte Matthias als König von Ungarn an und übergab ihm die Heilige Stephanskrone, für die Matthias 80.000 Goldforint bezahlte und krönte sich am 29. März 1464 in Stuhlweißenburg.

Doch musste er für die Auslösung der ungarischen Krone das ungarische Königtum Friedrichs III. anerkennen und dem Haus Habsburg im Vertrag von Wiener Neustadt 1463/1464 die Erbfolge in Ungarn zugestehen, falls er ohne männliche legitime Erben sterben sollte.

Brügge, 24. April 1464

Agnolo Tani verlässt Brügge. *Tommaso* übernimmt während der Abwesenheit seines Vorgesetzten das Brügger Bankhaus. Er teilte seinem Bruder Pigello in Mailand brieflich mit, dass er seine Stelle in Brügge verlassen werde, falls Tani zurückkehren sollte. Obwohl *Tani* mit knapp 50 Jahren zu dieser Zeit nicht mehr so jung war, zeigte er dennoch keine Absicht seine Position in Brügge aufzugeben.

Der Brief, den Tommaso schrieb, war voller Anschuldigungen gegen *Tani*, um diesen zu diskreditieren. Er bezeichnete ihn als „Türke" und als höchst unangenehm im Umgang mit den Kunden der Bank. Pigello Portinari ergänzte das Schreiben mit einigen Anmerkungen, die den Bruder unterstützen sollten und schickte ihn weiter an die Zentrale in Florenz.

Geldern, Januar 1465

Karl der Kühne mischt sich in die Politik der Nachbarländer ein und gelangt zu einer Gebietsvergrößerung seines burgundischen Staates.

An einem Januarabend des Jahres 1465, ließ der junge Adolf Egmond von Geldern seinen 55 Jahre alten Vater, Herzog Arnold Egmond von Geldern, festnehmen und entführte ihn ca. fünf Meilen weit barfuß zu einem Verließ, in einen tiefen

Turm auf Schloss Büren, in den nur durch einen kleinen Spalt Licht eindringen konnte. Er ließ seinen Vater dort fünf Jahre. Der Schwager des gefangenen Herzogs, Herzog Johann I. von Kleve, unterlag in der Schlacht von Straelen am 23. Juni 1468 gegen den Herzog Adolf. Nachdem Karl der Kühne Arnold und Adolf zu einem Vermittlungsgespräch nach Hesdin geladen hatte und sich der Sohn dabei geweigert hatte, Arnold auf Lebenszeit den Herzogtitel, die Nutzung von Gave und eine ausreichende Pension zu belassen, wurde Adolf am 10. Februar 1471 von den Burgundern in Namur gefangen gesetzt.

Nachdem Schlichtungsversuche von Herzog Karl (dem Kühnen) erfolglos blieben und sogar Papst und der Kaiser sich mit der frevelhaften Tat beschäftigten, wurde dem Herzog von Burgund aufgetragen den Herzog Arnold aus dem Gefängnis zu befreien. Der junge Herzog wagte es nicht, sich gegen die hohen Mächte zu wehren. Es wurden Vorschläge dem jungen Adolf unterbreitet, die dieser jedoch ablehnte, da, wie er zornig bemerkte, sein Vater 44 Jahre Herzog war und er nun endlich an der Reihe wäre, Würde und Land zu übernehmen.

Nach der Gefangennahme Adolfs versuchte Arnold zunächst, von den geldrischen Ständen seine erneute Anerkennung als Herzog zu erhalten. Da er seinen Machtanspruch in drei Viertel des Landes, das an Adolf festhielt, nicht durchsetzen konnte, resignierte er schließlich und verpfändete das gesamte Herzogtum am 1. Dezember 1471 für 300.000 Gulden an den Herzog von Burgund, der dann bis 1473 seine Herrschaft über

Geldern gewaltsam erzwang. Im Februar 1473 erlag Arnold von Egmond einem Schlaganfall.

Als der junge Herzog nur mit einem Begleiter in sein Land reiste, wurde er erkannt und gefangen genommen und nach Namur gebracht, wo er bis zum Tod seines Vaters in Haft war. Die aufständischen Genter befreiten ihn nach dem Tod Karls des Kühnen, denn diese wollten ihn aus eigenem Interesse mit der Erbin Burgunds verheiraten. Nach kurzem glanzvollen Auftreten in Gent - die Flamen unterstützten seine Brautwer-bung bei Maria von Burgund – und die geldrischen Stände ihn als ihren Herzog proklamierten und ihn bis vor Tournai führ-ten. Dort fiel er bei der Belagerung am 27. Juni 1477.

Montlhéry, 16. Juli 1465

Schlacht bei Montlhéry (im Norden von Montlhéry und Long-
pont) zwischen den Truppen des französischen Königs Ludwig
XI. und der Ligue du Bien public, der Liga für das Allgemein-
wohl, unter dem burgundischen Herzog Karl dem Kühnen.

Florenz, 1. August 1465

Durch den Tod von Cosimo de' Medici, der sich nicht erfreut
über die Nachricht Portinaris aus Mailand gezeigt hatte, wurde
ein neuer Partnerschaftsvertrag mit *Tommaso Portinari* erst
einmal auf die lange Bank geschoben. Der neue Vertrag wurde am 6. August 1465 geschlossen und rückwirkend zum 25.
März des Jahres wirksam. Er sollte drei Jahre bis zum 25.
März 1468 gelten. Ein Kapital von £ 3.000 wurde eingesetzt,
und zwar von £ 2.000 von Piero di Cosimo de' Medici, £ 600
von *Agnolo Tani* und £ 400 von *Tommaso Portinari*. Die Gewinne jedoch sollten wie folgt verteilt werden: Piero de' Medici
12 s. 6 d., *Tani* 2 s. 6 d. und *Portinari* 5 s. jeweils pro Pfund.
Portinari machte ein gutes Geschäft, sein Anteil betrug zwei
Fünfzehntel und sein Gewinnanteil ein Viertel, *Tani* andererseits kam nicht so gut weg, er gab ein Fünftel und bekam nur
ein Achtel!
Tommaso hatte als Leiter alle Auflagen, welche die Medici in
ihre Verträge einbauten, zu erfüllen.
Der Vertrag enthielt u. a. folgende Verpflichtungen unter der
Präambel, "Trattare in cambio e meccanizzazione nella città di

Bruges e nelle Fiandre", ("Tausch und Handel in der Stadt Brügge und in Flandern") in den folgenden Artikeln:

Art. 3   Für die Dauer des Vertrages kann kein Kapital ent-
nommen werden, und die Genehmigung von den
Medici und Pigli ist erforderlich, um die Gewinne zu
verteilen. Tani wurden £ 20 groat (1 groat = 4 pennies)
jährlich für besondere Ausgaben zugestanden. Verlus
te – „was Gott verhindern möge" – waren im gleichen
Verhältnis wie die Gewinne aufzuteilen.

Art. 4   Das Ausstellen von Wechseln für Kaufleute war erlaubt. Sie mussten jedoch von den Medici oder Pigli
gegengezeichnet werden.
Für jeden Verstoß gegen diese Vereinbarung drohte
eine Strafe von £ 25.

Art. 5   Infolgedessen wurden Kredite an Fürsten ausgeschlossen, was angesichts der späteren Entwicklungen zu beachten ist. *Tani* war es auch untersagt, ohne
ausdrückliche Zustimmung der maggiori für Freunde
zu bürgen oder Waren an andere Unternehmen als
den Medici-Unternehmen zu senden.

Art. 6   Es war *Tani* nicht erlaubt, irgendein Geschäft, direkt
oder indirekt, für sich zu tätigen. Falls er dagegen ver-

stoßen sollte, würden die Gewinne den Partnern zufallen, aber die Verluste würden seine bleiben. Eine Strafe von £ 50 drohte für jeden Verstoß gegen diese Ver-
tragsverletzung.

Art. 7   Es verbot ihm, Spiele zu veranstalten und Frauen in
sein Quartier zu lassen.

Art. 8   Jährlich am 24. März oder öfter, falls es die *maggiori*
wünschten, mussten die Bücher geschlossen, eine Bilanz gezogen und eine Kopie als Bericht nach Florenz
geschickt werden.

Art. 9   Nach Beendigung der Liquidation sollten alle Bücher
und Dokumente im Gewahrsam der Medici verbleiben,
jedoch unter der Bedingung, dass *Tani* jederzeit Zugang zu ihnen haben könnte.

Art. 10   *Tani* durfte keine Mitarbeiter und Helfer ohne die Zustimmung der *maggiori* einstellen. Entlassungen
mussten in Florenz bestätigt werden.

Art. 11   Wenn das Partnerschaftsabkommen nicht verlängert
wurde, müsste *Tani* ohne zusätzliche Bezahlung
sechs Monate warten, um das Geschäft abzuschlie
ßen. Der Vertrag kann jedoch jederzeit nach Ermes
sen der *maggiori* gekündigt und beendet werden,

ohne das *Tani* berechtigt ist, Einwände zu erheben.

Art. 12 Es wurde *Tani* nicht zugestanden, seinen Posten zu verlassen, außer zur Berichterstattung nach Florenz. Er benötigte auch keine Erlaubnis, um auf die Märkte von Antwerpen und Bergen-op-Zoom, nach Middelburg oder den Straßenmärkten von Zeeland, oder eine Reise nach Calais oder, falls notwendig, sogar nach London zu machen.

Art. 13 *Tani* durfte Wolle oder Kleider nicht über £ 600 jährlich einkaufen, außer mit der schriftlichen Genehmigung der Partner.

Art. 15 Verbot der Entgegennahme von Geschenken über einem Wert von £ 1.

Art. 16 Verbot Versicherungen abzuschließen und Wetten einzugehen.

Art. 17 Es war verboten, die Partnerschaft im eigenen Namen oder im Namen von Freunden oder Verwandten zu verpflichten.

Art. 18 Verletzungen lokaler Gesetze oder Statuten sind untersagt.

Mailand, 10. Oktober 1465

Maria Ippolita Sforza, Tochter von Francesco I. Sforza, Herzog von Mailand, heiratet Alfonso, Herzog von Kalabrien, den späteren König Alfons II. von Neapel. Die Hochzeit von Alfons und Ippolita war politisch motiviert, da sie ein mächtiges Bündnis zwischen dem Königreich Neapel und dem Herzogtum Mailand bildete.

Florenz, 1466

Agnolo Tani heiratete Caterina di Francesco Tanagli. Beide sind mit ihren Wappen auf den Flügeln des Danziger Altars des Jüngsten Gerichts dargestellt.

Das Wappen des Mannes zeigt in einem goldenen Schild, überdeckt von einem schräglinken blauen Balken, einen rechtsgewendeten schwarzen Löwen mit roter Zunge, Augen, Krallen und weißem Gebiss.

Das Wappen der Frau führt in einem roten Schild, überdeckt von einem schräglinken blauen Balken mit drei Zangen, einen goldenen Löwen mit roter Zunge und weißen Krallen. Im linken oberen Schildteil sieht man einen Zirkel mit flatterndem weißen Band mit dem Wahlspruch: POUR NON FALIR, was „um sich nicht zu täuschen" oder „sich nicht täuschen lassen" bedeutet.

Rom, 1. April 1466

Der Vertrag von 1465 wurde schon ein Jahr darauf hinfällig durch das Ausscheiden des päpstlichen Scriptoren de Framura aus der „societas aluminum". An seine Stelle trat das geldkräftige Florentiner Bankhaus Medici ein, und es wurde ein neuer Vertrag in der Kammer zu Rom verabredet und beschworen. Seitens der päpstlichen Kammer waren dieselben Bevollmächtigten beauftragt. Auf Seiten der Unternehmer waren außer de Castro und Gaetani noch der römische Vertreter des Hauses Medici, Giovanni Tornabuoni, und der Sohn des Pietro de' Medici, Lorenzo de' Medici, anwesend und vertragschließend.

Bern, 22. Mai 1467

Burgund bewilligte den verbündeten Städten Bern, Zürich, Freiburg und Solothurn, dass in seinen Staaten der freie Handel zugesichert wird und die bis zu diesem Zeitpunkt gültigen Zölle nicht erhöht werden sollen.

Brügge, 1466

In einer flämischen Quelle ist zu lesen:
Piero de' Medici, de nieuwe eigenaar, vergroot het diephuis achteraan met de z. g. "de Medicizaal" en voegt mogelijk in

het poortgebouw een galerij in cf. portretbustes en gewelfste-
nen.

(Piero de Medici, der neue Besitzer, vergrößerte den Baukör-
per an der Rückseite mit dem so genannten "Medici-Saal" und
fügte eine Galerie mit Porträts und Gewölben im Torgebäude
hinzu.)

Verhandlungen finden statt, die Rechte zu den Einsendungen
der Pflichten aus englischen Wollimporten durch Portinari zu
übernehmen, die der Luccheser Kaufmann Giovanni Arnolfini
besaß.

Brügge, 15. Juni 1467

Tod des Herzogs Philipp III. des Guten. Er war der Dritte der
großen Herzöge von Burgund. Sein Sohn Karl tritt die herzogliche Nachfolge an.

Florenz, 1467

Agnolo Tani wurde von Piero di Cosimo de' Medici auf Anra-
ten von Francesco di Tommaso Sassetti nach London geschickt, um die Unterlagen der Niederlassung zu prüfen und
Ordnung in die Bankgeschäfte zu bringen.

Tani ordnete seine Verhältnisse in Florenz und machte ein Testament, das seine Frau als Alleinerbin vorsah und brach zur Reise nach Norden auf.

Er erreichte London im frühen Januar 1468 und stellte dort fest, dass König Edward IV. die unglaubliche Summe von etwa £ 8.500 schuldete. *Agnolo Tani*, der penible Bankier, errechnete genau £ 8.468 18s. 8d.

London, 12. Januar 1468

Agnolo Tani schreibt nach Florenz: „Con questa mi mando il bilancio di questa ragione che, come per esso potrete vedere, dalle £ 8.500 in fuori che s'anno avere dalla Maestà di questo Re, non v'à altra detta che non s'abino a ritrarre in brieve."

(„Mit diesem schicke ich euch aus diesem Grund die Bilanz, dass, wie Sie sehen können, von den £ 8.500, die ihr von der Majestät dieses Königs habt, es nichts anderes zu sagen gibt, dass es unmöglich ist, es nur kurz darzulegen.")

Agnolo Tani ließ einen weiteren Brief am 23. Januar 1468 folgen: „... e restono avere in una partita dalla Maestà di questo Re £ 8.500 in chirca, che attenghono a Iloro, di che n'ànnoasegnamenti sulle chostume e credo chol tempo s'àbino a ritrarre, ma fieno lunghi perchè sono asegniati sulla mezza e non più."

("... und Sie sind in einem Spiel mit der Majestät dieses Königs von ungefähr £ 8.500, die er Ihnen zu erfüllen hat, für was die

Kostüme und ich glaube mit der Zeit zu wiedergeben muss, aber sie sind lange, weil sie in der Hälfte gewickelt werden und nicht mehr.")

London, 12. Februar 1468

Agnolo Tani schreibt nochmals an Piero di Cosimo: „Ich verstehe sehr gut, dass meine Aufgabe darin besteht, eine Leiche wiederzubeleben; trotzdem hoffe ich, erfolgreich zu sein, wenn Sie und *Tommaso Portinari* tun, wie ich sage."

Brügge, 5. Mai 1468

Tommaso Portinari schließt im Auftrag der Medici mit dem Herzogtum Burgund einen Vertrag, in dem Herzog Karl von Papst Paul II. das Monopol für Alaun, dem Aluminiumkaliumsulfat, an die Medici überträgt, die dadurch eine Monopolstellung für diesen wichtigen Zusatzstoff zur Tuchherstellung erhalten.

Der Herzog verbot unter Zustimmung der Generalräte und Staatskommissare für zwölf auf den 5. Mai 1466 ununterbrochen folgenden Jahren in den burgundisch-flandrischen Landen den Import und Gebrauch aller fremden Alaune. Nur der päpstliche Alaun, der durch den Vertreter des Hauses Medici in Brügge *Tommaso Portinari*, oder durch andere päpstliche Kommissare eingeführt werde, durfte im Herzogtum Burgund,

in Flandern, Hennegau, Brabant, Friesland usw. gekauft, ver-
kauft und verwendet werden. In gleicher Weise sollten alle
Erdarten und Mischungen, welche die Alaunfabrikanten an
Stelle des Alauns eingeführt haben, verboten sein.

Der Herzog versprach ferner seine Unterstützung und Hilfe zur
Durchführung der Geistlichen Zensuren, mit denen der verbo-
tene Alaunhandel belegt war oder noch belegt werde. Der
Vertreter des Papstes verpflichtete hingegen diesen, die apos-
tolische Kammer und die Alaungenossenschaft, dass weder
fremder noch Tolfer Alaun in den Nachbarländern um billige-
ren Preis als in Burgund eingeführt werden dürfe, dass der
jetzige hohe Alaunpreis in Burgund, Flandern usw. auf 4 ½
Pfund Flandrer Groschen für das gewohnte Brügger Maß
(caricum) herabgesetzt werde und dass in den Alaunmagazi-
nen in Brügge stets so viel Vorräte vorhanden sein sollten,
dass die Käufer jederzeit befriedigt werden können. Von dem
Erlös sollten auch für 4 ½ Pfund Groschen 6 solidi grossorum
in die herzogliche Kasse abgeführt werden, so dass der päpstlichen Disposition noch 4 Pfund und 4 solidi verblieben.

Auf Drängen von *Tommaso Portinari* schließt der Medici einen
Mietvertrag über das Bladelin-Palais in Brügge ab. Es sollte
dort eine angemessene Vertretung für die Bank entstehen.

Pieter Bladelin, geboren um 1408 in Brügge, gestorben 6.
April 1472 in Middelburg in Flandern, war ein Patrizier, ein
führender Bürger der Stadt Brügge, deren Stadtkämmerer er

1436 wurde. Weiter war er auch für die Grafschaft Flandern tätig und kam ab 1441 an den Hof Philipp des Guten und war dann für diesen Herzog von Burgund und Graf von Flandern in verschiedenen administrativen Aufgaben tätig. Er war auch der Schatzmeister des Ordens vom Goldenen Vlies.

Bladelin war sehr vermögend und erbaute sich um 1440 den Hof Bladelin, ein Privatgebäude in der Stadt Brügge, das damals als eines der führenden Häuser der Stadt galt.

Bladelin hatte um 1446 von einem Kloster in Flandern Land aufgekauft. Er hat dann darauf um 1450 ein Schloss gebaut und soll daneben das Städtchen Middelburg in Flandern gegründet haben.

Nach 1450 oder eventuell auch etwas früher um 1445 stiftete er wahrscheinlich einen Altar des Ortes, ein heute als Bladelin-Altar bekanntes Werk des flandrischen Malers Rogier van der Weyden. Eventuell handelt es sich bei dem auf dem Mittelteil in burgundischer Kleidung dargestellten Stifter um ein Porträt von Bladelin. Das Bild befindet sich heute in der Gemäldegalerie in Berlin.

Damme und Brügge, 3. Juli 1468

Die Hochzeit Karls des Kühnen mit Margarete von York fand im "Sint Janhuis" (Huis Sint-J(e) d'Angely), im Gerichtsgebäude des Ortes Damme statt. Die Trauung begann zur fünften Stunde des Sonntags. (Die Zeitrechnung beginnt mit dem

Sonnenaufgang.) Danach reiste zuerst der Bräutigam in das etwa sechs Kilometer entfernte Brügge. Gegen 10 Uhr folgte der Einzug der Braut mit ihrem Gefolge im strömenden Regen. In roten und schwarzen kostbaren Seidengewändern gekleidet, schritten sie daher. Sechzig Fackelträger in blauer Livree und vier Pagen in Silberbrokat gekleidet zogen ihnen voraus, hinter denen in der vornehmen Tracht eines Rates des Herzogs von Burgund erschien *Tommaso Portinari*, der „Konsul" der Florentiner, der den Zug der einundzwanzig paarweise schreitenden Kaufleute seiner Nation anführte. Vierundzwanzig „Varlets", also Pagen, hoch zu Ross, beschlossen die Prozession.

Neun Tage dauerten die Feste, Bankette, Theateraufführungen und Turniere, die sich der Vermählung anschlossen und waren sogar für burgundische Verhältnisse über alle Maßen prächtig. Für die Stadt Brügge und das burgundische Gebiet war es ein beeindruckender Festakt.

Die nächste Umgebung der Medici-Filiale bildeten außer *Agnolo Tani* und *Tommaso Portinari*, Rinieri Ricasoli und dessen Bruder Lorenzo, Cristofano di Giovanni Spini und Tommaso Guidetti; außerdem hatten die Rabatta, Frescobaldi, Salviati, Martelli, Gualterotti, Carnesecchi, Pazzi u. a. m. in Brügge ihre Vertreter.

Frankreich und Burgund

Das Treffen in Péronne

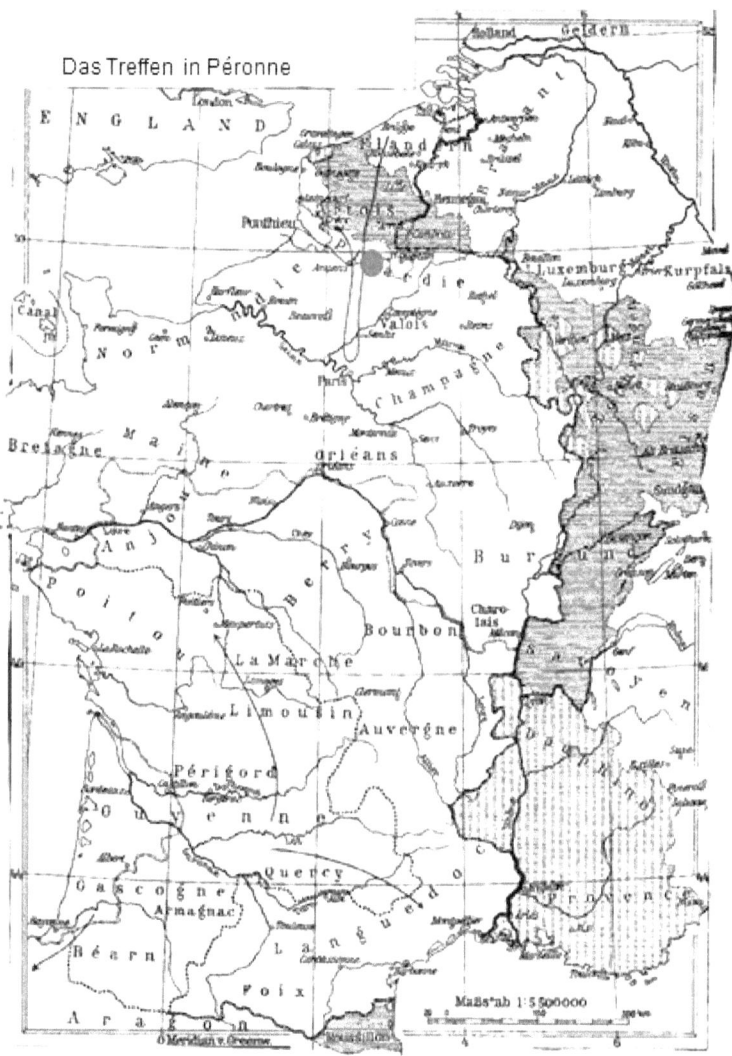

101

Péronne, (an der Somme), 9. Oktober 1468

Ludwig XI. und Karl der Kühne trafen sich in Péronne an der Somme, nachdem zuvor der Frieden von Ancenis geschlossen worden war, durch den die Beziehungen zwischen dem König, dessen Bruder Karl (von Valois), dem Herzog Franz II. der Bretagne und den Engländern vorläufig wiederhergestellt worden waren.

In Péronne ging es nun darum, eine vergleichbare Übereinkunft mit Karl dem Kühnen zu erreichen, der sich von seinen bisherigen Verbündeten verraten fühlte. Der Ort gehörte zum Besitz des Herzogs, der dem König freies Geleit zusicherte.

Mailand, 11. Oktober 1468

Pigello Portinari, der langjährige Vertreter der Medici-Bank in der lombardischen Hauptstadt, stirbt vermutlich am Malaria-Fieber, das ihn über Jahre begleitet hatte. Accerrito, sein jüngerer Bruder, wird sein Nachfolger in der Führung der Niederlassung in Mailand.

Péronne, 14. Oktober 1468

1435 hatte König Karl VII. Péronne nebst anderen Städten an der Somme im Vertrag von Arras an Philipp den Guten abgetreten. Die Stadt wurde 1463 vom französischen König Ludwig XI. zurückgekauft; dann fiel Péronne bereits 1465 wieder an den burgundischen Herzog Karl den Kühnen. Als Ludwig XI. 1468 einer Einladung Karls des Kühnen nach Péronne folgte, wurde er hier von seinen Leuten isoliert und vom Burgunderherzog gefangen gesetzt und zur Unterzeichnung eines Vertrags gezwungen, der ihn zu großen Zugeständnissen und zur Teilnahme am Rachezug gegen Lüttich verpflichtete.

König Ludwig XI. hat diese Schmach dem burgundischen Herzog nie vergessen. Nach dem Tod Karls des Kühnen im Jahre 1477 bemächtigte sich Ludwig XI. wieder der Stadt. Maria von Burgund forderte Péronne vergeblich zurück, und im Frieden von Madrid wurde Péronne 1526 von Kaiser Karl V. förmlich an Frankreich abgetreten.

Die Nachricht eines Aufstands in Lüttich traf ein, von dem man wusste, dass er von Ludwig XI. selbst unterstützt wurde. Daraufhin nahm der Herzog den König zum Gefangenen. Einen Krieg vor Augen, ließ Karl der Kühne jedoch König Ludwig gegen die Zusage wieder frei, einen Vertrag abzuschließen, der den französischen Teil Flanderns mit den Städten Gent, Ypern, Brügge und die Franc de Bruges, d. i. die Umgebung der Stadt, aus der Jurisdiktion des Parlements herauslöste, und damit die Souveränität des König hier faktisch beendete, die Unabhängigkeit der Burgunder hingegen erhöhte. Darüber hinaus wurde Ludwig XI. gezwungen, Karl den Kühnen zur Bestrafung der Lütticher zu begleiten. Ludwigs Bruder Karl, Charles de Valois, Duc de Berry erhielt die Champagne und das Brie. 1469 tauschte er diese Besitzungen sowie seine

Ansprüche auf die Normandie gegen das Herzogtum Guyenne.

Kaum wieder frei, entfachte Ludwig erneut mit dem Herzog von Burgund die Händel, die nun bis 1472 dauerten. In diesem Jahr verließ Philippe de Commynes (Philippe Chevalier de Commynes (Commines), Seigneur d'Argenton, 1447–1511) den Herzog von Burgund und trat in die Dienste des Königs. Er wurde fortan das Hauptwerkzeug der französischen Politik. Das war ein gravierender Seitenwechsel.

Während Karl der Kühne mit Edward IV. von England ein Bündnis zur Eroberung Frankreichs schloss, verband sich Ludwig XI. mit den Schweizern und Renatus von Anjou, dem Herzog von Lothringen, Grafen von Provence und Titularkönig von Neapel.

Mailand, 13. November 1468

Von Beginn an entzündete sich der ganze Ärger mit der Niederlassung in Mailand an der zu engen Verbindung mit einem Kunden: dem herzoglichen Hof. Die Medici-Gesellschaft war hauptsächlich Hoflieferant von Luxuswaren und Hofbankier, die bereitwillig bei der Finanzierung half.

Francesco Nori wurde von Piero de' Medici, auf dem Weg von Lyon nach Mailand geschickt, um dort die Bücher zu prüfen. Accerrito Portinari war aufgeschreckt, da er befürchten musste, dass Nori an seiner Stelle als Nachfolger seines Bruders von den *maggiori* bestimmt würde. Er weigerte sich die Bücher vorzulegen. Um die Angelegenheit zu verzögern, bat Nori die *maggiori* genaue Anweisungen zu schicken, die es ihm ermöglichten, seinen Auftrag auszuführen.

Zwischenzeitlich eilte *Tommaso Portinari* herbei, um seinem Bruder beizustehen und wies darauf hin, dass die Dienste seines verstorbenen Bruders Pigello noch nicht vergessen sein dürften. Die Portinari Brüder fühlten sich von der Zentrale gegängelt und nicht genug respektiert.

Rom, 10. Dezember 1468

Offizielle Eheschließung von Clarice Orsini mit Lorenzo de' Medici in Abwesenheit von Lorenzo, den der Erzbischof von Pisa, Filippo de' Medici, vertrat. Die Ehe wurde erst sieben Monate später in Florenz vollzogen.

Florenz, 10.04.2012

Die Osterfeiertage waren vorüber. Heute stand ein Kirchenbesuch für Fischer und Weiland außerhalb der Stadt auf dem Besuchsplan.

Der städtische Bus Nr. 7 führte die beiden Deutschen aus der Stadt hinaus, den Hügel Richtung Fiesole hinan und sie erreichten ihr Ziel im Ortsteil San Domenico, in der Via dei Rocchettini 9, die alte Abtei, die Badia Fiesolana.

Die Badia war bis 1028 die alte Kathedrale von Fiesole, ehe der Bischof, Jacob der Bayer, die neue Kathedrale innerhalb des Mauerrings der alten römischen Ansiedlung errichten ließ.

Cosimo de' Medici stiftete 1458 den Neubau der Kirche. Der wurde von Antonio Gamberelli, genannt Rossellino, und seiner Werkstatt errichtet. Architektonisch war der Bau beeinflusst von Brunelleschi, Michelozzo und Alberti, dem Hausarchitekten der Medici. Die Verwendung von dunkel-grünem Serpentin und weißem Prat-Marmor für die Fassade erinnert an die Kirche San Miniato al Monte auf der linken Arno-Seite. Ein markantes Beispiel für den Inkrustations-Stil der Florentiner Proto-Renaissance.

»Nach den Kamaldulenser folgten die Benediktiner und im Jahre 1439 die Augustiner-Chorherren, seit 1973 ist die Abtei Sitz der Europa-Universität«, erklärte Ines Weiland.

Die beiden betraten die Kirche.

»Es ist eine einfache Kirche, keine Basilika, mit einem kreuzförmigen Grundriss, der sich gar nicht so deutlich zeigt, da die Seitenschiffe fehlen und ebenso der Obergaden.«

»Was ist der Obergaden?«, fragte Fischer.

»Entschuldigung. Ich muss diesen Fachbegriff erklären. Das sind die seitlichen Fensterreihen bei größeren, mehrschiffigen Kirchen, welche das Mittelschiff beleuchten sollen. Wie wir sehen, besitzt das Mittelschiff Seitenkapellen, vier auf jeder

Seite, und zwei im Querschiff. Das Langhaus, das Querschiff und der Chorraum sind durch ein Tonnengewölbe überdeckt. Die Vierung und der Chorraum sind etwas erhöht, Stufen führen hinauf. Dieser einschiffige Kirchenbautypus wurde in der Folgezeit zum bevorzugten Stil im italienischen Barock. Diese Einfachheit und Sparsamkeit sind typische Stilmittel der Frührenaissance.«

»Aber warum sind wir überhaupt hier?«

»Ja, genau. Die Seitenkapellen sollten mit Altären von Freunden und Geschäftspartnern ausgestattet werden. Hier in der ersten Kapelle rechts, die für *Tani* reserviert war, sollte das Altarbild mit dem „Jüngsten Gericht" von Hans Memling aufgestellt werden.«

»Dazu ist es ja dann nicht gekommen. Das Triptychon ist jetzt in Polen, wie wir wissen.«

»Aber es ist schon interessant, wenn man die Zusammenhänge bedenkt.«

»Für wen waren die anderen Kapellen gedacht?«, wollte Fischer wissen.

»Für Personen und Familien, mit denen die Medici geschäftlich oder durch Heirat oder beides verbunden waren wie etwa mit den Bardi, Martelli, *Tani*, Sassetti, Tornabuoni und anderen. Aber ich kann sie jetzt nicht räumlich zuordnen.«

»War auch eine Kapelle für die *Portinari* vorgesehen?«, fragte Fischer rasch.

»Anfangs vielleicht schon, aber später kam es zu Zerwürfnissen zwischen den Medici und den *Portinari*«, erklärte Ines.

»Ich habe von vielen Stiftungen von Kapellen in den großen Kirchen von Florenz gelesen«, ließ Fischer wissen.

»Ja, vor allem in Santa Croce und Santa Maria Novella«, betonte Ines. Sie fuhr fort: »Berühmt sind darunter die Kapellen der Familien Castellani, Baroncelli, Velluti, Giugni, Peruzzi, Pulci, Niccolini, Salviati und weiterer in Santa Croce und die der Familien Rucellai, Bardi, Gondi, Gaddi und anderer in Santa Maria Novella. Auch *Tani* und seine Frau fanden dort ihre letzte Ruhe.«

England, 1469

Edwards wichtigster Verbündeter, der Duke of Warwick, entfremdet sich von Edward, rebelliert, wechselt die Seiten und schließt sich dem Haus Lancaster an. Er arrangiert sich mit der Königin Margarete von Anjou. In der Folge vertreibt er sogar Edward IV. aus England und Henry VI. wird wieder eingesetzt. Seine kurze Regierung dauerte vom 30. Oktober 1470 bis zur Rückkehr von Edward IV. im Frühjahr 1471.

Im Frühjahr 1469 lässt Eduard IV. den Stalhof in London stürmen und plündern. Die hansischen Kaufleute wurden zeitweilig inhaftiert.

Saint-Omer, 9. Mai 1469

Der Freundschaftsvertrag der Eidgenossenschaft mit Herzog Philipp dem Guten und seinem Sohn Karl dem Kühnen, der am 22. Mai 1467 geschlossen wurde, wurde jedoch empfindlich gestört, als sich Karl am 9. Mai 1469 im Vertrag von Saint-Omer verpflichtete, Herzog Siegmund von Österreich, Regent von Tirol und Vorderösterreich, im Austausch gegen die Verpfändung der habsburgischen Besitzungen im Elsass und im Breisgau in seinem Kampf gegen die Eidgenossen zu unterstützen. Siegmund hoffte, so die verlorenen Gebiete im Aargau und im Thurgau wieder zu gewinnen. Die Eidgenossenschaft schloss deshalb am 23. September 1470 in Tours mit dem französischen König Ludwig XI., der einer der Hauptgegner Karls des Kühnen war, einen Neutralitätspakt ab.

Florenz, Frühjahr 1469

Begleitet von *Tommaso Portinari* kehrt *Agnolo Tani* mit dem befriedigenden Gefühl nach Florenz zurück, der London Bank wieder auf die Füße geholfen zu haben.

Florenz, 4. Juni 1469

An diesem Sonntag heiraten Lorenzo de' Medici und Clarice Orsini im Palazzo Medici. Da die Ehe eine private Angelegenheit zwischen Familien war, war die Kirche nicht in diesen vertaglichen Vorgang eingebunden.

Der Bruder des Bräutigams, der 16-jährige Giuliano, war Ende April mit einer Eskorte von neun Reitern nach Rom gereist, um die Braut dort abzuholen. Sie nahm am 15. Mai Abschied von ihren Eltern, dem Fürsten Jacopo Orsini, des Herren von Monterotondo und seiner Ehefrau Maddalena. Auf dem Weg nach Florenz wurde sie nur von ihrem Bruder Rinaldo begleitet.

Bis zur Hochzeit wohnte die Braut bei der mit den Orsini verwandten Familie Alessandri.

Ob *Tommaso Portinari* und *Agnolo Tani* geladene Gäste bei dieser Hochzeit waren, das bis dahin als größtes Fest galt, das die Stadt zu sehen bekam, ist nicht belegt. Es ist jedoch anzunehmen, dass die Medici größten Wert auf die Anwesenheit ihrer Freunde und geschäftlich verbundenen Bürgern legten. So dass davon auszugehen ist, dass *Portinari* und *Tani*, die sich zu dieser Zeit in der Stadt aufhielten, daran teilnahmen. Das Fest wurde verteilt im ganzen Palast in den verschiedenen Räumen drei Tage lang gefeiert.

Clarice Orsini brachte nicht nur eine stattliche Mitgift von 6,000 römischen Gulden mit nach Florenz, sondern erhöhte das Ansehen der Medici Familie durch die Verbindung mit einer Frau aus dem angesehenen alten römischen Adel.

Von enormer Wichtigkeit war, dass Clarice dem Medici-Clan in der Zeit von 1470 bis 1479 sieben Kinder gebar (Lucrezia 1470 -- 1553, Piero 1472 – 1503, Maddalena 1473 – 1519, Giovanni 1475 – 1521, Luisa 1476/77 – 1488, Contessina

1478 – 1515, Giuliano 1479 – 1516), die alle das Kindesalter überlebten, was ungewöhnlich für die damalige Zeit war, denn der Kinderreichtum der konkurrierenden Florentiner Familien hatte über Jahrzehnte den Neid der Medici entfacht.

Edgecote, 26. Juli 1469

Die Schlacht von Edgecote Moor fand am 26. Juli 1469 während der Rosenkriege beim Danes Moor in Northamptonshire bei einem Nebenarm des Flusses Cherwell statt. Dabei wurde König Eduard IV. aus dem Haus York von seinem eigenen Bruder George, Herzog von Clarence und Richard Neville, Earl of Warwick, der auch der "Königsmacher" genannt wurde, besiegt und gefangen genommen. Die Sieger übernahmen für einige Monate die Regierungsgewalt in England, bis Eduard IV. von seinem Bruder Richard befreit werden konnte.

Florenz, 14. Oktober 1469

Es findet eine Erneuerung des Vertrages von *Tommaso Portinari* mit den Medici statt. Die Bedingungen in diesem Kontrakt waren im Wesentlichen mit denen der vorangegangenen identisch.

Florenz, 2. Dezember 1469

Piero de' Medici stirbt 53jährig. Er überlebte seinen Vater Cosimo nur um fünf Jahre. Seine Söhne Lorenzo, zwanzig Jahre
alt, und Giuliano, erst sechzehn Jahre alt, rücken in Florenz im
geschäftlichen wie im politischen Bereich überraschend in
mächtige Positionen.

Brügge, 7. Dezember 1469

Tommaso Portinari schreibt an Piero de' Medici: "... di che
assai è istato parlato in mia absenzia et fino a dire che sse io
e'tornavo sanza averlo fatto che me ne darebbono una de qua
.... "
("Es wurde viel in meiner Abwesenheit gesprochen, und es
wurde sogar gesagt, dass wenn ich zurückgekehrt wäre, ohne
dies zu tun (d. h. geheiratet zu haben), eine Frau von hier (aus
Brügge) würde mir gegeben werden.")

Was *Tommaso* nicht wissen konnte, war, dass Piero de' Medici, auch Piero, il Gottoso genannt, der älteste Sohn von Cosimo de' Medici wenige Tage vorher verstorben war.

Florenz, 1470

Zwischen Ende 1469 und Anfang 1470 kehrte *Tommaso Portinari* für Eheverhandlungen nach Florenz zurück und heiratete die 14-jährige Maria di Francesco Bandini Baroncelli, eine Verwandte des Attentäters, der Giuliano de' Medici in der Verschwörung der Pazzi von 1478 töten wird. Das Wappen der Baroncelli, weist drei rote schräglinke Balken im weißen Feld auf, wie sie im Triptychon von Hugo van der Goes zu sehen sind.

Vermutlich hat *Tommaso Portinari* an Hans Memling den Auftrag gegeben, auch ein Tafelbild zu erstellen mit der Thematik der Passion Christi, das sich heute in der Galleria Sabauda in Turin befindet.

Yorkshire, 14. März 1471

Karl der Kühne leiht dem nach Flandern geflüchteten König Edward IV. 50.000 Kronen und später noch einmal 80.000 Kronen, um Soldaten anzuwerben und Waffen aufzutreiben. *Tommaso Portinari* übernimmt dafür die Bürgschaft. Edward IV. stellte ein Heer von nur geringer Stärke auf, segelte nach England und landete mit 1200 Mann dort in Yorkshire, wo 72 Jahre vorher Heinrich Bolinbroke an Land gegangen war, der dann König Richard II. stürzte und als Heinrich IV. den Thron übernahm.

Barnet, 14. April 1471

Nach seiner Rückkehr vom Festland kam es wieder zu einer Schlacht zwischen Lancastrianer und Yorkisten unweit von London in Barnet, das nur etwa zehn Meilen von Westminster entfernt ist.

Dort wurde Richard Neville zusammen mit seinem Bruder John, dem Markgraf von Montagu, und vielen Adeligen besiegt und an diesem Tag in der Schlacht getötet. Anders als zuvor, als Eduard IV. die Parole ausgab, dass das Volk geschont werden solle und nur die Ritter getötet werden, hatte sich seine Einstellung gewandelt, da er gegen das Volk einen Hass entwickelt hatte, als er sah, wie das Volk dem Grafen Warwick zugetan war. In dieser schwer umkämpften Schlacht fielen auf der Seite des Königs Edward 500 Leute. Die Gegenseite verlor doppelt so viele Kämpfer. Durch den Sieg der Yorkisten, der trotz Unterzahl errungen wurde, fiel es der Partei der „weißen Rose" leicht, drei Wochen später Königin Margaretes Heer bei Tewkesbury vernichtend zu schlagen.

Tewkesbury, 4. Mai 1471

Die Schlacht von Tewkesbury in der englischen Grafschaft Gloucestershire, die am Zusammenfluss des Severn und des Avon liegt, stand am Ende einer umkämpften Phase der Rosenkriege und beendete zeitweilig die Hoffnungen des Hauses

Lancaster, den Thron von England wiederzuerlangen. Jedoch wurde der Heerführer der Lancastrianer, Herzog Edmund Beaufort, der 3. Duke of Somerset, gefangen genommen und am nächsten Tag enthauptet. In dieser Schlacht fand auch Heinrichs IV. Sohn, Eduard von Westminster, der Prince of Wales, den Tod. In etwas mehr als einer Woche hatte der Graf von Warwick das englische Königreich gewonnen, aber König Edward brauchte nur drei Wochen und zwei heftige Schlachten, um es zurückzugewinnen. König Heinrich VI. wurde am 21. Mai 1471 im Tower von London von beauftragten Tätern ermordet.

Die Königin Maragrete war nicht am Ort der Schlacht. Sie wurde einige Tage später gefangen genommen und am 21, Mai 1471 nach London gebracht. Fünf Jahre wurde sie dort gefangen gehalten. Im Vertrag von Pecquigny zwischen Edward IV. und Ludwig XI. wurde sie für eine jährliche Zahlung von 50.000 Kronen am 29. Januar 1475 freigelassen. Sie lebte noch bis 1482 in Frankreich, wo sie verbittert starb.

Der nur scheinbar ruhige Abschnitt eines 14-jährigen Friedens folgte, in dem der König friedfertig blieb, sich wieder Tafelfreuden zuwenden konnte und fett wurde, bis ein weiterer politischer Coup durch Henry Tudor, Sohn des Edmund Tudor, 1. Earl of Richmond, den Streit zwischen den zwei Dynastien endgültig entschied, indem er den zwischenzeitlich regierenden, von den Historikern abschätzig bedachten König Richard III. besiegte.

Rom, 9. August 1471

Nachdem Tod von Papst Paul II. am 26. Juli 1471, der kein gutes Verhältnis gegenüber Florenz hegte, wurde der Franziskaner Francesco della Rovere zum Papst gewählt. Er nahm den Namen Sixtus IV. an. Der neue Papst stammte aus Savona und war als mailändischer Untertan eng mit dem Herzog von Mailand verbunden, dessen Interessen er schon als Kardinal in Rom vertreten hatte. Daher wurde seine Wahl auch von den verbündeten Medici unterstützt.

Lorenzo de' Medici reiste hoffnungsfroh nach Rom, um dem neuen Papst zu huldigen und überschüttete ihn mit Geschenken. Sixtus machte ihn ab August des Jahres zusammen mit seinem Bruder Giuliano wieder zum apostolischen Schatzmeister, ein wichtiges und gewinnbringendes Amt, das unter Papst Paul II. in den Händen eines Papstneffen war, das die Medici bis Juli 1474 bekleideten. Beim Abschied überreichte der Papst Lorenzo zwei antike Büsten von Augustus und Agrippa. Er überließ Lorenzo wertvolle Sammlerstücke aus dem Schatz Pauls II. zu einem günstigen Preis.

Lorenzo nutzte das Zusammentreffen mit dem Papst, um sich für seinen Bruder als zukünftigen Kardinal aus der Medici-Familie zu verwenden. Der Papst versprach, Lorenzos Wunsch zu berücksichtigen. So schied der Medici von Rom mit großer Zuversicht im besten Einvernehmen.

Danzig, 19. August 1471

Endlich war es soweit! Das Schiff, das über ein Jahr auf der Kielbank zur Reparatur gelegen hatte, konnte unter dem Jubel der Bevölkerung zur ersten Fahrt nach dem Westen absegeln. Was war das für ein besonderes Schiff?

Die „große Krawel", wie sie im Volksmund genannt und auf den Namen „Peter von Danzig" getauft wurde, hatte ein Unglück nach Danzig verschlagen. Das Schiff, eine mächtige Karavelle, 150 Fuß lang und etwa 43 Fuß breit, mit dem Namen S. Peter von Rochelle (S. Petrus de Rupellis) benannt, war eines der größeren Kauffahrtschiffe dieser Zeit. Durch einen Blitzschlag, der den Hauptmast zerbersten ließ, musste es in Danzig vor Anker gehen. Das war kurz nach Pfingsten im Jahre 1462. Es begann ein Hin und Her zwischen den in der Folge wechselnden Besitzern und Verantwortlichen, die alle in Frankreich beheimatet waren. Geld fehlte für die nötigen Reparaturarbeiten, musste geliehen und konnte nicht mehr zurückbezahlt werden. Das Schiff rottete langsam vor sich hin und lag schon schräg im Wasser, so dass Nachbarschiffe gefährdet wurden. Die Hafenpolizei bedrängte die Stadtoberen, das schadhafte Krawel entweder fortzuschaffen oder weitestgehend wieder herzustellen. Die Eigentümer versprachen, sich die nötigen Geldmittel zu besorgen und reisten nach Frankreich zurück. Aber dort angekommen erhoben sie bei König Ludwig XI. Klage gegen die Stadt Danzig. Da der König selbst wohl Anteile an dem Schiff besaß, übergaben seine

Abgesandten den deutschen Kaufleuten am 15. Juli 1466 in Brügge eine Protestnote und drohten mit der Beschlagnahme aller hanseatischen Güter in Frankreich, falls die Karavelle nicht zurückgegeben werde. Danzig weigerte sich. Briefe wurden gewechselt. Sowohl das Brüggische Büro und auch der Rat von Lübeck sprachen drängend auf Danzig ein. Glücklicherweise verlor der französische König das Interesse an den sich hinziehenden Verhandlungen, und als sich sogar die Eigentümer nicht mehr meldeten, wurden alle verwertbaren Dinge des Schiffes auf gerichtlichem Weg verkauft, um die Gläubiger zu entschädigen. Der ausgeschlachtete Rumpf des Schiffes blieb im Danziger Hafen zurück. Wie sich langsam herausstellte, waren die Schäden am Schiffskörper in Wirklichkeit noch zu reparieren, so dass der Danziger Rat beschloss, das Schiff nach gründlicher Ausbesserung in ein Kriegsschiff umzuwandeln, für den Krieg, den die Hanseaten gegen England seit 1469 vorbereiteten.

Nun lief das Schiff als „Peter von Danczk" zum ersten Mal unter Kommando des Danziger Ratsherrn Berndt Pawest nach Brügge in Flandern aus.

Die Städte des Wendischen Bundes, Lübeck, Stralsund, Wismar, Kiel und Rostock, der 1259 gegründet worden war, hatten England unter König Edward IV. den Krieg erklärt, weil dieser ihre Handelsprivilegien zunehmend beschnitt. Der Hansisch-Englische Krieg wurde als Kaperkrieg geführt und Pawest ging vor Ort gegen Behinderungen des hansischen Han-

dels durch Franzosen und Engländer, mit seinem Schiff, das
großen Eindruck machte, erfolgreich vor.

Doch die Belastungen, die der Unterhalt des Schiffes und
seine Besatzung erforderte, war den Stadtoberen dann zunehmend zu viel und die Danziger Bürger Johann Sidinghus-
en, Tidemann Valandt und Reinhold Niederhoff kauften 1472
das Schiff von der Stadt. Der Krieg wurde gleichsam privati-
siert und der Danziger Senat aus der politischen Schusslinie
genommen.

Florenz, 15. November 1471

Lorenzo schreibt an Sixtus IV. einen Brief, der den Papst
erinnern sollte, den lange gehegten Wunsch nach einem Kardinal aus der Medici Familie nicht zu vergessen und kündigte
den Besuch von Giovanni Tornabuoni an, der Manager der
römischen Medici-Bank und Lorenzos Onkel, der das Anliegen
des Medici persönlich vortragen sollte.

Burgund, 28. März 1473

Karl der Kühne sendet an seinen Verbündeten, Johann II. von
Aragón, ein Schreiben, in dem er den gemeinsamen Kampf
und die gegenseitige Unterstützung gegen den französischen
König, Ludwig XI., beschwört:

„An den allervortrefflichsten und allermächtigsten Fürsten, den König von Aragón und Sizilien, meinen Herrn und lieben Vetter.

Allererlauchtigster und allervortrefflichster Fürst, lieber Herr und Vetter. Zuvor empfehle ich mich Ihnen.

Mehrmals wurde ich von meinem teuren Bruder und Vetter, dem Herzog von der Bretagne im Namen des Königs von Frankreich, unserem gemeinsamen Feind, und auch von dem Konnetabel desselben Königs aufgefordert, mit ihm bis zum ersten April vierzehnhundertdreiundsiebzig einen Waffenstillstand zu schließen, beginnend an Ostern. Ich habe gern meine Einwilligung gegeben, jedoch unter der ausdrücklichen Bedingung, dass mit Ihrem Einverständnis von meinen Bundesgenossen und Alliierten Eure Majestät ausdrücklich mit eingeschlossen wird.

Nach der Unterzeichnung dieses Waffenstillstandes erfuhr ich von der gemeinen und grausamen Ermordung meines Vetters, seligen Angedenkens, des Grafen von Armagnac. Er wurde von den Soldaten des Königs, unseres Feindes, getötet, obwohl die Burgen und Festungen von Lectoure in aller Form kapituliert hatten und freies Geleit zugesichert und das Wort des Königs feierlich gegeben worden war.

Ich erfuhr außerdem, dass der gleiche König von Frankreich daran dachte, die durch die Übergabe von Lectoure frei gewordene Armee gegen Sie zu führen.

Als ich diese Nachricht erhielt, gab ich 1000 Lanzenreitern, die ich in Italien angeworben hatte und die ich in Anbetracht des

Waffenstillstandes nach Burgund abziehen wollte, umgehend den Befehl, sich sofort in Bewegung zu setzen.

Ich beabsichtige in der Tat, dass diese Truppen zusammen mit den burgundischen Kontingenten gegen unseren Feind vorgehen, wenn er durch einen Angriff auf Eure Majestät den Waffenstillstand bricht.

Ich werde ihm an der Spitze meiner Truppen keine Ruhe lassen.

Zu diesem Zweck habe ich den allervortrefflichsten und allererlauchtesten Fürsten, meinen Herrn und Bruder, den König von England, und meinen schon genannten Vetter, den Herzog von der Bretagne, um Beistand angerufen. Ich habe sie durch Briefe und Boten inständig gebeten, es mir gleichzutun und auf den gemeinsamen Feind einen gemeinsamen Druck auszuüben.

Zwar vertraue ich darauf, dass Sie Ihrer Pflicht nachkommen werden und bin davon überzeugt, dass alle beide, der Herzog von der Bretagne und der König von England, Wachsamkeit und Tatkraft beweisen werden. Sollten Sie jedoch entgegen meinen Erwartungen daran gehindert sein, diese Aufgabe zu erfüllen, so bin wenigstens ich, was mich betrifft, unverzüglich und ohne Hintergedanken, entschlossen, energisch vorzugehen.

Außerdem habe ich bereits durch die Vermittlung meiner Gesandten beim Konnetabel von Frankreich Protest eingelegt; denn ich wünsche, dass unser gemeinsamer Feind weiß: die Sache Eurer Majestät und meine sind in diesem Punkt mitei-

nander verbunden, und wir haben in diesem Punkt gemein-
same politische Interessen, und keiner kann einen von uns
angreifen, ohne dass der andere sich dazwischen wirft.
Jedes für Eure Majestät glückliche oder unglückliche Ereignis
ist es für mich in gleichem Maße und ich kann einer Gefahr,
die Ihrer Krone droht, nicht aufmerksamer begegnen als einer
Gefahr, die mich selber bedroht."

(Unterschrift:) Charles

Im Ärmelkanal, 27. April 1473

Die Hanse weigerte den „Merchant adventurer", wie die englischen Kaufleute heißen, die in anderen Ländern Handel trie-
ben, Teilnahme an den Vorteilen, die sie selbst genoss. Zur
Wiedervergeltung wurden ihre eigenen Privilegien in London
beschränkt, teilweise ganz vernichtet. Die Folge war ein mehr-
jähriger Streit und Krieg zwischen England und der Hanse.
Dieser Englisch-Hansische Krieg, der von 1469 bis 1474 dauerte, neigte sich schon seinem Ende entgegen und Verhandlungen der verfeindeten Parteien waren vorsichtig angebahnt
worden, da ereignete sich ein folgenschwerer Übergriff vor
Englands Küste.
Der Krieg fand ausschließlich auf See statt. Zu den haupt-
sächlichsten Aktionen der Kriegsparteien gehörte das Aufbringen von Schiffen, welche die Blockade unterliefen, die von

den Hanseaten vor die englischen Häfen gelegt worden waren. Drei Danziger Kaufleute hatten mit Paul Beneke, einem schillernden Seemann, einen Vertrag geschlossen. Demnach erhielt Paul Beneke den sechsten Teil der Beute, die er durch die vom Senat gebilligten und geförderten Kaperfahrten erbeutete. Dieser Schiffskapitän der „Peter von Danzig", der durch wagemutige Überfälle zum Kapitän aufgestiegen war und der nun ein neues Flaggschiff erhielt, da er in den Auseinandersetzungen mit den Engländern den Lord Mayer of London gefangengenommen hatte. Es war jener Dreimaster "Peter von Danzig", genannt "De Groote Kraweel" (die große Karavelle). Mit einer Länge von 51 Meter, einer Breite von 12 Meter, einer Verdrängung von 800 Tonnen und einer Segelfläche von 760 Quadratmeter, 350 Mann Besatzung, davon 50 Seeleute und 300 Seesoldaten, 17 Kanonen, 15 Windarmbrüsten und einer Wallbüchse zählte es zu den größten Schiffen Nordeuropas. Nahezu doppelt so groß wie die „Santa Maria", mit der Columbus zwanzig Jahre danach Amerika erreichte. Paul Beneke war ab 1472 Teilhaber und ihr Kaperkapitän.

Die „große Kravel" war, begleitet von Hamburger Kriegsschiffen, zu Anfang April 1473 von der Elbe abgesegelt und Kapitän Paul Beneke führte dann erfolgreich mehrere Kaperfahrten gegen das durch die Rosenkriege ohnehin geschwächte England durch.

Im Hafen von Sluys wurde eine mächtige Galeyde oder Galeere ausgerüstet, mit einem Mast von 138 Fuß Höhe und einem doppelten Vorderkastell. Sie war ursprünglich in England gebaut worden und wie es schien auch jetzt noch im Besitz von Engländern und zunächst beordert, London anzulaufen. Doch gehörten die Reeder der italienischen Nation an, und auch die Fracht war teilweise für italienische Häfen bestimmt. Der größere Teil der Ladung war als Eigentum des mediceischen Agenten *Thomas Portinari* eingeschrieben und bestand u. a. aus Leinwand, Tüchern, Pelzwerk, Spezereien, „Tapisserien", goldenen aus Seide gewirkten Stoffen, im Gesamtwert von 60.000 Pfd. grosz, was nach einem Wert von 1880 etwa 1.400.000 Mark betrug. Der Verlust betrug nach Angaben der. Medici 39.240 Goldgulden.

Der schicksalshafte Apriltag kam. Zwei Galeeren brachen zu ihrer Fahrt von Brügge vom Hafen Sluys aus nach London auf. Die Schiffe waren von *Tommaso Portinari* gechartert und über die Medici-Bank finanziert worden und segelten unter der Flagge von Burgund. Die Schiffe sollten die wertvolle Fracht nach London bringen und sich dann mit Gütern aus England auf den Weg nach Pisa machen.

Schon die englische Küste vor Augen griff Paul Beneke die Galeeren an, die sich dadurch sicher wähnten, da sie die burgundische Flagge aufgezogen hatten. Noch befanden sich die Schiffe außerhalb der englischen Hoheitsgewässer. Ein Schiff, die San Matteo, konnte davonsegeln und erreichte Porto Pisano mit seinem Kapitän Antonio di Nicolo Popoleschi am 27. Oktober 1473. Das zweite Schiff, die San Tommaso, kommandiert von Francesco di ser Matteo Tebaldi, stellte sich zum Kampf. Die Überlegenheit des großen hansischen Schiffes zahlte sich letztlich aus. Siebzehn Seeleute kamen bei dieser Schiffsübernahme ums Leben. Die Mannschaft freute sich über die reiche Beute, da jeder der Schiffsleute oder „ruter" außer einem Anteil von 80 - 100 Mark noch ein Prisengeld von 21 Mark erhielt. Mit Goldfäden durchwirkte Stoffe, Seidenballen, Felle, Alaun sowie andere begehrte Handelsgüter und Wertgegenstände waren in ihre Hände gefallen. Um den Verdacht der Seeräuberei abzuwehren, beschlossen die drei Danziger Kaufleute, die kostbare Beute elbeaufwärts nach Hamburg zu bringen. Hamburg wollte ihnen jedoch nur ein bedingtes Geleit erteilen, worauf sich Beneke mit den von Danzig herbeigeeilten drei Eigentümern des Krawels auseinandersetzen musste. Die Schiffseigner waren klug genug, die eroberte Galeyde nicht nach Danzig zu bringen, sondern sie auf dem Gebiet des Erzbischofs von Bremen in Stade mitsamt der Ladung zu verkaufen und den Erlös zu teilen. So wurde der Rat der Stadt Danzig von der Mitschuld befreit, die Streitsache aus dem Wege geschafft. Aber die Sache war so noch lange nicht erledigt. Sogar Papst Sixtus IV. mischte sich in die Vorgänge, welche im Namen Portinaris der Prokurator Spinelli führte. Auf das Ansuchen des Lorenzo und Giuliano de' Medici, des Antonio Marcelli, Francesco Sassetti und anderer Florentiner Kaufleute, die alle an der Fracht der Galeere Teil hatten, sandte der Papst eine Bulle nach Danzig, in welcher er seinen geliebten Sohn den „perrata" Paul Beneke mit Kirchenstrafen bedrohte, falls dieser die erbeuteten „mercanzien" und Güter nicht zurückerstatten würde. Bei der Überprü-

fung der Beute starrte der bärbeißige Anführer der Seeräuber-
bande fasziniert auf ein Bild, das sich ebenfalls unter der Beute befand. Eigentlich handelte es sich um ein dreiteiliges Gemälde, um einen Flügelaltar. In geschlossenem Zustand zeigt
er den Stifter des Kunstwerkes, *Agnolo di Jacopo Tani* und
seine Frau Catarina Tanaglia.

Agnolo Tani war ehedem mit der Vertretung der Medici-Bank in
Brügge betraut gewesen. Zu dieser Zeit hatte er den niederländischen Meister Hans Memling beauftragt, jenes aufwändi-
ge Gemälde für seine Familienkapelle in der Badia Fiesolana
bei Florenz zu malen, das Beneke nun so sehr in seinen Bann
zog.

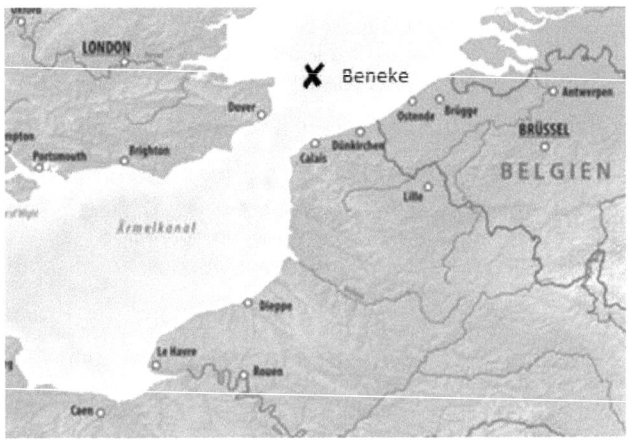

Überfall von Paul Beneke auf zwei burgundische Galeeren

Rom, 7. Mai 1473

Der Papst ernennt neue Kardinäle. Giovanni de' Medici, der Sohn Lorenzos, ist, trotz gemachter Versprechungen, nicht darunter.

Utrecht, 30. Mai 1473

Verhandlungen über die „Wegnahme der Galeide des Florentiners *Thomas Portinari* von der Medici-Bank durch Paul Beneke.

„Hiirnaer volghen de scaden ende verliesen, die Thomas Portinare ende ziin gzhezelscap gehadt ende ghedooght hebben ter cause van der neminghe van der galee ende van den goede daerinne wesende, onlancx leden ghenomen bi Pauwels Beenkin ende zinen ghezellen, al nuteghereedt ende upghestelt, also men hier zeicht, bi die van Dantziik, dewelke scade Cristoffels de Spiny over ende in den name van denzelven Thomas ende ghezellen ulieden eerwerdighe ende wiise heren int grosse overgheift."

Unter den 29 vorgetragenen Punkten bezog sich die folgende auf das Triptychon von Hans Memling:

"17. Item van beede de outaertaflen 100 lb."

Die Ansprüche von *Tommaso Portinari* wurden seitens der Hanse ignoriert. Er wurde hingehalten, da die politische Lage keinen großen Rückhalt bei den Unterstützern ergab.

Trier, 20. September 1473

Friedrich III., der Kaiser des Heiligen Römischen Reiches Deutscher Nation trifft in der früheren römischen Kaiserstadt ein, um dort dem Herzog von Burgund zu begegnen. Es sollte die Verlobung seines Sohnes Maximilian mit der Tochter des Herzogs, Maria, besprochen werden. Nachdem feierlichen Einzug wurde im Kloster St. Maximin das festliche Zusammentreffen abgehalten. Die beiden Kanzler schwangen sich zu großen Reden auf: der Erzbischof von Mainz für das Heilige Römische Reich Deutscher Nation und Guillaume Hugonets für das Herzogtum Burgund.

Der Herzog verfolgte in seinen Gedanken und Zielen den Aufstieg seines Herzogtums zu einem Königreich. Es wurde vordergründig über die Aufnahme eines Kreuzzuges gegen die Türken gesprochen, die zwanzig Jahre zuvor Byzanz erobert hatten und zu einer Bedrohung für die westliche Hemisphäre wurden. Das war auch eines der Lieblingsgedanken des Herzogs. Friedrich III. befürchtete, von Burgund und dem König von Ungarn, Mathias Corvinus, in die Zange genommen zu werden und war daher bestrebt, den großen Herzog von Burgund zum Freund zu haben. Aber die Forderungen seitens

Burgunds verunsicherten den Kaiser immer mehr und die Tagungsziele wurden nicht erreicht.

Trier, 25. November 1473

Kaiser Friedrich III., dem die Ansprüche des burgundischen Herzogs immer unheimlicher wurden, entflieht in der Nacht, ohne noch eine Nachricht an seinen Verhandlungspartner zu richten und ohne seine Schulden für die gesamte Veranstaltung zu bezahlen. Er lässt sich von seinen Begleitern rasch moselabwärts rudern.

Utrecht, 28. Februar 1474

Ein Friedensvertrag zwischen England und den Hansestädten, über den seit Anfang Juli 1473 verhandelt worden war, wurde geschlossen. Streitpunkte waren Stapelzwänge und -rechte, der Tuchhandel, die privilegierten Rechte der Hanse in London, die Stalhöfe (steelyard, ein eigenes ummauertes Stadtviertel mit eigener Gerichtsbarkeit) in London und Boston (an der Nordseeküste in der englischen Grafschaft Lincolnshire) und andere Streitgegenstände. Der Raub der Portinari-Güter war eher eine nebensächliche Angelegenheit. Geleitet wurde die Tagfahrt (ein überregionaler Hansetag, eine Zusammenkunft von Vertretern der Hansestädte) vom Lübecker Bürgermeister Hinrich Castorp und gemeinsam mit dem Lübecker Syndicus Johannes Osthusen.

Konstanz, 27. März und 4. April 1474

Die „Ewige Richtung" war ein Friedens- und Bündnisvertrag, den die acht Orte der Alten Eidgenossenschaft 1474 mit Herzog Sigmund von Tirol abschlossen. Als Vermittler hatten beide Parteien den französischen König Ludwig XI. gewählt. Mit diesem Vertrag wurden die seit 1291 andauernden militärischen Auseinandersetzungen zwischen dem Haus Habsburg und den Schweizern vorerst beendet. Es dauerte jedoch noch bis Anfang 1475, ehe Ludwig XI. die endgültige Fassung des Vertrages ratifizieren konnte.

Innsbruck, 6. April 1474

Sigmund kündigte Karl dem Kühnen das Bündnis und die Pfandschaft, die Auslösung seiner an Burgund verpfändeten Länder, deren Pfandsumme 80.000 Gulden betrug. Karl ließ die für ihn bestimmte Pfandsumme in Basel liegen und behielt die Pfandurkunde ein.

Rom, 21. August 1474

Papst Sixtus IV. erhebt den Grafen von Urbino, Federico da Montefeltro, zum Herzog. Die Bulle wurde am 23. August ausgefertigt. Das Datum erregte deshalb die Aufmerksamkeit der Menschen, da sie dreißig Jahre und einen Monat nach der Ermordung am 22. Juli 1444 von Federicos jüngerem Halbbruder Oddantonio erfolgte.

Oddantonio wurde von einem Dutzend Männern, die in den Palast eingedrungen waren, zusammen mit dem Pronotar Manfredo di Pio und dem Berater des Oddantonio, Ser Tommaso di Guido del Angelo, erschlagen und aus dem Fenster geworfen. Die Stiefschwestern Federicos flohen aus der Stadt und kehrten nie mehr dorthin zurück.

Federico hielt sich zur Tatzeit nicht in der Stadt auf. Jedoch machte ihn die Amnestie, die er später, nachdem er die Macht über Urbino übernommen hatte, für die Täter veranlasste, verdächtig.

Brügge, 16. Oktober 1474

Tommaso Portinari hat sich eine feste Position im Gefüge der burgundischen Herrschaft erarbeitet. Er ist Berater, aber vor allem Geldgeber für den Herzog Karl. Er plant, dauerhaft in Brügge zu bleiben. Daher stiftet er eine Familienkapelle in der

Pfarrkirche St. Jakob, die er als Grablege für sich und seine Frau bestimmte.

Die Jakobskirche (Sint-Jakobskerk) wurde um 1200 errichtet. Damals war sie einschiffig. Da sie aber im Hansenviertel unweit des Palastes des Herzog von Burgund gelegen war, wurde sie im 15. Jh. zu einer Hallenkirche mit drei gleich hohen Schiffen erweitert. Zu Zeiten der Herzöge von Burgund erhielt die Kirche Spenden von den Adeligen aber auch der reichen Händlern, darunter *Tommaso Portinari*. Den Kaufleuten verdankt die Kirche achtzehn den Zünften und Gilden gehörende Altäre.

Nahezu gleichzeitig gibt er ein Triptychon bei Hugo van der Goes in Auftrag. Es sollte in „seiner" Kirche St. Jakob aufgestellt werden. *Tommaso* wollte seine Zugehörigkeit zur Brügger Gesellschaft verdeutlichen und festigen. Auch dachte er wie andere Menschen im 15. Jahrhundert an sein Seelenheil, gerade nach den vorangegangenen verheerenden Pestepidemien.

Rom, 1474

Papst Sixtus IV. entzieht den Medici das Depositariat der päpstlichen Kammer, was ein kaum zu ermessender Einschnitt in das operative Vermögen für die Florentiner Bank bedeutete. Er beraubte sie nicht nur der großen Summen, die ihnen als Depositen aus der päpstlichen Kammer zuflossen, sondern er diskreditierte sie in den Augen des europäischen Handelsstandes, besonders jedoch in der florentinischen Finanzwelt. Das trug dazu bei, dass vielfältige Geldquellen zu versiegen drohten. Der Papst überträgt dieses wichtige Amt gerade an Francesco de' Pazzi, der in Rom eine seiner Banken hielt und zu den größten Widersachern der Medici in Florenz zählte. Eine Rückwirkung auf die Filialen der Medici konnte daher nicht ausbleiben.

Was hatte Sixtus von Lorenzo entfremdet? Die Vorbereitungen auf die Verschwörung werden die Gründe offenlegen.

Das zwang auch *Tommaso Portinari*, seine Darlehen an den Herzog von Burgund und dessen Beamte einzugrenzen, was im Hinblick auf seine großzügigen Vergaben in der Vergangenheit schwierig war und auf eine gewisse negative Resonanz in Flandern stieß. Dadurch war die Möglichkeit für die Gegenseite, d. h. die Hanse gegeben, sich den Ansprüchen Tommasos auf eine Entschädigung zu widersetzen und seine Forderungen abzulehnen.

Héricourt, (Frankreich), 13. November 1474

Héricourt liegt im heutigen französischen Département Haute-Saône in der Nähe von Belfort.

Die Schlacht war die erste militärische Auseinandersetzung in den Burgunderkriegen zwischen Karl dem Kühnen von Burgund und den Eidgenossen.

Am 12. Oktober schlossen die Eidgenossen mit Siegmund von Habsburg die „Ewige Richtung", welche die lange Feindschaft mit den Habsburgern beendete und den Weg zum Krieg gegen Burgund ebnete. Gleichzeitig schlossen sich die Eidgenossen der Niederen Vereinigung an, welche die oberrheinischen Städte Basel, Kolmar, Straßburg und Schlettstadt einschlossen, die unter Karls Übergriffen ebenfalls zu leiden hatten.

Die Eidgenossen griffen die Burgunder unter Führung des Berners Niklaus II. von Scharnachthal nördlich von Héricourt an. Mit Hilfe der habsburgischen Kavallerie schlugen sie unter geringen Verlusten die burgundische Kavallerie in zwei Gefechten. Darauf ergab sich die Garnison von Héricourt und kam in habsburgische Hände.

Der Schlacht von Héricourt folgte die Besetzung Lothringens durch Karl dem Kühnen.

England, 6. Juni 1475

Edward IV. stellte ein Patent für Tommaso Guidetti über Handelsprivilegien aus. Dieser Florentiner hatte nur einen Assistenten, Alessandro d'Adoardo Portinari. Die Bank war dann faktisch nicht mehr in den Händen der Medici.

Picquigny, (Frankreich), 29. August 1475

Ein Vertrag wurde von Ludwig XI., König von Frankreich, und Edward IV., König von England, in Picquigny an der Somme unterzeichnet. Er beendete den Hundertjährigen Krieg, welcher 1453 nach der Schlacht bei Castillon „eingeschlafen" war, endgültig.

Die Engländer ließen sich ihren Rückzug und die Aufkündigung des Bündnisses mit Karl dem Kühnen, Herzog von Burgund, mit der einmaligen Zahlung von 75.000 Goldkronen und einer jährlichen Rente von 50.000 Goldkronen bezahlen.

Der Vertrag von Picquigny schwächte die Position Karls in den Burgunderkriegen.

Soleuvres (Luxemburg), 13. September 1475

Waffenstillstandsvertrag von König Ludwig XI. mit Karl dem Kühnen, der bis zum Tod Karls ungebrochen halten sollte. Die ursprünglich vereinbarte Laufzeit war auf neun Jahre festgelegt. Er erlaubte den Vertragsparteien sogar Eroberungen durchzuführen. Ludwig nutzte den Vertrag, um das Roussillon zu unterwerfen, das eigentlich vom König von Aragon, einem Verbündetem des Burgunderherzogs, beansprucht wurde. Ludwig gestand Karl die Rückeroberung des Oberelsass zu, das sich ein Jahr zuvor der burgundischen Herrschaft entzogen hatte. Mit diesem Vertrag war auch das Bündnis von Bur-

gund mit Aragon, das 1473 beschworen wurde, hinfällig geworden.

Rom, 25. Februar 1476

In einer Instruktion erhält der Nuntius in Burgund, Lucas de
Tolentis, den Auftrag beim Herzog Karl dem Kühnen die
Wiedergestattung zu erwirken. Er soll denselben daran erinnern, dass die zwölf Jahre des Vertrags noch nicht abgelaufen seien, und dass ein Verbot des päpstlichen Alauns überhaupt unstatthaft ist, dass er ein solches Verbot gar nicht geben könne, da der Ertrag der Cruciata überwiesen sei und die
Zwecke dieser zu hindern, sei selbst dem Papst nicht erlaubt.

Florenz, 11.04.2012

Dietmar Fischer und Ines Weiland versuchen das Thema
Alaun und seine Bedeutung in der damaligen Zeit zu ergrün-
den.

»Ich frage mich dauernd, was war an diesem Alaun so wichtig? Und was ist das überhaupt für ein Zeug?«, begann Ines
nach dem sich die beiden Deutschen nach dem Abendessen
noch in eine stille Ecke der Hotelbar gesetzt hatten.

Fischer öffnete seine Tasche und entnahm dieser sein Tablet,
das er am Abend immer bei sich führte.

Er schaltete das Gerät an und tippte mit dem Zeigefinger auf der Glasscheibe herum. Ines wartete ungeduldig, bis Fischer ihr vor las:

»Alaun, die schwefelsaure Kalitonerde, auch Kalialaun genannt, ist ein sogenanntes Doppelsalz, das aus Kaliumsulfat und Aluminiumsulfat entstanden ist. Jedes dieser beiden Salze ist für sich beständig. Kaliumalaun bildet farblose Kristalle, die einen sauren und adstringierenden Geschmack aufweisen. Anwendung findet der Kaliumalaun bei der Ledergerbung, in der Färberei und Medizin. Die sog. Rasiersteine sind gepresster Kaliumalaun. Beim Betupfen von oberflächlichen Hautwunden gerinnt das Blut und die Blutung kommt zum Stillstand.

»Für Nassrasierer ein unverzichtbarer Stift in der Kulturtasche«, ergänzte Fischer.

»Aber den Medici ging es sicherlich nicht um kleine Hautwunden, die beim Rasieren entstehen«, spöttelte Ines.

»Nein, das ist klar. Die wirtschaftliche Anwendung war im Mittelalter von höchster Bedeutung. Das Doppelsalz, das in Form von Kaliumsulfat und Natriumsulfat oder Ammoniumsulfat sein kann und das Aluminium in der anderen Komponente Aluminiumsulfat durch Chrom oder Eisen ersetzt werden kann.«

»Das ist mir zu hoch, dieser chemische Durcheinander. Wozu hat man es gebraucht?«

»Das Doppelsalz fand Anwendung in der Gerberei und Färberei, beim Buntzeugdruck, zur Herstellung wasserdichter Gewebe. Das Alaun aus Tolfa, ein kleines Gebiet im Kirchenstaat, 50 Kilometer nordwestlich von Rom und 13 Kilometer von der Hafenstadt Civittavecchia entfernt, ist als sehr reines Alaun bekannt.«

»Warum wurde das Alaun aus dieser Gegend so wichtig?«

»Natürlicher Alaun (KAl $(SO_4)_2 \times 12H_2O$), kommt in der Nähe von aktiven Vulkanen oder in Wüstengebieten vor, wo er aus dem Boden nicht ausgewaschen wurde. Im Altertum wurden diese natürlichen Vorkommen in Wüsten oder an aktiven Vulkanen wie dem Vesuv, auf den Inseln mit aktiven Vulkanen wie Lipari, Stromboli, Volcano und Sizilien ausgebeutet.

In der Nähe von Smyrna (Izmir) bei Phokaia (Foça) wurde ab 1275 Alaun von den Genuesen gewonnen und nach Europa verschifft. 1455 wurde das christliche Abendland vom Alaunhandel aus Phokaia durch Gebietseroberungen der Türken weitgehend abgeschnitten. Die Türken beherrschten damit die wichtigsten Alaunvorkommen und forderten enorm hohe Zahlungen von den italienischen Pächtern.

Seine Erfahrungen in der Levante nutzte Johannes de Castro bei seinem Umherstreifen in der Umgegend von Rom. Er findet eine Häufung von einer Pflanze, die ihm aus den Alaungebieten des Ostens bekannt vorkommt. Es ist die Stechpalme, Ilex Aquifolium, wie er sie aus Kleinasien kannte. Er findet auch weiße Steine, und der salzige Geschmack erinnert ihn an Alaun.«

Grandson (Kanton Waadt), 2. März 1476

Die Schlacht bei Grandson war eine der drei großen Schlachten der Burgunderkriege. Sie fand unter geringen Verlusten
auf beiden Seiten in der Nähe von Grandson am Neuenburger
See zwischen den Truppen des burgundischen Herzogs Karl
des Kühnen, die mit ca. 20 000 Mann Infanterie, schwerer
Kavallerie, Artillerie und englischen Langbogenschützen ange-
treten waren und dem Aufgebot der Eidgenossen, die etwa
18 000 Mann Infanterie, habsburgische Kavallerie ins Feld
führten, statt.

Karl ließ nun nordöstlich von Grandson am Fluss Arnon ein
stark befestigtes und mit Artillerie gesichertes Hauptlager auf-
schlagen, da er Grandson einnehmen musste, um auf dem
Weg in Richtung Bern den Rücken freizuhaben. Am 21. Februar begannen die Burgunder mit der Erstürmung der Stadt,
wobei sie ihre in großer Zahl mitgeführte Artillerie massiv ein-
setzten. Weder die Stadt noch die Burg waren baulich darauf
ausgelegt, längere Zeit einem Beschuss standzuhalten. Die
Besatzung musste sich deshalb nach wenigen Tagen in die
Burg zurückziehen. Am 28. Februar ergab sich die Besatzung
von Grandson unter Zusicherung von freiem Geleit. Doch Herzog Karl ließ entgegen seiner Zusage die gesamte überlebende Besatzung von 412 Mann hängen und ertränken, was zu
einer starken antiburgundischen Stimmung führte.

Während die Burgunder auf die Nachricht des Feindkontaktes
sich beschleunigt in der Ebene von Concise sammelten, er-

reichte die eidgenössische Vorhut über Vernez eine erhöhte Position am Waldrand über der Ebene. Angesichts der burgundischen Stärke gingen die Eidgenossen nicht wie sonst üblich direkt zum Angriff über, sondern warteten ab, bis ca. 10 000 Mann die Gegend erreicht hatten, um einen konzentrischen Angriff von der Seeseite und der Bergseite her auf die Burgunder auszuführen. Kurz vor dem Mittag verrichteten die Eidgenossen nach ihrer Sitte ein Schlachtgebet, in dem sie angeblich Gottes Beistand gegen den «Wüthrich aus Burgund» erbeten hätten. Die Eidgenossen bildeten nun ein großes Viereck aus Halbartierern und sie umgebenden Spießträgern.

Gegen Mittag begannen die englischen Langbogenschützen und die Artillerie des burgundischen Heeres, die eidgenössische Vorhut zu beschießen und die Eidgenossen erlitten erste Verluste. Karl ließ seine schwere Reiterei einen frontalen Angriff auf das Viereck der Eidgenossen führen, um es aufzusprengen. Der eidgenössische Igel aus Spießträgern hielt den mehrfach wiederholten Angriffen jedoch stand und warf die Reiterei blutig zurück. Die Eidgenossen blieben trotz der Angriffe in Position, da sie die anrückende Hauptmacht abwarten wollten. In dieser Situation ließ Karl sein Heer umformieren, da er die Eidgenossen in die Ebene locken wollte, wo die burgundische Artillerie bessere Wirkung entfalten konnte. Offenbar ging er davon aus, dass die Eidgenossen bereits vollständig versammelt und bereit zum Kampf waren. Karl ließ deswegen seine Infanterie zurückweichen, um Raum für einen eidgenössischen Vorstoß in die Ebene zu öffnen, und befahl auch der Reiterei, den Bogenschützen und der Artillerie den Stellungswechsel.

Genau in dem Moment, als sich das burgundische Heer neu zu formieren versuchte, traf etwa gleichzeitig aus dem Wald auf der Höhe und aus dem Engpass von La Lance her das zweite Kontingent der Eidgenossen auf dem Schlachtfeld ein. Alle drei Gewalthaufen gingen nun gemäß Chronisten unter lautem Tosen der Harsthörner gleichzeitig konzentrisch zum Angriff auf die sich umgruppierenden Burgunder über. Unter der zurückweichenden Infanterie brach Panik aus, die in wilde Flucht überging, welche bald auf den dahinter stehenden Teil des Heeres übergriff und schließlich die in aufgelöster Formation heranrückende burgundische Hauptmacht und Nachhut erfasste, die gar nicht mehr damit gerechnet hatte, noch an diesem Tag eingesetzt zu werden. Ohne richtigen Kampf löste sich das burgundische Heer auf und konnte von Karl auch am Arnon nicht mehr aufgehalten werden. Karl musste schließlich mit einem Teil seiner Kriegskasse und seiner Leibgarde ebenfalls fluchtartig sein Hauptlager bei Grandson räumen.

Danach entwickelte sich noch eine mehrstündige Verfolgung der Burgunder durch die Eidgenossen, die jedoch wegen geringer Kräfte der eidgenössischen Reiterei nicht mit einer Vernichtung des burgundischen Heeres endete. Die burgundische Besatzung von Schloss Grandson und die Flüchtlinge, die sich dorthin gerettet hatten, mussten sich im Anschluss an die Schlacht ergeben und wurden als Vergeltungsakt hingerichtet.

Die Eidgenossen konnten die Burgunder in panikartige Flucht versetzen. Kaum hatte die Schlacht begonnen, war sie für die Burgunder schon verloren. Die Eidgenossen verfolgten die Fliehenden, soweit sie ihnen zu Fuß zu folgen vermochten. Dann kehrten sie in das intakte burgundische Lager zurück, wo ihnen eine riesige Beute in die Hände fiel. Dazu gehörten über 400 burgundische Geschütze sowie u. a. kostbare Tapisserien. Zur Beute gehörten die traditionellen Trophäen: Waffen, Fahnen, Artillerie, Pferde. Auch berichten die Chronisten von Lagern an Lebensmitteln und süßem Wein. Im burgundischen Lager fanden die Eidgenossen in den prächtigen Zelten goldene und silberne Trinkgefäße, Purpur- und andere Kleider, eine herzogliche Schatzkammer, eine vollständige herzogliche Kanzlei und eine komplette Sakristei.

Den Eidgenossen fiel praktisch die gesamte Artillerie der Burgunder in die Hände. Darunter waren 419 Geschütze, 800 Hakenbüchsen und 300 Tonnen Schießpulver. Die burgundische Artillerie war ihrer Zeit voraus. Sie umfasste Hunderte von Geschützen mit Schildzapfen aus Bronze, die auf den gerade 1450 erfundenen Lafetten montiert waren. Die burgundische Armee verfügte zu Beginn des Krieges über 600 bis 1000 Büchsenmeister und deren Bediente.

Im Lager der Burgunder kamen noch haufenweise verschiedene Waffen, wie Armbrüste und Versorgungsgüter dazu. Man erbeutete auch den mit Perlen verzierten Hut, das Prunkschwert Karls, seinen goldenen Stuhl, sein goldenes Siegel, sein goldenes Reliquienkästchen, sein Gebetbuch und seine Diamanten.

Von der Stadt Basel wurde ein Herzogshut aus goldenem Samt, bestickt mit Perlen und Edelsteinen, für 47.000 Gulden zusammen mit zwei weiteren Schmuckstücken an Jakob Fugger verkauft.

Dazu kamen noch Unmengen wertvolle Tapisserien und sonstige Gegenstände. Die sogenannte «Burgunderbeute» von Grandson wurde in der Geschichtsschreibung zu einem Inbegriff einer außergewöhnlichen Beute.

Die Schlachten von Grandson und Murten

Lausanne, 14. April 1476

Kaiser Friedrich III. treibt die Vermählung seines Sohnes mit Maria von Burgund voran, um einer Verbindung von Burgund mit Neapel zuvorzukommen. Er gibt das Bündnis mit den Schweizern, die das Elsass preisgeben, ein ohnehin fragwürdiger Freundschaftsvertrag, auf.

Murten, (Schweiz), 22. Juni 1476

Die diplomatische Lage vor der Schlacht bei Murten hatte sich geändert. Einer der Söldnerführer der Burgunder, Friedrich von Tarent, verlässt auf Veranlassung seines Vaters, des Königs von Neapel, verlässt Karl den Kühnen. Ludwig XI. hatte die Freundschaft Burgunds mit Neapel untergraben, indem er seine jüngste Tochter, Jeanne de Boiteuse, dem Friedrich von Tarent zur Ehe anbot. Vorher hatte Ludwig XI. den Herzog von Mailand auf seine Seite gezogen und den König von Aragón durch einen Waffenstillstand ruhig gestellt. Auch René von Lothringen hatte sich mit den Schweizern verständigt.

Ihr Heer der Schweizer umfasste mit den Verbündeten etwa 24 000 Mann, davon rund 1 800 Berittene. Das burgundische Heer war mit rund 12 000 Mann halb so groß und weniger homogen, auch weil darunter zahlreiche Nichtkämpfende waren. Dafür verfügten die Truppen Karls über weit bessere Bewaffnung. Die Burgunder hatten sich oberhalb des Sees verschanzt. In den Wäldern oberhalb östlich von Murten versammelten sich die Eidgenossen mit lothringischen Reitern. Die Schweizer hatten nicht nur den Vorteil der Terrainkenntnis, sondern auch, weil sie die Hänge herab kamen und die Deckung der Wälder ausnutzen konnten. Karl der Kühne konnte das Schlachtfeld nicht behaupten. Die Burgunder und ihre Verbündeten wurden überrannt. Karl der Kühne versammelte den Rest seiner Truppen und befal die Flucht. Die Schweizer gingen südlich von Murten gegen das Korps der Lombarden los und drängte sie in den See. Die Garnison der Stadt Murten unternahm ebenfalls einen Ausfall gegen die Lombarden und versuchte mit zwei Schiffen, die schwimmend Flüchtenden zu töten.

Die Beute aus dem Lager der Burgunder war geringer als nach der Schlacht von Grandson. Trotzdem fielen den Siegern prächtige Stoffe, edle Pelze, aufwändig gearbeitete Waffen, ein Portrait des Herzogs und kirchliche Geräte in die Hände. Waren nach der Schlacht 8 000 Tote zu beklagen, waren es jedoch weit mehr als nach der Schlacht von Grandson mit 1 000 getöteten Burgundern.

Nancy, (Lothringen), 6. Januar 1477

In Lothringen wird der Leichnam des großen Herzogs Karl in einem furchtbar zugerichteten Zustand gefunden. Nach seinem Wahlspruch „Ich habe es gewagt" (Je lay emprins) hatte er in den Schlachten der sog. Burgunderkriege in den Jahren 1474 – 1477 zu viel gewagt und letzten Endes alles verloren. Die Kämpfe in Neuss, Héricourt, Planta, Grandson, Murten und schließlich vor Nancy gegen Lothringer und Eidgenossen hatten viel Kraft, Blut und noch mehr Geld gekostet.

Die Ordenskette mit dem Goldenen Vlies wurde später für 200 Gulden in Mailand verkauft.

Der „Florentiner" (auch „Großherzog der Toskana", „Österreicher") ist ein historischer Diamant von zuletzt 137,2 Karat, etwa der Größe einer Walnuss und gelber Farbe.

Die Historiker resümierten:

„Grandson ging verloren, weil Karl, der nicht mit einem Angriff gerechnet hatte, einen taktischen Rückzug anordnete, der die allgemeine Flucht auslöste, und weil im selben Augenblick das bislang verborgene Haupteer der Schweizer angriff. Bei Murten setzte Karl, in der festen Überzeugung, es werde kein Angriff erfolgen, seine Armee einem Überraschungsangriff der Verbündeten aus, gegen den keine Gegenwehr mehr möglich war. In der Schlacht von Nancy schließlich war die Übermacht der Feinde so groß, dass keine Aussicht auf einen Sieg bestand."

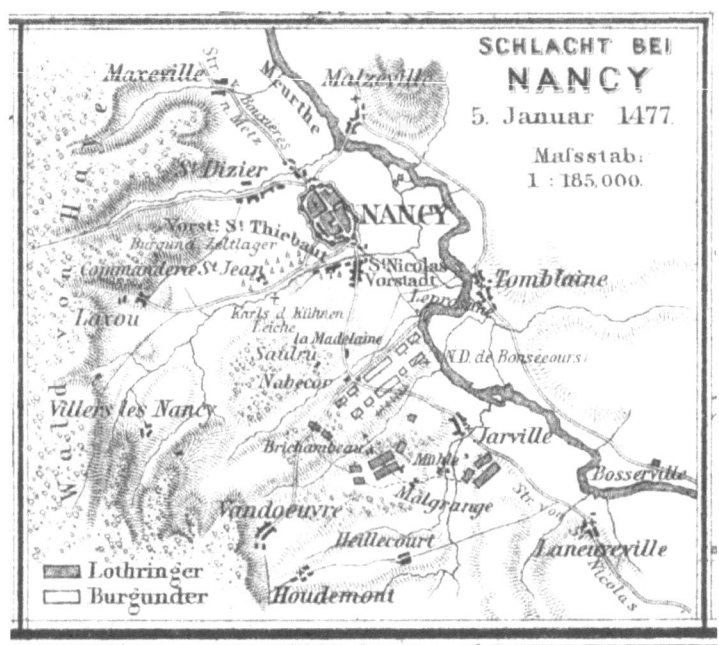

Die instabile Lage im Herzen Europas war dadurch in eine heikle Bewegung gekommen. Ludwig XI. beanspruchte Burgund für sich und Frankreich. Maria, die Tochter von Karl und Isabelle von Bourbon, die 1465 verstorben war, musste mit ihren neunzehn Jahren schnell verheiratet werden. Margarete von York, die dritte Ehefrau Karls und rührige Stiefmutter Marias, konnte Karl keinen männlichen Nachfolger schenken. Das war die Chance für den Kaiser Friedrich III. seinem Sohn Maximilian eine Frau und für das Haus Habsburg ein weiteres Stück vom großen europäischen Kuchen zu verschaffen.

Der Tod des burgundischen Herzogs zu Beginn des Jahres 1477 brachte die Brügger Filiale der Medici-Bank an den Rande des Ruins, den Lorenzo de' Medici gerade noch abwenden konnte. Aber *Tommaso Portinari* betrieb weiterhin riskante Finanzaktionen, die 1481 zum Bankrott der Brügger Niederlassung führten. So waghalsig *Portinari* seine Geschäfte betrieb, so maßlos waren auch sein Lebensstil und sein Bedarf an Luxus und Kunst. Er gab sich nur mit erstklassiger Ware zufrieden, bestellte ein Triptychon bei Hugo van der Goes, das nicht nur wegen seiner Breite von 5,85 m in Florenz Aufsehen erregte. Des Weiteren ließ er sein Porträt und das Porträt seiner Frau von Hans Memling malen und wollte jetzt das Triptychon seines Rivalen an sich bringen. Dabei griff er zu einer List und tat ferner etwas, was vor ihm noch niemand gewagt hatte. Aby Moritz Warburg, ein deutscher Kunsthistoriker, entdeckte anhand eines Vergleichs des gesicherten Portinari-Porträts mit dem Seligen auf der Waagschale des Erzengels Michael im Mittelbild des Triptychons ein weiteres Porträt des Florentiner Geschäftsmanns. Vor ein paar Jahren stellte man bei gemäldetechnischen Untersuchungen fest, dass das Porträt auf einen separaten Bildträger gemalt und nachträglich auf die Eichentafel aufgebracht wurde. *Tommaso Portinari* hatte also nicht nur die Frechheit, sein eigenes Bildnis an eine prominente Stelle des Gerichts-Triptychons zu setzen, das gar nicht für ihn bestimmt war. Er besaß zudem die Hybris, schon zu Lebzeiten zu wissen, dass er beim Jüngsten Gericht zu den Schwergewichten auf der Waage des Erzengels gehören würde, die als Selige in den Himmel gelangten. Es wird dem Bankier wohl ein besonderes Vergnügen bereitet haben, nicht

Goldmünzen in der spiegelblanken Waagschale zu sehen, sondern sich selbst, zwar splitternackt, aber betend. Der Wunsch des Gemäldebesitzers nach Unsterblichkeit der Seele, der sich hier im christlichen Bildthema manifestiert, findet bei den Kunstsammlern der heutigen Zeit noch eine symbolische Entsprechung in ihren Bildstiftungen für Museen.

Für *Tommaso Portinari* bedeutete der Tod von Karl dem Kühnen, dass er auf die Rückzahlung seiner Kredite, die er zu großzügig weggegeben hatte, wohl für verloren geben musste. Nach dem Desaster mit dem Verlust seines Schiffes im Jahre 1473 ein weiterer herber Schlag gegen das Vermögen der flandrischen Medici-Bank in Brügge.

Gent, (Flandern), 19. August 1477

Maria, die Erbin Karls des Kühnen wurde vor allem vom französischen König Ludwig in Bedrängnis gebracht, so dass sie sich nur durch eine Verbindung mit einem starken Mann aus der Situation retten konnte.

Maria von Burgund heiratet Maximilian von Habsburg, den Sohn des römisch-deutschen Kaisers Friedrich III., mit dem sie seit 1475 verlobt war im Prinsenhof (Hof ten Walle) in Gent. Dort wird im Jahr 1500 auch ihr Enkel Karl, der spätere Kaiser Karl V., geboren werden.

Florenz, 26. April 1478

Es hatten sich Francesco de' Pazzi und Girolamo Riario ihren Plan, die Medici-Herrschaft in Florenz zu stürzen und die Medici zu töten, zusammengefunden.

Der ursprüngliche Plan war, Lorenzo auf einer Reise nach Rom oder bei der Rückkehr und Giuliano auf dem Wege nach Piombino gefangen zu nehmen. Der Plan wurde dann abgeändert und die Tat sollte bei einem Essen stattfinden, zu dem Giuliano jedoch nicht erschien, da er gesundheitliche Probleme angab.

Der eigentliche Ursprung des Gedankens, die Medici in der Kirche zu überfallen, scheint von Francesco de' Pazzi ausgegangen zu sein. Es ist sehr wahrscheinlich, dass er den Mord an Galeazzo Maria Sforza in der Mailender Kirche S. Stefano am 26. Dezember 1476 zum Vorbild nahm. Das Schicksal der drei jungen Mailänder Adeligen, Andrea Lampugnani, Girolamo Oligati und Carlo Visconti, die Mörder des Herzogs, scheint ihn dagegen kaum beeindruckt zu haben.

Unter denen, die sich den Verschwörern der Florentiner Aktion anschlossen, waren zwei aus der Familie der Salviati, Bernardo Bandini Baroncelli, ein Bankier in Diensten der Familie Pazzi und Napoleone Franzesi, Antonio Maffei, ein Kleriker aus Volterra und Stefano Bagnoni, ein Pfarrer aus Montemurlo. Francesco de' Pazzi und Bernardo Bandini sollten den

Mord an Giuliano, Giovanni Battista Montesecco den an Lorenzo übernehmen.

Als aber der Ort der Tat, der anfangs bei einem Gastmahl im Hause der Medici vorgesehen war, in die Kirche verlegt wurde, weigerte sich der Hauptmann, den Mord auszuführen. Antonio Maffei und Stefano Bagnoni traten an seine Stelle.

Florenz, 12.04.2012

Nach dem Abendessen saßen Fischer und seine junge, hübsche Begleiterin auf der Erkundungsreise noch lange zusammen. Sie vertieften sich in die Materie der Verschwörung gegen die Medici an Ostern 1478.

»Nach der Literatur, die ich in den letzten Tagen gelesen, ja studiert habe, war die ganze Aktion viel komplizierter als ich anfangs geglaubt habe«, sagte Fischer. »Es gab mehrere Mitwisser und Beteiligte.«

»Warum bezeichnet man dann gerade die Verschwörung als Pazzi-Verschwörung?«

»Ja, die Pazzi waren beteiligt, sogar sehr tief darin verstrickt, aber es gab hier vielfältige Beweggründe, nicht nur in der Pazzi-Familie.«

»Was war der Anlass für diese Verschwörung und dieser skandalösen Tat im Dom?«

»Nun, es lassen sich zu den beteiligten Personen verschiedene Gründe anführen: Das gestörte Verhältnis der Medici-Familie zu der Pazzi-Familie, die Entfremdung von Lorenzo und Papst Sixtus, die Bestrebungen der Verwandten des Papstes, verschiedene persönliche Rechnungen mit den Medici – und es gab noch eine Person im Hintergrund mit eigenen Machtinteressen, Federico da Montefeltro, der Taufpate Lorenzos. Er hatte für die Republik Florenz die Stadt Volterra unter schrecklichen Umständen erobert, war aber später in die Dienste des Kirchenstaates getreten und zum heimlichen Gegner Lorenzos geworden.«

»Ja, jetzt verstehe ich, dass die Sache kompliziert wird.«

»Vor allem, wenn man die wechselnden Konstellation der fünf politischen Schwergewichte in Italien, den Papst, den König von Neapel, das Herzogtum Mailand, die Stadtrepubliken Venedig und Florenz, sieht.«

»Ja, das ist wirklich kompliziert.«

»Betrachten wir zuerst einmal die Verhältnisse in Florenz.«

»Nachdem die Medici in den 30er Jahren des Jahrhunderts sich der Konkurrenz der Strozzi-Familie entledigt hatten, erwuchs ihnen mit der Pazzi-Familie ein neues Gegenüber. Die aus einem alten ghibellinischen Feudaladel stammende Familie, wurde trotz der strikten republikanischen Haltung der Florentiner mit Andrea de' Pazzi 1439 ein Vertreter in die Signorie aufgenommen. Andrea hatte drei Söhne und acht Enkel. Aber nicht nur durch die Zahl der Familienmitglieder fühlten sich die Pazzi den Medici überlegen, denn als Kaufleute waren sie ihnen ebenbürtig und galten als Edelleute. Cosimo de' Medici war durch Verwandtschaft mit dieser reichen und mächtigen Familie verbunden und suchte sie sich günstig zu erhalten.

Lorenzo jedoch verfolgte andere Ziele und war auf den Ruin derselben bedacht. Er versuchte sie von den Ehrenämtern und einflussreichen Positionen in der Republik fernzuhalten. Im Jahre 1477 wurde auf Lorenzos Veranlassung ein neues Erbschaftsgesetz erlassen, in dem niedergelegt wurde, dass in einem Erbfalle beim Fehlen eines männlichen Nachkommens, nicht mehr wie zuvor die Töchter, sondern die männlichen Neffen erbberechtigt sein sollen. Das Gesetz sollte eine rückwirkende Kraft haben. Konkret richtete sich diese Neuerung gegen die Pazzi Familie, da die einzige Tochter Giovanna beim Tod des reichen Giovanni Borromei schlagartig vom Erbe ausgeschlossen war. Diese Giovanna war mit einem Pazzi verheiratet und sogar noch mit den Medici verschwägert. Lorenzo wollte eine Bereicherung der Pazzi sichtbar verhindern.«

»Nun zu Lorenzo, dem Papst und seinen Nepoten. Verschiedene Ereignisse zerstörten das anfänglich gute Verhältnis von Papst Sixtus und Lorenzo de' Medici.«

»Ja, da bin ich aber gespannt. Erzählen Sie!«

»Nun, im Jahre 1473 wollte Papst Sixtus IV. aus Anlass der Vermählung Girolamo Riarios, ein Nepot, möglicherweise sein leiblicher Sohn, mit Caterina Sforza das kirchliche Lehen Imola einziehen und an Riario weitergeben; als Vorwand diente ihm der geschuldete Lehenszins. Der Lehensnehmer, Taddeo Manfredi, hatte die Stadt jedoch bereits 1471 heimlich an die in Mailand regierenden Sforza abgetreten. Der als Kardinallegat 1474 zu den Sforza gesandte Pietro Riario konnte jedoch erreichen, dass die Mailänder ihre Ansprüche gegen die Zahlung von 40.000 Dukaten an Girolamo zu verkaufen, bereit waren. Das Geld hierfür sollten die Pazzi und die Medici vorstrecken. Da Florenz ebenfalls Anspruch auf Imola erhoben hatte, verweigerte Lorenzo de' Medici seine Beteiligung am Kredit und forderte die Pazzi auf, sich ebenfalls den päpstlichen Wünschen zu verweigern. Tatsächlich kam der Kredit mit anderen Geldgebern, aber unter Beteiligung der Pazzi zustande.

Im Sommer 1474 geriet Sixtus von neuem in einen Konflikt mit den Florentinern, als er die Stadt Città di Castello beanspruchte, die den Florentinern von Papst Eugen IV. zur Begleichung seiner Schulden überlassen worden war. Der Nepot Giuliano della Rovere, der nach dem Tode Pietro Riarios Anfang des Jahres dessen Platz eingenommen hatte, wollte die Stadt für seinen Bruder Giovanni in Besitz nehmen. Der Streit konnte erst durch das Eingreifen Federicos da Montefeltro, einem der Heerführer des Papstes, geschlichtet werden, der Niccolò Vitelli, der die Stadt bis dahin für Florenz gehalten hatte, zur Aufgabe überreden konnte.

Zu neuen Auseinandersetzungen mit Florenz führten die anstehenden Besetzungen der Bistümer Florenz und Pisa. Dem vom Papst zum Erzbischof von Pisa eingesetzten Francesco Salviati wurde der Zugang nach Pisa verwehrt, da die Florentiner das Vorschlagsrecht besaßen und den Kandidaten des Papstes ablehnten.«

»Der Papst hatte also allen Grund, keine Freundschaft mehr mit Lorenzo zu pflegen«, bemerkte Ines.

»Dazu kam, dass die Freundschaft von Erzbischof Salviati Riario mit Francesco de' Pazzi beide zum Kopf der Verschwörung zusammenführte.«

»Und denen schien die Zeit gekommen, etwas zu unternehmen«, stellte Ines eifrig fest.

»Obwohl es Stimmen gab, wie die vom Oberhaupt der Pazzi-Familie, Jacopo de' Pazzi, dass die Medici in baldiger Zukunft Bankrott gehen würden, meinten die Verschwörer, dass die Zeit dränge und gehandelt werden müsse.«

»Ja, und sie suchten nach Unterstützern und nach Verstärkung«, setzte Ines hinzu.

»Sie fanden zu Girolamo Riario della Rovere noch einen Mann, der mit einem Mordwerkzeug umgehen konnte, Giovanni Battista da Montesecco, der in Diensten des Papstes stand.«

Die Zeit dafür schien nun, im Frühjahr des Jahres 1478, gekommen. Durchaus unterschiedlich motiviert, aber in ihrer Absicht, die verhassten Medici loszuwerden, in einer Zweckgemeinschaft vereint, holten die drei Rädelsführer die weiteren Manner in ihre verschworene Gemeinschaft und traten so vor den Heiligen Vater.

Salviati und Francesco de' Pazzi stellten den Plan zur Ermordung Lorenzos und Giulianos auf. Riario selbst blieb in Rom. Sie hofften, dass die Masse der Tyrannis der Medici überdrüssig geworden wäre, die sich sogar in persönliche Dinge der Bürger einmischten und sogar für Eheschließungen ihre Erlaubnis einzuholen war, wie Giucciardini berichtet.

Tommaso Portinari musste sich zu dieser Zeit in Florenz aufgehalten haben. Mit einer gewissen Wahrscheinlichkeit hatte er auch an der Ostermesse teilgenommen.

Zeugen, die der Nachwelt über die Ereignisse berichtet haben, waren der acht Jahre alte Niccolò Machiavelli, Angelo Poliziano, 23 Jahre, und andere, wie Luca Landucci, ein Händler in der Stadt, die den Tumult im Dom und anschließend in der ganzen Stadt miterlebt hatten. Landucci hat ein Tagebuch geführt und berichtet darin über die Rachegräuel gegen die Verschwörer.

»Lassen wir Machiavelli selbst zu Wort kommen«, sagte Fischer und nahm einen Stapel Kopien der Schrift „Die Geschichte von Florenz", die Machiavelli von 1521 bis 1525 verfasst hatte, vom Tisch auf und las vor:

»Da der Anfang des gegenwärtigen Buches zwischen zwei Verschwörungen mitten inne steht, von denen die eine, in Mailand vorgefallene bereits erzählt worden, die andere in Florenz noch an die Reihe kommen wird: so möchte es passend erscheinen, dass wir, unserer Gewohnheit gemäß über die Beschaffenheit der Verschwörungen und deren Wichtigkeit sprächen. Dies würde gerne geschehen, hätte ich nicht schon an anderem Orte darüber gesprochen, oder ließe der Gegenstand sich in Kürze behandeln. Da er hingegen ausführliche Betrachtung heischt und schon erwähnt worden ist, so wollen wir dabei nicht verweilen, sondern, zu anderen Dingen übergehend, sagen, wie das Regiment der Medici, nachdem es alle offenen Angriffe abgeschlagen, auch die im Geheimen sich bereitenden Feindschaften besiegen musste, um dies Haus zu alleiniger Herrschaft in Florenz zu führen um ihm eine vor den übrigen sich auszeichnende bürgerliche Stellung zu geben. Denn so lange die Medici mit gleicher Autorität und unter gleichen Verhältnissen mit einigen der andern Geschlechter kämpften, konnten die Bürger, die ihre Macht beneideten, ihnen offen sich widersetzen, ohne zu fürchten, gleich im Beginn ihres Widerstandes unterdrückt zu werden. Nachdem nämlich die Magistrate frei geworden, hatte keine der Parteien Grund zu Befürchtungen, ausgenommen nach einer Niederlage. Seit dem Siege des Jahres sechsundsechzig aber vereinte sich die gesamte Gewalt so sehr in den Händen der Medici und diese stiegen zu solcher Autorität, dass die Missvergnügten entweder in diese Verhältnisse sich ruhig fügen, oder, wollten sie eine Änderung herbeiführen, dies heimlich und mittels Verschwörungen versuchen mussten. Solche Mittel aber, da sie selten von Erfolg begleitet sind, stürzen meist ihre Urheber ins Verderben, während sie die Größe der Bedrohten sichern. Daher kommt es, dass in der Mehrzahl der Fälle ein Fürst, gegen welchen solche Verschwörungen eingeleitet wurden, wenn sie ihn nicht das Leben kosten, wie beim Herzog von Mailand der Fall war aber eine Seltenheit ist, zu größerer Macht gelangt und, war er gut, böse wird. Denn Anlässe dieser Art geben ihm Grund zu fürchten, die Furcht bestimmt ihn, sich zu sichern, das Verlangen nach Sicherheit lässt ihn andern zu nahe treten: woher denn Hass entsteht und am Ende oft sein Untergang ist. So stürzen denn solche Verschwörungen ihren Urheber sogleich, während sie auf alle Weise und mit der Zeit dem schaden, gegen den sie gerichtet sind. Italien war, wie wir oben gezeigt haben, in zwei große Parteien zerfallen. Einerseits Papst und König, – andererseits Venedig, der Herzog, die Florentiner. Und war auch noch kein Krieg zwischen ihnen ausgebrochen, so wiederholten sich doch täglich die Anlässe dazu. Namentlich suchte der Papst durch jede seiner Unternehmungen den Florentinern zu schaden. Als nun Messer Filippo de' Medici, Erzbischof von Pisa, gestorben war, erteilte der Papst das Erzbistum gegen den Willen der Signorie von Florenz dem Francesco Salviati, den er als Feind des mediceischen Hauses kannte. Indem aber die Signorie sich seiner Besitznahme widersetzte, entstanden neue Missverständnisse mit dem Papste, welcher überdies in Rom der Familie der Pazzi sehr geneigt sich erwies, während er den Medici bei jeder Gelegenheit entgegen war. Damals ragten unter allen florentinischen Familien die Pazzi durch Reichtum und Adel hervor. Ihr Haupt war Jacopo, welchem um jener Ursachen willen das Volk die Ritterwürde erteilte. Er hatte keine Kinder, eine natürliche Tochter ausgenommen; doch hatte er viele Neffen, Söhne seiner Brüder Messer Piero und Antonio, deren erstere Guglielmo, Francesco, Rinato, Giovanni, sodann Andrea, Niccolò und Galeotto. Den Reichtum und die Vornehmheit des Hauses kennend, hatte Cosimo de' Medici seine Enkelin Bianca mit Guglielmo verbunden, in der Hoffnung dieses Band würde die Familien mehr einigen und Hass und Feindschaft tilgen, die meist im Verdacht ihren Ursprung haben. Wie aber menschliche Pläne unsicher und trügerisch sind, so ging die Sache anders: denn Lorenzos Ratgeber stellten ihm vor, es sei gefährlich und für sein Ansehen bedrohlich, wenn Reichtümer und Autorität sich in irgendeiner Familie vereinigten. Dies war die Veranlassung, dem Messer Jacopo und dessen Neffen die Ehrenstellen vorzuenthalten auf welche sie nach dem Vorgang anderer Bürger Anspruch hatten. Dadurch entstand bei den Pazzi der erste Groll, bei den Medici die erste Besorgnis: wie diese stieg, stieg auch jener, weshalb die Pazzi bei jedem Anlass, wo andere Bürger mit ihnen wetteiferten, von den Magistraten zurückgesetzt wurden. Und da Francesco de' Pazzi zu Rom war, nötigte ihn der Magistrat der Achte, ohne die bei vornehmen Bürgern sonst übliche Rücksicht, wegen einer geringfügigen Ursache nach Florenz zu kommen. Die Pazzi begannen nun überall mit scharfen und ärgerlichen Worten sich zu beschweren, und mehrten dadurch Verdacht und Widerwillen. Giovanni de' Pazzi hatte zur Gattin die Tochter des Giovanni Borromei, eines sehr reichen Mannes, dessen Güter in Ermangelung anderer Kinder nach seinem Tode an diese Tochter fielen. Sein Neffe Carlo aber bemächtigte sich eines Teils dieser Güter, und als die Sache zum Prozess kam, wurde ein Gesetz erlassen, welches die Frau Giovannis ihres väterlichen Erbes beraubte und dies dem Carlo zusprach. Die ganze Familie der Pazzi erkannte, dass dieser Streich von den Medici kam. Giuliano de' Medici machte darüber seinem Bruder Lorenzo oft Vorstellungen, indem er sagte, er befürchte, sie würden alles verlieren, weil sie nach zu vielem strebten.

Lorenzo aber, durch Jugend und Macht angespornt, wollte an alles denken und alle seine Autorität fühlen lassen. Da nun die Pazzi, bei ihrem Reichtum und ihrer Vornehmheit, so viele Beleidigungen nicht mehr zu ertragen vermochten, begannen sie auf Rache zu sinnen. Der erste, welcher gegen die Medici sprach, war Francesco. Dieser war entschlossen zugleich und empfindlicher als irgendeiner der andern, so dass er sich vornahm, entweder zu erkämpfen, was ihm fehlte, oder aufs Spiel zu setzen, was er besaß. Und da die Regierenden zu Florenz ihm verhasst waren, lebte er beinahe anhaltend in Rom, wo er nach der Sitte der florentinischen Handelsleute große Summen in Umlauf hatte. Da er nun mit dem Grafen Girolamo (Riario) sehr befreundet war, beschwerten sie sich oft gegenseitig über die Medici. Nach vielen Klagen kamen sie endlich zu dem Schlusse: um dem einen den ruhigen Besitz seiner Herrschaften, dem andern ruhiges Leben in seiner Vaterstadt zu sichern, sei es nötig, die Verwaltung in Florenz zu stürzen, was sie ohne den Tod Lorenzos und Giulianos nicht ausführen zu können glaubten. Sie waren der Meinung, der Papst und der König (von Neapel) würden ohne Schwierigkeit ihre Zustimmung geben, wenn man dem einen wie dem andern die Ausführbarkeit der Sache zeigte. Nachdem sie nun auf diese Idee gekommen waren, besprachen sie das Ganze mit Francesco Salviati, Erzbischof von Pisa, der ihnen mit Freuden die Hand bot, sowohl seiner ehrgeizigen Natur wegen, als weil die Medici ihm eben noch so sehr im Wege standen. Und indem sie nun miteinander überlegten, was wohl zu tun wäre, beschlossen sie, um sich eines besseren Gelingens zu versichern, den Messer Jacopo de' Pazzi in ihr Geheimnis zu ziehen, ohne welchen sie nichts vollbringen zu können glaubten. Um dieser Sache willen ging also Francesco de' Pazzi nach Florenz, während der Erzbischof und der Graf (Riario) in Rom blieben, dem Papste die Sache mitzuteilen, sobald sich ein passender Moment dazu ergäbe. Francesco fand den Messer Jacopo bedenklicher und minder geneigt, als er gewünscht hätte, so dass, als er dies nach Rom meldete, man größerer Autorität sich zu bedienen beschloss, um auf seinen Entschluss zu wirken. Der Erzbischof und der Graf zogen also einen der päpstlichen Hauptleute, Giovanni Battista da Montesecco, ins Geheimnis. Dieser galt für einen guten Kriegsmann, und war dem Grafen wie dem Papste verpflichtet. Dessen ungeachtet deutete er auf die Schwierigkeiten und Gefahren des Unternehmens hin: Bedenken, welche der Erzbischof zu entfernen sich bestrebte, indem er die vom Papst und König erwartende Hilfe und den Hass der Bürger gegen die Medici vorschob, wie den Beistand der Verwandten, welche sich zu den Salviati und Pazzi schlagen würden, die Leichtigkeit, die Brüder in der Stadt zu ermorden, weil sie ohne Begleitung und Verdacht umherwanderten, worauf es sodann weniger Mühe kosten würde, die Regierung umzuändern. Dennoch war Giovanni Battista nicht völlig überzeugt, da er von vielen andern Florentiner Bürgern andere Reden vernommen hatte.

Während man so diese Sache überlegte, erkrankte der Herr Carlo von Faenza, so dass man an seinem Aufkommen zweifelte. Dies bot dem Grafen und dem Erzbischof eine Gelegenheit, den Montesecco nach Florenz und von dort nach der Romagna zu senden, unter dem Vorwande, gewisse Ländereien wiederzuerlangen, die der Herr von Faenza besetzt gehalten hatte. Der Graf trug ihm auf, mit Lorenzo zu reden und ihn um Rat zu ersuchen, wie er sich in den romagnolischen Angelegenheiten zu verhalten habe; hierauf sollte er mit Francesco de' Pazzi sprechen, und im Verein mit diesem versuchen, den Messer Jacopo umzustimmen. Um aber an der Autorität des Papstes eine Stütze zu haben, veranstalteten sie, dass er vor seiner Abreise mit Sixtus reden konnte, welcher dem Unternehmen allen möglichen Beistand zusagte. Als nun Giovanni Battista in Florenz angelangte, begab er sich zuerst zu Lorenzo de' Medici, von welchem er aufs freundlichste aufgenommen ward und verständigen und gewogenen Rat erhielt, so dass jener voll Verwunderung war, indem ihm schien, er habe einen ganz andern Mann gefunden als er erwartete, geneigt und bedachtsam und gegen den Grafen gutgesinnt. Nichtsdestoweniger wollte er mit Francesco reden und da er ihn nicht traf, indem dieser sich nach Lucca begeben hatte, wandte er sich an Messer Jacopo, welchen er anfangs dem Vorhaben gegenüber sehr abgeneigt fand. Die Stimmung des Papstes aber hatte doch einigen Einfluss auf ihn, so dass er dem Montesecco sagte, er möge seine Geschäfte in der Romagna abmachen und dann zurückkehren, wo Francesco in der Stadt sein werde und sie die Sache reiflich überlegen würden. Giovanni Battista ging und kehrte zurück, unterhielt sich mit Lorenzo, um den Schein zu retten, über die Angelegenheiten des Grafen, und war dann bei den beiden Pazzi. Das Ergebnis war, dass Messer Jacopo seine Zustimmung gab. Dann besprachen sie das Wie. Messer Jacopo hielt die Sache nicht für ausführbar, während beide Brüder in Florenz verweilten: er schlug vor, man sollte warten, bis Lorenzo nach Rom ginge, wovon die Rede war, und dann zur Tat schreiten. Francesco war damit einverstanden, doch meinte er, für den Fall, dass die beabsichtigte Reise nicht stattfinden sollte, könnte man beide Brüder bei einer Hochzeit, oder beim Spiel, oder aber in der Kirche umbringen. Was aber fremde Hilfe betreffe, so könne ja der Papst eine Mannschaft zusammenziehen, um sie gegen das Kastell Montone ziehen zu lassen, indem er gerechten Grund habe, es dem Grafen Carlo Fortebracci zu nehmen, wegen der von demselben veranlassten Unruhen in den Gebieten von Perugia und Siena, von denen oben die Rede war. Dennoch kam man zu keinem andern Entschluss, als dass Francesco de' Pazzi und Montesecco nach Rom gehen und dort mit dem Grafen und dem Papste alles anordnen sollten. In Rom also ward die Sache von neuem besprochen worden, und da das Unternehmen gegen Montone nun wirklich zustande kommen sollte, so wurde beschlossen, dass Giovanni Francesco von Tolentino, päpstlicher Hauptmann, nach der Romagna gehen, Messer Lorenzo von Castello aber in seine Heimat sich begeben und beide ihre Kompanien vollzählig machen und bereit halten sollten, um zu tun, was der Erzbischof Salviati und Francesco de' Pazzi ihnen befehlen würden. Die Genannten sollten inzwischen mit Giovanni Batista da Montesecco nach Florenz gehen und dort alles vorbereiten, was notwendig sein würde zur Ausführung des Unternehmens, dem der König von Neapel mittels seines Gesandten jegliche Unterstützung verhieß. Nachdem nun Francesco und der Erzbischof nach Florenz gekommen waren, zogen sie an sich heran den Jacopo, Sohn Messer Poggio Bracciolinis, einen gelehrten jungen Mann, aber ehrgeizig und neuerungssüchtig, sodann zwei Jacopo Salviati, von denen der eine ein Bruder, der andere ein Verwandter, der Cousin des Erzbischofs war, überdies den Bernardo Bandini und Napoleone Franzesi, verwegene junge Leute, welche gegen die Pazzi viele Verpflichtungen hatten. Von Fremden schlugen sich noch zu ihnen Messer Antonio von Volterra (Antonio Maffei, prete e notaio apostolico) und ein Priester namens Stefano (Bagnoni, Pfarrer aus Montemurlo), welcher der Tochter Messer Jacopos in der lateinischen Sprache Unterricht erteilte. Rinato de' Pazzi, ein ernster und ver-

ständiger Mann, der die aus solchen Unternehmungen her-
vorgehenden Übel in ihrer ganzen Ausdehnung kannte, ließ
sich nicht nur nicht in die Verschwörung ein, sondern verab-
scheute sie und suchte sie durch alle ihm zu Gebote stehenden ehrbaren Mittel zu verhindern.

Der Papst hatte den Raffaello di Riario, Neffe des Grafen Gi-
rolamo, nach der Universität zu Pisa gesandt, um sich dort im
Abfassen päpstlicher Schreiben zu üben. Während der Jüng-
ling noch dort verweilte, erteilte er ihm die Kardinalswürde.
Nun kamen die Verschworenen auf den Gedanken, diesen
Kardinal nach Florenz zu führen, um auf solche Weise ihre
Anschläge zu verheimlichen, indem die Leute, deren sie zur
Ausführung bedurften, im Gefolge des Riario auftreten konnten. Als dieser also angelangt war, ward er von Jacopo de'
Pazzi in seinem Landhause zu Montughi dicht bei der Stadt
empfangen. Die Verschworenen wünschten mittels seiner den
Lorenzo und Giuliano vereint zu treffen und sie so zu ermorden. Sie veranstalteten es daher, dass diese den Kardinal auf
ihre Villa bei Fiesole in die Villa Medici luden, wo indes Giuliano, sei es Zufall oder Absicht, nicht erschien. Da dies nun
fehlgeschlagen war, dachten sie, dass bei einem in Florenz
anzustellenden Gastmahl beide zu erscheinen sich nicht würden enthalten können. So luden sie denn für den Sonntag des
26. April 1478 zu diesem Feste ein. Im Glauben, dass es
ihnen nun gelingen würde, sie bei demselben zu ermorden,
versammelten sie sich in der Nacht vom Sonnabend, und besprachen alles, wie es am folgenden Tage geschehen sollte.

Als aber der Tag gekommen war, wurde dem Francesco ge-
meldet, Giuliano sei verhindert teilzunehmen. Die Häupter der
Verschworenen berieten sich nun von neuem und kamen
überein, man dürfe keine Zeit verlieren, die Sache ins Werk zu
setzen, indem bei so vielen Mitwissenden längere Verheimli-
chung unmöglich sei. So wurden sie denn eins, die beiden
Brüder in der Kirche Santa Reparata (dem Dom) zu töten, wo
sie zugleich mit dem Kardinal ihrer Gewohnheit gemäß sich
einfinden würden. Sie wollten, Montesecco sollte es übernehmen, Lorenzo zu töten, Francesco de' Pazzi und Bernardo
Bandini den Giuliano. Giovan Battista aber weigerte sich, sei
es, dass der vielfache Umgang mit Lorenzo ihn milder gestimmt hatte, oder dass andere Gründe bei ihm obwalteten. Er
erklärte, er könne sich nie entschließen, eine solche Tat in der
Kirche zu begehen und Verrat mit Tempelschändung zu ver-
binden. Dies legte den Grund zum Misslingen des ganzen
Unternehmens. Denn da die Zeit drängte, waren sie genötigt,
dieses Geschäft dem Messer Antonio von Volterra und dem
Priester Stefano zu übertragen, die beide von Natur, wie wegen ihres Mangels an Übung in Führung der Waffen, dazu
völlig untauglich waren. Denn wenn zu irgendeiner Tat See-
lenstärke und Entschlossenheit, Erfahrung und Todesverach-
tung erfordert werden, so ist es bei einer solchen der Fall,
wobei man oft waffenkundige und an Blut gewohnte Männer
den Mut verlieren gesehen hat. Nun bestimmten sie noch, das
Signal zur Ausführung sollte die Kommunion des Messelesen-
den Priesters sein; der Erzbischof Salviati mit den Seinen und

Jacopo, der Sohn Messer Poggios, sollten unterdes den Palast besetzen, damit die Signorie, freiwillig oder unfreiwillig, ihnen beistimmen müsste nach der Ermordung der beiden Medici.

Nachdem sie alles dies angeordnet hatten, begaben sie sich nach der Kirche, wo der Kardinal bereits mit Lorenzo eingetroffen war. Die Kirche war mit Menschen gefüllt und schon hatte der Gottesdienst seinen Anfang genommen, als Giuliano noch fehlte. Da begaben sich Francesco de' Pazzi und Bandini, die ihn zu morden bestimmt waren, nach dessen Wohnung und führten ihn unter Bitten und gleisnerischen Worten nach der Kirche. Es ist wahrhaft bemerkenswert, dass Francesco und Bernardo so heftigen Hass und so verruchte Absicht unter so vieler Freundlichkeit und Zureden zu verbergen vermochten: denn während sie mit ihm gingen, unterhielten sie ihn durch Scherze und heitere Reden. Und Francesco, unter dem Scheine, ihn zu liebkosen, berührte ihn mit der Hand und dem Arme, um sich zu vergewissern, ob er einen Panzer oder eine sonstige Schutzwaffe trüge. Giuliano und Lorenzo kannten wohl die Abgeneigtheit der Pazzi und ihren Wunsch, ihnen die Regierung zu entreißen: aber sie waren nicht für ihr Leben besorgt, indem sie glaubten, dass jene einen Versuch, zur Herrschaft zu gelangen, ohne Gewalttätigkeit durch die seither üblichen Mittel machen würden. Deshalb stellten auch sie sich, als wären sie ihre Freunde, ohne auf eigne Sicherheit zu achten. So waren denn die Mörder bereit, neben Lorenzo die einen, wo sie wegen der Volksmenge ohne Verdacht stehen

168

konnten, die andern um Giuliano herum. Da kam der verabredete Moment für die Verschwörer.«

»Jetzt sind wir am Höhepunkt der Geschichte, nicht wahr?«, unterbrach Ines den vorlesenden Begleiter, der etwas aus seinem Vortrag gebracht den Blick von seinem Text hob.

»Ja, das ist die entscheidende Stelle, kurz vor der Kommunion. Das zweite Ertönen der Glöckchen der Messdiener, wenn der Priester die Hostie ergreifen würde, sollte das Zeichen für die Verschwörer sein«, sagte Fischer.

»Es war ein kaum übersehbares Zeichen«, meinte Ines.

»Als nun die Glöckchen zum zweiten Male ertönten, und der Priester mit den Worten: „Domine, non sum dignus ut intres sub tectum meum, sed tantum dic verbum, et sanabitur anima mea", die Hostir ergriff und anhob, brach die Aktion los«, setzte Fischer hinzu und wandte sich wieder seinem Papier zu und wollte im Text von Macchiavelli fortfahren.

»Halt. Die Aussagen über den Tatzeitpunkt gehen auseinander«. Ines bemste den Vorleser, der irritiert aufschaute.

»Ich habe hier eine Notiz, da steht bei Carolus a Florentiola: „dopo l'elevazione del Corpo di Christo" und bei dem französischen Historiker Perrens „Ite, missa est", was immer am Ende einer Messe gesagt wird.«

»Mag schon sein. Aber am Ende einer Messe? Wo viele schon am Aufbrechen sind. Da halte ich mich eher an Machiavelli!«, sagte Fischer entschlossen und nahm seinen Text eirder auf.

»Bernardo Bandini durchbohrte mit einer kurzen Waffe die Brust Giulianos, der nach wenigen Schritten niedersank, worauf Francesco de' Pazzi sich über ihn hinwarf und mit solcher Wut auf ihn los stach, dass er sich selbst eine schwere Schenkelwunde beibrachte. Auf der andern Seite griffen Messer Antonio und Stefano den Lorenzo an: von ihren Streichen aber verwundete nur einer ihn unbedeutend am Halse, denn, sei es, dass sie ungeschickt waren, oder dass Lorenzo mutig mit seiner Waffe sich verteidigte, oder dass Hilfe von den Umstehenden ihm ward: alle ihre Bemühungen scheiterten. In ihrer Angst flohen sie und verbargen sich, wurden aber entdeckt, schmachvoll erschlagen und durch die ganze Stadt geschleppt. Unterdes eilte Lorenzo mit den Freunden, die sich rasch um ihn sammelten, nach der Sakristei, in die er sich einschloss. Als Bernardo Bandini sein Opfer daliegen sah, ermordete er noch den Francesco Nori, einen vertrauten Freund der Medici, entweder aus altem Hass oder weil dieser dem Giuliano zu helfen sich bemühte. Und noch nicht zufrieden mit diesem zwiefachen Mord, eilte er Lorenzo nach, um durch seine Entschlossenheit und Raschheit wieder gutzumachen, was die andern durch Langsamkeit und Schwäche verdorben: aber er vermochte nichts auszurichten, da er die Sakristei verschlossen fand. Inmitten dieser grauenvollen Auftritte, die so entsetzlich waren, dass die Kirche darüber einzustürzen schien, hatte der Kardinal sich an den Altar gedrängt, wo er mit genauer Not von den Priestern beschützt ward, bis nach dem Aufhören des Tumults die Signorie ihn nach ihrem

Palast geleiten konnte, wo er unter starkem Verdacht bis zu seiner Freilassung wohnen blieb.

In jener Zeit verweilten in Florenz einige Bürger aus Perugia, welche durch Faktionen aus der Heimat vertrieben worden waren. Diese waren durch das Versprechen der Heimkehr in ihre Vaterstadt von den Pazzi in ihr Interesse gezogen worden. So hatte denn der Erzbischof Salviati, der mit Jacopo Bracciolini und seinen Verwandten und Freunden ausgezogen war, den Palast zu besetzen, sie mit sich geführt. Am Palast angelangt, ließ er einen Teil der Seinen unten, mit dem Befehl, sobald sie Lärm hörten, die Pforte zu besetzen, während er mit dem größeren Teil der Peruginer hinaufging. Da er fand, dass die Signorie bei der Tafel saß, indem es schon spät war, wurde er bald darauf zum Gonfaloniere Cesare Petrucci gelassen. Mit einigen wenigen eintretend, ließ er die übrigen draußen, von denen die meisten sich selber in der Kanzlei einschlossen, deren Türe so eingerichtet war, dass sie, zugeschlagen, nur mittels der Schlüssel von innen wie außen geöffnet werden konnte. Der Erzbischof unterdessen, unter dem Vorwand, dem Gonfaloniere einen Auftrag des Papstes ausrichten zu wollen, begann mit unsicheren, unzusammenhängenden Worten zu ihm zu reden, so dass die Verwirrung, die er in Miene und Sprache zeigte, Cesares Verdacht in solchem Grade erregte, dass dieser mit lautem Rufe aus dem Zimmer eilte, auf Jacopo Bracciolini stieß, ihn bei den Haaren ergriff und seinen Amtsdienern überlieferte. Und als nun unter den Signoren Lärm entstand und sie zu den Waffen griffen, welche der Zufall ihnen in die Hände gab, wurden alle Begleiter des Erzbischofs, die teils eingesperrt, teils erschrocken waren, entweder sogleich getötet oder noch lebend zu den Fenstern des Palastes hinausgeworfen, der Erzbischof aber, seine beiden Verwandten und Jacopo Bracciolini gehängt. Die unten gebliebenen hatten unterdes die Wache überrumpelt, das Tor besetzt und das ganze Erdgeschoß eingenommen, so dass die Bürger, welche bewaffnet und unbewaffnet bei dem Lärm nach dem Palast eilten, der Signorie weder Beistand noch Rat zu bringen vermochten.

Francesco de' Pazzi aber und Bernardo Bandini, welche Lorenzo gerettet sahen, und von denen der erstere, auf dem die Hoffnung auf Erfolg hauptsächlich beruhte, schwer verwundet war, verloren den Mut. Mit jener Raschheit des Entschlusses, welche er im Handeln gegen die Medici an den Tag gelegt, war Bandini nur auf eigne Rettung bedacht, und da er das Unternehmen gescheitert sah, ergriff er die Flucht. Francesco, nach Hause zurückgekehrt, versuchte, ob er sich zu Pferde halten könnte, da es in der Absicht gelegen, mit Bewaffneten durch die Stadt zu ziehen und das Volk zur Freiheit und zu den Waffen aufzurufen: aber er vermochte es nicht, so tief war die Wunde und so groß der Blutverlust. So warf er sich denn unangekleidet aufs Lager hin und bat Messer Jacopo das zu tun, was er nicht tun konnte. Obschon letzterer bejahrt war und in solchen Dingen, wo es darauf ankam eine tumultierende Menge zu leiten, keine Erfahrung hatte, wollte er doch diesen letzten Versuch wagen, das Glück zurückzuführen. So stieg er denn zu Pferde, mit etwa hundert Bewaffneten, die zu diesem Zwecke im Voraus bereitgehalten waren, und eilte nach dem Platz vor dem Palaste, Volk und Freiheit zu seinem Beistande anrufend. Da aber das eine durch das Glück und die Freigebigkeit der Medici taub geworden, die andere in Florenz nicht mehr bekannt war, so ward ihm von keiner Seite Antwort. Nur die Signoren, welche im oberen Teil des Palastes schalteten, begrüßten ihn mit Steinwürfen und erschreckten ihn durch Drohungen. Als Messer Jacopo nun nicht wusste, woran er war, kam ihm sein Schwager Giovanni Serristori entgegen, der ihm erst wegen der durch sie veranlassten Verwirrung Vorwürfe machte, dann ihn veranlasste, nach Hause zurückzukehren, indem er ihn versicherte, Volk und Freiheit lägen den übrigen Bürgern ebenso sehr am Herzen wie ihm. Als nun Messer Jacopo jede Hoffnung aufgeben musste, da er die Signorie feindlich, Lorenzo lebend, Francesco verwundet, sich selber aber von keinem gefolgt sah, und nicht wusste, was zu beginnen: beschloss er, womöglich durch die Flucht sein Leben zu retten, und verließ mit seinem bewaffneten Haufen die Stadt, um sich nach der Romagna zurückzuziehen.

Unterdessen war ganz Florenz unter Waffen. Von einem wehrhaften Haufen begleitet, war Lorenzo de' Medici nach Hause zurückgekehrt. Das Volk hatte den Palast wiedergenommen und die Eindringlinge erschlagen oder zu Gefangenen gemacht. In der ganzen Stadt rief man den Namen der Medici: die Gliedmaßen der Ermordeten sah man auf den

Spitzen der Waffen steckend umhertragen oder durch die Straßen schleppen; überall vernahm man Ausbrüche des Hasses, überall sah man grause Handlungen gegen die Pazzi. Schon hatte das Volk ihre Wohnungen gestürmt, Francesco unbekleidet, wie er war, nach dem Palast geschleppt und dort neben dem Erzbischof gehängt. Soviel Unbilden ihm auch unterwegs und nachher zugefügt wurden, so entlockte man ihm doch keinen Laut: er sah, ohne zu klagen, die Umstehenden starr an und seufzte. Lorenzos Schwager, Guglielmo de' Pazzi, rettete sich in dessen Wohnung durch seine Unschuld, wie durch die Hilfe seiner Gattin Bianca. Keinen Bürger gab es, der nicht mit oder ohne Waffen nach den mediceischen Häusern geeilt wäre und in dieser Unordnung sich und seine Habe dargeboten hätte; so groß war die Gunst, in welche die Familie sich durch Klugheit und Liberalität zu setzen gewusst hatte. Rinato de' Pazzi hatte sich, als die Handlung vor sich ging, auf seinen Landsitz begeben, von wo er, als er den Ausgang vernahm, verkleidet entfliehen wollte; indes ward er unterwegs erkannt und nach der Stadt geführt. Auch Messer Jacopo wurde gefangengenommen, als er das Gebirge überschreiten wollte: denn die Bergbewohner hatten schon von dem Vorfall gehört und als sie ihn auf der Flucht sahen, griffen sie ihn und brachten ihn nach Florenz zurück. Er bat sehr, sie möchten gleich seinem Leben ein Ende machen, aber er konnte es nicht erlangen. Vier Tage nach der Tat wurden Messer Jacopo und Rinato gerichtet. Und unter so vielen Mordtaten, die in diesen Tagen verübt worden, so dass die

Straßen voll zerrissener Glieder lagen, erregte keine Hinrichtung Mitleid, die des Rinato ausgenommen, den man als verständigen und guten Mann kannte und welchem man nicht den Hochmut schuld gab, den man an den übrigen des Hauses tadelte. Den ganzen Vorfall noch entsetzlicher und zum warnenden Beispiel zu machen, wurde Messer Jacopo, den man erst in der Gruft seiner Altvordern beigesetzt hatte, als ein im Kirchenbann Liegender herausgerissen und außerhalb der Stadtmauer begraben: auch dort aber zog man ihn wieder hervor, schleppte die Leiche, mit dem Strick um den Hals, wie er gestorben, durch die ganze Stadt und warf sie endlich, da sie im Boden keine Ruhestätte gefunden, in den Arno, dessen Gewässer gerade damals sehr angeschwollen waren. Ein bezeichnendes Beispiel für den Unbestand des Geschicks war dieser betäubende und schmachvolle Ausgang eines so reichen und hochstehenden Mannes. Man erzählt unter andern Untugenden von ihm, dass er dem Spiel und Flüchen hingegeben war, wie nur der ausschweifendste Mensch sein konnte. Er suchte dies durch seine vielen Almosen gutzumachen, indem er Arme und Wohltätigkeits-Anstalten reichlich unterstützte. Zu seinem Lobe lässt sich noch anführen, dass am Tage vor dem zum Mord bestimmten Sonntage, um niemand in sein Missgeschick hineinzuziehen, er alle seine Schulden bezahlte und alle andern gehörenden Waren, die er in seinen Magazinen und im Zollamt hatte, mit größter Ordnung und Geschwindigkeit ihren Besitzern ablieferte. Dem Giovanni Batista da Montesecco ward nach langem Verhör der Kopf abgeschlagen. Napoleone Franzesi entging ähnlichem Schicksal durch die Flucht. Dem Guglielmo de' Pazzi wurde ein Verbannungsort angewiesen; seine Vettern, die mit dem Leben davongekommen, tief unten in der Burg von Volterra eingekerkert. Nachdem aller Tumult zu Ende und die Verschworenen bestraft worden, feierte man, unter Tränen der ganzen Bürgerschaft, Giulianos Bestattung. Die Trauer war so groß, weil in diesem jungen Manne so viel Großmut und Menschenfreundlichkeit vereint gewesen, als man nur immer bei einem inmitten so großer Glücksgüter Geborenen wünschen konnte. Erst einige Monate nach seinem Tode kam ein natürlicher Sohn von ihm zur Welt, welcher Giulio genannt wurde und jene hohe Tugend und das Glück in sich trug, welche gegenwärtig alle Welt kennt und welche von uns ausführlich dargestellt werden sollen, wenn wir, sofern Gott uns Leben verleiht, an die Schilderung der Jetztzeit kommen werden. Die Truppen, welche im Tibertal und in der Romagna sich gesammelt hatten, waren zur Unterstützung der Pazzi auf dem Wege nach Florenz, kehrten aber um, als das Misslingen des Unternehmens bekannt ward.«

Fischer ließ die Kopien sinken.

»Hier erfahren wir aus erster Hand, wie sich alles verhalten hat«, sagte er.

»Allerdings sollte man berücksichtigen, dass Machiavelli seine Schrift zum Gefallen der wieder an die Macht gekommenen Medici in den zwanziger Jahren des 16. Jahrhundert verfasst hatte«, warf Ines ein.

»Ja, aber er konnte manches nur schönfärben, nicht jedoch die ganze Geschichte verdrehen«, erwiderte Fischer.

Er legte die Machiavelli-Kopien beiseite und griff sich einen kleinen Stapel anderer Blätter.

»Ja, gibt es noch weitere Quellen zu dieser Verschwörung?«, fragte Ines.

»Aus den Aufzeichnungen des Verhörs von Giovanni Battista da Montesecco, ein unter der Folter erzwungenes Geständnis, veröffentlicht von Angelo Poliziano unter dem Titel „Confessione di Giovanni Battista da Montesecco", erfahren wir Genaueres über die zurückliegenden Gespräche zwischen den Verschwörern und Montesecco. Ines, hören Sie nur zu, wie es vermutlich damals geklungen hat:

RIARIO: Der Erzbischof sagt mir, dass sie dir von einer Angelegenheit erzählt haben, die wir vorhaben. Was denkst du?

MOMTESECCO: Herr, ich weiß nicht, was ich dazu sagen soll, weil ich es noch nicht so verstanden habe. Wenn ich es verstanden habe, werde ich meine Meinung sagen.

SALVIATI: Wie, habe ich dir nicht gesagt, dass wir den Staat Florenz verändern wollen?

MOMTESECCO: Ja, du hast es mir gesagt, aber du hast mir den Weg nicht erzählt. Da ich den Weg nicht verstanden habe, weiß ich nicht, was ich sagen soll.

RIARIO: Lorenzo ist voller Bösartigkeit und Bosheit gegen uns. Wenn der Papst stirbt, wäre meine Position in großer Gefahr. Durch die Veränderung des Staates in Florenz würde es Imola stabilisieren, was nie wieder schlecht sein könnte.

MOMTESECCO: Und wie? Mit welcher Begünstigung?

SALVIATI: Die Familien Pazzi und Salviati beherrschen die halbe Stadt. Draußen haben wir den Herzog von Urbino.

MOMTESECCO: Gut. Ihr habt darüber nachgedacht, wie es ablaufen soll.

RIARIO: Sie sagen, dass wir nichts anderes tun können, als Lorenzo und Giuliano in Stücke zu schneiden, das gepanzerte Volk vorzubereiten und nach Florenz zu gehen. Und wir müssen diese Truppen ansammeln, ohne Verdacht zu erregen. So wird alles gut gemacht.

MOMTESECCO: Herr, seht Ihr, was Ihr tut? Ich garantiere Ihnen, dass dies eine großartige Sache ist. Ich weiß nicht, wie Sie das machen können, denn Florenz ist eine große Sache und die Großartigkeit von Lorenzo genießt, soweit ich weiß, ein großes Wohlwollen.

RIARIO: Sie [die Pazzi und die Salviati] sagen das Gegenteil, dass er wenig Gnade hat und sehr unerwünscht ist und dass, wenn die Brüder tot sind, jeder Gott für die empfangene Gnade danken wird!

SALVIATI: Gian Battista, du warst noch nie in Florenz. Die Dinge dort und das Wissen über Lorenzo verstehen wir besser als Sie - und wir kennen die Güte und Böswilligkeit, die er in den Menschen hat. Zweifelsohne wird dieses Unternehmen Erfolg haben - so wie wir hier sind. Tatsache ist, dass wir den Weg entscheiden.

MOMTESECCO: Nun, wie ist er?

SALVIATI: Wir müssen Iacopo Pazzi erwärmen, der ist kälter als ein Stück Eis. Und wenn wir ihn auf unserer Seite haben, ist die Sache erledigt, da besteht kein Zweifel.

MOMTESECCO: Gut. Wie wird das Unserem Herrn gefallen?

SALVIATI: Wir werden immer unserem Herrn tun, was wir wollen. Außerdem denkt seine Heiligkeit schlecht über Lorenzo. Er will das mehr als alles andere.

MOMTESECCO: Habt Ihr mit ihm geredet?

RIARIO: Ja natürlich! Und wir werden sicherstellen, dass er selbst zu Ihnen spricht, damit Sie seine Absichten verstehen. Lasst uns darüber nachdenken, wie wir bewaffnete Männer dazu bringen können, ohne Verdacht zu erregen, und die anderen Dinge werden in Ordnung sein.

»Schließlich berichtet Montesecco von dem letzten Gespräch mit dem Papst, und dann mit dem Grafen und dem Erzbischof. Montesecco erwidert in Gegenwart des Grafen und des Erzbischofs«:

MONTESECCO: Heiliger Vater, diese Dinge lassen sich schwer ausführen ohne den Tod Lorenzos und Giulianos und vielleicht noch anderer.

SIXTUS: Ich will niemanden tot sehen, weil es nicht unsere Aufgabe ist, dem Tod persönlich zuzustimmen. Und obwohl Lorenzo ein Bösewicht ist und uns sehr schlecht behandelt, möchte ich doch keinesfalls seinen Tod, sondern nur den Wechsel des Staates.

Der Graf tritt dazwischen und sagt:
RIARIO: Es soll geschehen, was möglich ist, dass dieser Fall nicht eintritt. Wenn er aber einträte, würde Ew. Heiligkeit dem verzeihen, der ihn veranlasste?

SIXTUS: Du bist eine Bestie. Ich sage dir, ich will nicht den Tod irgend eines Menschen, sondern nur den Wechsel der Regierung und auch dir, Gian Battista, sage ich, ich wünsche, dass in Florenz ein Wechsel eintrete und die Regierung aus den Händen Lorenzos genommen werde, denn er ist ein Flegel und ein böser Mensch, kennt keine Rücksicht gegen Uns. Und ist er einmal aus Florenz heraus, ließe sich leicht über die Republik nach Unserem Willen disponieren.

RIARIO e SALVIATI: Ihre Heiligkeit sagt die Wahrheit, dass, wenn du Florenz in deinem Willen hast und du darüber verfügen kannst, und sie in deinen Händen ist, wie du es wünschst, Seine Heiligkeit wird das Gesetz dem halben Italien geben, und jeder wird lieb sein, dein Freund zu sein. Sei froh, dass du alles tust, um zu diesem Effekt zu kommen.

»Wiederum entgegnet der Papst mit der größten Bestimmtheit, ohne Rückhalt und ohne Zweideutigkeit«, setzte Fischer dazwischen.

SIXTUS: (Ich sage dir, was ich nicht will. Geht und tut, was Ihr wollt, solange der Tod nicht eintritt. Ich bin zufrieden, dir einen Gefallen für militärische Hilfe oder etwas anderes zu geben, das dafür nötig ist.

»Der Papst hat viermal seinen entschiedenen Willen erklärt, eine Ermordung der Medici nicht zuzulassen; konnte er erwarten, dass seinem Willen entgegen gehandelt würde, nachdem er den Dreien gesagt. „Habet die Ehre des heiligen Stuhles in Acht?"«, erklärete Fischer.

SALVIATI: Padre Santo, siate contento che guidiamo noi queste barca, che guideremo bene.
(Heiliger Vater, seid Ihr zufrieden, dass wir dieses Boot steuern, wir fahren gut.)

SIXTUS: Ich bin zufrieden.

»Dann trifft Montesecco das Oberhaupt der Pazzi-Sippe, Jacopo de' Pazzi«, ergänzte Fischer.

JACOPO: Was haben wir zu besprechen, Gian Battista? Müssen wir über den Florentiner Staat sprechen?

MOMTESECCO: Ja. Wir wollen die bestehende Verfassung von Florenz abändern, und bedürfen hierzu deine Unterstützung.

»Jacopo de' Pazzi zeigt zunächst seine Abneigung, sich an diesem Anschlag zu beteiligen«, fuhr Fischer fort.

JACOPO: Ich will dich überhaupt nicht anhören, weil sie sich die Köpfe zerbrechen und die Herren von Florenz werden wollen. Ich beabsichtige diese Dinge besser als sie. Rede nicht darüber, ich will dir nicht zuhören.

»Als Jacopo von der Geneigtheit des Papstes hört, ist er schließlich bereit, eine Veränderung des Staates zuzulassen.«

MOMTESECCO: Ich tröste Sie auf Seiten unseres Herrn, des Papstes, mit dem ich sprach, bevor ich Rom verließ, dem Grafen und dem Erzbischof, dass ich Ihnen anvertrauen sollte, sich um diese Sache von Florenz zu kümmern, weil er nicht weiß, wann die nächste günstige Gelegenheit als die Belagerung von Montone kann sich dazu eignen, so viele Truppen zusammen-zuhalten und so nahe an Ihrem Territorium zu sein; und gefährlich zu verweilen, es tröstet dich, dies zu tun. Seine Heiligkeit sagt, er wolle einen Staatswechsel, aber ohne den Tod einer Person.

»Montesecco, der päpstliche Hauptmann, war am Anschlag nicht direkt beteiligt, doch hatte er zugesagt, 600 Soldaten außerhalb von Florenz in Stellung zu bringen, um auf den geeigneten Moment zum Eingreifen zu warten. Montesecco, der nach dem nur teilweise gelungenen Attentat in ein Benediktinerkloster geflüchtet war, wurde aber von den Florentinern entdeckt und gefangengenommen. Als einziger wurde er wegen der Beteiligung an der Verschwörung enthauptet, die anderen waren im Palazzo Vecchio gehängt worden. Ein weiterer wesentlicher Unterschied zu den anderen Verschwörern bestand darin, dass er als einziger begraben wurde. Diese "Wohltaten" wurden ihm aufgrund seines „spontanen" Geständnisses, das auf seine Festnahme folgte, gewährt. Am 4. Mai 1478 wurde er vor dem Palazzo del Bargello enthauptet, nachdem er der Madonna empfohlen worden war. Sein Kopf wurde am Portal des Palastes niedergelegt.«

Fischer blickte Ines erwartungsvoll an:

»Was halten Sie davon?«

»Anscheinend wollten die Florentiner Richter ein sauberes Verfahren darlegen, das immerhin in ihrem Sinne war, obwohl Montesecco nicht der Haupttäter war. Er war ein zusätzliches Bauernopfer«, versuchte sich Ines das Verhör zu erklären.

Florenz, 26. April 1478

In seinem Palast angekommen, erstellt Lorenzo eifrig einen Brief nach Mailand:

„Meine allererlauchtigsten Herren …

… jetzt gerade hat man meinen Bruder Giuliano umgebracht, und mein eigener Zustand befindet sich in höchster Gefahr. Deshalb ist jetzt die Stunde gekommen, meine Herren, dass Ihr Eurem Diener Lorenzo zu Hilfe eilt. Schickt so viele Truppen, wie Ihr könnt, und so schnell wie möglich, mir zum Schild und zum Heil des Staates, wie sie es immer gewesen sind.

In Florenz am 26. April,

Euer Diener Lorenzo de' Medici"

Verwundet war Lorenzo dem Anschlag entkommen. Einerseits waren die Bürger der Stadt nicht den Pazzi gefolgt, andererseits musste er das aufgewühlte Volk besänftigen und auf seine Seite ziehen. Er wollte sicher sein, raffte sich daher auf und sprach mit einem Verband um den verletzten Hals zur versammelten Menge:

„Ich weiß nicht, erhabene Herren, und ihr erlauchte Bürger, ob ich klagen soll über das Vorgefallene, oder mir dazu Glück wünschen. In Wahrheit, wenn ich bedenke, mit welchem Trug, mit welchem Hass ich angefallen, mein Bruder gemordet worden, so kann ich nicht umhin mich zu betrüben und mit ganzem Herzen und ganzer Seele darüber zu trauern. Betrachte ich dann, mit welcher Raschheit, mit welchem Eifer, mit welcher Anhänglichkeit und Einstimmigkeit der ganzen Stadt mein Bruder gerächt und ich beschützt worden, so muss ich nicht nur mich darüber freuen, sondern es mir zur Ehre und zum Ruhme anrechnen. Wenn nun auch sicherlich die Erfahrung mir bewiesen hat, dass ich in dieser Stadt mehr Gegner besaß, als ich dachte, so hat sie andrerseits mir auch dargetan, dass wärmere und treuere Freunde mit mir lebten, als ich glauben durfte. So bin ich denn genötigt, bei euch über fremde Feindseligkeit mich zu beklagen und über eure Geneigtheit mich zu erfreuen: aber ich bin gezwungen, die Beschwerden über die geschehene Gewalttat vorwalten zu lassen, je seltener dieselbe, je beispielloser, je unverdienter sie war. Bedenkt, o erlauchte Bürger, wohin das Missgeschick unser Haus geführt, das, umgeben von Verwandten und Freunden, in der Kirche selbst keine Sicherheit mehr fand. Wer mit dem Tode bedroht ist, pflegt an Freunde sich zu wenden, zu den Verwandten zu flüchten: wir fanden sie zu unserm Untergang gerüstet. In der Kirche pflegen alle Sicherheit zu suchen, welche aus öffentlichen oder persönlichen Gründen verfolgt werden. Wo also andere Schutz finden, erwartet uns Tod; wo Räuber und Mörder sicher sind, werden die Medici Meuchlern überliefert. Gott aber, der unser Haus nie verlassen, hat auch uns gerettet, hat unsere gerechte Sache in seinen Schutz genommen. Denn welche Beleidigung haben wir irgendeinem zugefügt, solchen Rachedurst zu wecken? Die sich als unsere erbitterten Feinde gezeigt, haben wir nie als Privatleute beleidigt: denn hätten wir es getan, so würden sie keine Gelegenheit gehabt haben, es uns zu vergelten. Wenn sie uns Schuld geben, ihnen in öffentlichen Verhältnissen Abbruch getan zu haben, wobei ich mich indes verwahre, als sei dies mit meinem Wissen geschehen: so schmähen sie dadurch euch mehr als uns, mehr diesen Palast und die Majestät der Regierung, denn unser Haus, indem sie vorgeben, dass um unsertwillen ihr eure Bürger unverdient verletzt. Dies aber ist aller Wahrheit bar: denn wir würden es nicht getan haben, hätten wir es gekonnt, ihr nicht, hätten wir es gewollt. Wer der Wahrheit ernstlich nachspürt, wird finden, dass unser Haus nur darum so einstimmig von euch gehoben worden ist, weil es sich bestrebt hat, jeden an Menschenfreundlichkeit, Liberalität und durch Wohltaten zu besiegen. Haben wir nun Fremde geehrt, wie sollten wir Verwandten entgegen sein? Hat das Verlangen nach Herrschaft sie getrieben, wie der Angriff auf den Palast, das Zusammenscharen von Bewaffneten auf dem Platze glauben machen können, so findet ein verwerflicher, ehrsüchtiger und verderblicher Grund in sich selber seine Strafe. Haben sie es aus Hass und Neid gegen unsere Autorität getan, so handeln sie nicht gegen uns, sondern gegen euch, da ihr uns dieselbe bewilligt habt. Und in Wahrheit verdient den Hass des Volkes jene Art von Autorität, welche einzelne sich anmaßen, nicht aber solche, welche sie durch Großmut, Geneigtheit und Hochsinn erwerben. Ihr aber wisset, dass es die Magistrate selbst und eure Zustimmung waren, welche unser Haus die verschiedenen Stufen der Größe ersteigen ließen. Mein Großvater Cosimo kehrte nicht durch Waffen und mit Gewalttätigkeit aus der Verbannung heim, sondern durch eure Einwilligung und Einigung. Mein Vater, bejahrt und krank, verteidigte nicht selbst den Staat gegen die zahlreichen Feinde, sondern ihr schütztet ihn durch euer Ansehen und Wohlwollen. Nach meines Vaters Tod hätte ich, beinahe noch ein Kind, die Stellung unserer Familie nicht zu behaupten vermocht, wären nicht euer Rat und eure Gunst mir zur Seite gestanden. Mein Haus würde diese Republik weder jetzt noch jemals zu leiten imstande gewesen sein, wenn ihr nicht in Gemeinschaft mit uns sie geleitet hättet und noch leitetet. Ich weiß also nicht, welcher Grund zum Hasse gegen uns, welche gerechte Ursache des Neides jene gegen uns aufbringen kann. Mögen sie doch ihre Vorfahren hassen, die durch Hochmut und Habsucht sich um die Stellung gebracht, welche unsere Ahnen auf entgegengesetztem Wege gewonnen haben. Zugegeben aber auch, wir hätten großes Unrecht gegen sie begangen und sie hätten recht, indem sie unsern Sturz herbeizuführen sich bestrebten: Weshalb greifen sie diesen Palast an? Weshalb verbünden sie sich mit Papst und König gegen die Freiheit der Republik? Weshalb stören sie den vieljährigen Frieden Italiens? Dafür gibt es keine Entschuldigungsgründe. Sie konnten angreifen, wer sie angriff, aber sie durften Privatfeindschaft nicht mit Staatsangelegenheiten zusammenwerfen. Denn nun bleibt das Übel, obgleich wir mit den Personen fertig geworden sind: denn nun suchen Papst und König uns ihretwegen mit den Waffen heim, unter dem Vorgeben, mir gelte der Krieg und meiner Familie. Wollte Gott, es wäre wahr! Denn dann fände sich ein rasches und sicheres Mittel, und ich würde nicht ein so schlechter Bürger sein, dass ich mein Heil höher anschlüge als eure Gefahren. Im Gegenteil würde ich gerne den Brand auf Kosten meines Lebens löschen. Da aber feindselige Handlungen der Gewalthaber stets mit irgendeinem minder unehrbaren Vorwande bemäntelt werden, so haben sie dies

Mittel ersonnen, ihren schlimmen Absichten eine andere Färbung zu geben. Seid ihr indes verschiedener Meinung, so bin
ich völlig in eurer Hand. Ihr könnt mich halten, ihr könnt mich
fallen lassen. Euch werde ich stets gerne als meine Väter,
meine Beschützer erkennen, werde stets bereitwillig tun, was
ihr mir auftragt, werde, wenn ihr dafür stimmt, nie mich wei-
gern, diesen mit dem Tode meines Bruders begonnenen
Kampf mit meinem Tode zu beenden."

Die Rede Lorenzos beeindruckte und ergriff die Zuhörer der-
maßen, dass viele in Tränen ausbrachen und statt der zuvor
gehörten Rufe der Pazzi-Anhänger „Popolo e libertá" der
Spottgesang „Muoio il papa, muoio il cardinale, viva Lorenzo
che ci da del pane", durch die Straßen hallte.

Der glücklich Überlebende des Anschlages auf ihn und seinen
Bruder, Lorenzo de' Medici, und dessen Ausgang informierte
befreundete Nachbarregierungen. So wie Mailand erhielt auch
der Herzog von Urbino, Federico da Montefeltro, einen Brief.

Urbino, 1. Mai 1478

In einem Kondolenzbrief an Lorenzo antwortete der 55-jährige
„Patenonkel" seinem 29-jährigen „Patenkind" auf dessen
Nachricht aus Florenz:

„... trotzdem haben Sie (Lorenzo) durch die göttliche Gnade und die Tugend Ihrer Herrschaft und die einzigartige Liebe und den Glauben, die dieses große Volk und Ihre Freunde gezeigt haben, viel zu bieten, um Gott zu gefallen und ihm zu danken. Und weil die Dinge, Gott sei gedankt, geschehen sind, wie sie geschehen sind, glaube ich nicht, dass ich aus heutiger Sicht eine andere Hilfe anbiete, als Ihrer Magnifizenz zu danken, dass Sie mir dieses ungünstige Ereignis mit solcher Zuneigung und Freundlichkeit mitgeteilt haben. Ich möchte sicherstellen, dass Ihre Magnifizenz in der Zukunft erkennt, dass ich zur Verfügung stehe, um Ihnen zu helfen. Sobald Sie um meine Hilfe bitten, gebe ich sie gern und bereitwillig, wie ich es auch schon zu allen anderen Zeiten getan habe und um Sie teilweise mit dieser Fürsorge und Liebe, die Sie benötigen, zufriedenzustellen. Ich würde es vorziehen, dass Ihre Magnifizenz und die anderen, die Italien regieren, einen Weg gewählt haben, auf dem die Wut nachlassen könnte, andernfalls würden er so leicht zu einer Störung führen. Es ist schwer einzuschätzen, wie viel Gutes am Anfang vom Ausrichten der Dinge kommt, viel mehr als man sich vorstellen könnte; im Gegenteil, wenn der Anfang nach und nach in eine unerfreuliche Lage gerät, nimmt er Schwung auf, so dass man kaum etwas dagegen tun kann. Und ich glaube, Ihre Magnifizenz sollte sich bemühen, indem Sie von Ihrer eigenen Klugheit und Kraft profitiert, es bei Gott und bei der Welt richtig zu machen. Außerdem geht es Ihnen durch die Gnade Gottes so gut, dass

Sie sich mehr als jeder andere nach Frieden und Ruhe seh-
nen sollten."

Was für ein Tenor in einem Kondolenz-Brief! Er enthält die
Rechtfertigung dieser Tat, des Mordes an seinem Bruder,
durch Gott, versteckte Drohungen für eine heraufziehende
Kriegsgefahr für ganz Italien. Das Hilfsangebot von Federico
ist eine kaum ernstgemeinte Floskel. Letztlich sollte Lorenzo,
nach der Ansicht des Herzogs von Urbino froh darüber sein,
selbst dem Tod entronnen zu sein.

Was als Vernichtung der Medici und ihrer Bank geplant war,
erwies sich jedoch als Rettung der gebeutelten Institution der
Medici-Bank. Die Mörder wurden entweder hingerichtet oder
ins Exil geschickt. Das Vermögen der Pazzi wurde eingezogen
und ging so in die Verwaltung der Medici über. Die Pazzi wurden von den öffentlichen Ämtern ausgeschlossen und bestimmte Ehen untersagt.

Hamburg, 16. 04. 2012

Dietmar Fischer war zusammen mit Ines Weiland in das Redaktionsbüro gekommen.

»Walter, wir müssen noch eine Reise nach Polen machen,
um unsere Recherche abzurunden«, begann Fischer unmittel-
bar das Gespräch.

»Das habt Ihr euch schön ausgemalt, nicht wahr? Aber leider wird daraus nichts werden. Danzig ist schon erledigt. Ich habe den Ireneusz Malkowski nach Danzig geschickt, zum einen, weil er Polnisch spricht, und zum anderen, weil er noch gute Beziehungen zu seiner alten Heimat hat. Hier ist sein Bericht. Lies mal!«

Dietmar Fischer nahm das Manuskript, das ihm Böhmler reichte und begann die ersten Zeilen laut vorzulesen:

»Die Danziger Marienkirche gilt als die größte Backsteinkirche der Welt. Neben dem Hauptportal in der Reinhardskapelle hängt eine Kopie des weltberühmten Bildes "Das Jüngste Gericht" von Hans Memling. Das Original ist im Nationalmuseum, Muzeum Narodowe w Gdańsku, zu sehen.

Interessant ist die wechselvolle Geschichte des Altarbildes: Nach dem Raub durch die Hanse im Jahre 1473 erfolgte der Raub durch die Truppen Napoleons 1807. Nach der Vertreibung Napoleons wurde eine Restaurierung in Berlin durchgeführt und es schloss sich die Rückgabe nach Danzig im Jahre 1817 an. Vorher wurde vermutlich eine Kopie angefertigt, die heute im Depot des Berliner Museums lagert. Die Rettung vor der Roten Armee und Unterbringung in Thüringen geschah 1945, doch die Wegbringung nach Leningrad durch die Sowjets war unausweichlich. Die Rückgabe des Triptychons nach Danzig, zu den nun im Warschauer Pakt verbündeten Polen im Jahre 1956, war ein Akt der sozialistischen Freundschaft.

Bedeutsamer für unsere Geschichte ist die auffällige Veränderung im Gesicht des betenden Mannes in der Waagschale. Ein

Kunsthistoriker sieht darin das Abbild *Tommaso Portinaris*.
Und dann taucht im Hintergrund in der rechten Reihe der
Apostel, die nahezu alle einen Bart tragen, ein glattrasiertes
Gesicht in Demutshaltung mit geneigtem Kopf auf. Es sieht
einem Portrait Karls des Kühnen ziemlich ähnlich, das vermut-
lich Rogier van der Weyden im Jahre 1464 angefertigt hatte.
Aber das kann auch eine abenteuerliche Vermutung sein. Was
hätte Karl der Kühne unter den Aposteln zu suchen?«

»Dieses Triptychon hat ja eine abenteuerliche Reise hinter
sich«, unterbrach Böhmler den vorlesenden Fischer.
Mittlerweile war Malkowski in das Redaktionsbüro gekommen.
Ireneusz hatte mit Stolz den letzten Sätzen seines Berichts zu-
gehört und blickte gespannt auf Böhmler. Doch er wollte nicht
an die Bemerkung Böhmlers anknüpfen und klinkte sich in das
Gespräch ein:

»Wenn ich einen Vergleich mit dem ägyptischen Totenkult
und dem dargestellten Weltgericht Memlings anführen darf«,
sagte Ireneusz und holte dann weitschweifig aus:

»Das Herz des Toten wird auf die Waagschale gelegt und
gegen die Feder der Maat (Benu, griechisch Phoenix) aufge-
wogen. Anubis Aufgabe bestand darin, das Lot der Waage zu
prüfen. Thot notierte das Ergebnis und teilte es Osiris mit.
Während das Herz gewogen wurde, sprach der Tote das "negative Bekenntnis". Dabei ging es darum, dass der Tote bestimmte Verfehlungen aufzählte, die er nicht begangen hatte,
z. B. dass er keine Lügen verbreitet, niemanden das Brot

weggenommen, also keinen Diebstahl begangen, niemanden getötet hatte.

Unterhalb der Waagschale, worin sich das Herz befand, kauerte die Verschlingerin, eine Art Totenfresser. Es handelte sich um ein schreckliches Wesen. Es hatte den Kopf eines Krokodils, das Hinterteil eines Nilpferdes und den Rumpf eines Löwen. Wog das Herz des Toten schwerer als die Feder der Maat, so fraß es die Verschlingerin, Ammit oder Ammut genannt und der Tote starb einen zweiten, endgültigen Tod. Dieser zweite Tod löschte alle Erinnerungen an den Verstorbenen aus. Auch der Leichnam des Toten wurde zerstört. Der zweite Tod war die schwerste Strafe, die sich ein Ägypter vorstellen konnte.

War das Herz jedoch leichter als die Feder der Maat bzw. genau so leicht, durfte der Tote weiterleben. Er wurde selbst zu Osiris, das hieß, der Gerechtfertigte, denn sein Herz ging gerecht aus der Waage hervor, ohne dass er bei irgendeinem Gott oder bei irgendeiner Göttin als Verbrecher befunden wurde. Er durfte fortan im Kreise der Götter leben.«

»Interessant, Ireneusz, aber das geht an unserer Geschichte jetzt schon ein Stück vorbei«, bremste Böhmler den Redefluss des Berichtenden.

»Aber es passt zum Thema des Jüngsten Gerichts«, wandte Ireneusz beleidigt ein. »Und man sieht, wie sich das antike Denken bis in unser Mittelalter hineingezogen hat.«

»Das schon, aber ich glaube, da müssen wir einiges, wenn nicht alles weglassen«, merkte Böhmler entschieden an.

»Wir sollten uns jetzt auf das Triptychon von Memling kon-
zentrieren«, sagte die junge Kunsthistorikerin.

»Ja, denn dem Bild von Memling ging einige Jahre vorher
ein ähnliches Werk voraus.«

»Ich denke, das ist wichtiger und erweitert unsere Betrach-
tungsweise«, sagte Böhmler, »erzählen Sie uns davon.«

»Interessanter ist der Vergleich zwischen dem „Weltge-
richtsaltar" in Beaune, von Rogier van der Weyden 1450 gemalt, in dem die Waagschale auf die überwiegend schlechten
Taten und somit auf die Verdammnis hinweist und dem
„Jüngsten Gericht" von Hans Memling von 1467, wo die
Waagschale mit dem betenden *Portinari* nach unten sinkt und
somit ihn dem Paradies zuordnet. Es muss also immer die
gute Hälfte gegen die schlechte Hälfte einer Person gewogen
werden und nicht, wie mitunter in der Literatur genannt, zwei
verschiedene Personen gegeneinander gewogen werden, was
bei ungünstigen Paarungen beim Wiegen zur Verdammnis
einer anständigen Person hätte führen können.«

»Die Seelenwägung im Jüngsten Gericht entspricht der
ägyptischen Herzwägung beim Totengericht. Sie ist auch aus
dem Alten Testament bekannt, so steht es bei Daniel 5,27. In
der Christenheit ist das Wiegen der Seele nur in der Vorstel-
lung des Jüngsten Gerichts vorhanden, in dem die Menschen
von Gott beurteilt werden. Sie wird in mittelalterlichen Darstel-
lungen durch den Erzengel Michael vorgenommen. Auch un-
tergeordnete Elemente der Seelenwägung stimmen in ägypti-

schen und mittelalterlichen Bildern treu überein, nicht zuletzt der Rachen des Untiers als Symbol für die Hölle. Wie sich die Beisitzer im ägyptischen Gericht aus seligen Toten rekrutieren konnten, so nehmen auch die Apostel am Jüngsten Gericht neben „dem Thron seiner Herrlichkeit" teil (Matthäus 19, 28)«, brachte sich Malkowski wieder in das Gespräch ein.

»Welch' ein verschrobenes Verständnis von Gerechtigkeit!«. Böhmler äußerte sein Unverständnis.

»Wir sind noch im Mittelalter, Herr Böhmler«, sagte Malkowski und brachte den Kritiker wieder in die richtige zeitliche Spur.

»Wir wissen, wer das Bild in Auftrag gegeben hat, aber wir wissen nichts über die Bezahlung. Hat *Agnolo Tani*, der Auftraggeber, die Arbeit des Malers bezahlt. Oder hat *Portinari*, der auf die Veränderung im Bild sicher hingewirkt hat, das Geld gegeben, oder waren es letztlich die Medici, die Brüder Lorenzo und Giuliano, selbst, die das Triptychon für eine Kapelle in der Badia fiesolana vorgesehen hatten?«

»Warum gerade für eine Kirche außerhalb von Florenz?«, fragte Böhmler.

»Die Medici wollten hier vermutlich eine Art Bildungsstätte aufbauen, ein Ort zur Sammlung für Bücher, die bereits ihr Vater und Großvater begonnen hatten. Es war ihre große Leidenschaft, neben der Geldvermehrung, die sie betrieben. Diese Leidenschaft überwog immer mehr die Geschäftspolitik, die sie betrieben. Außerdem planten sie für ihre treuesten Mitarbeiter, z. B. die Leiter von Niederlassungen in ganz Europa, eine Symbolstätte zur engeren Bindung an die Familie Medici zu schaffen.«

»Das Projekt ist nicht bis ins Letzte so ausgeführt worden, wie es sich die Medici gewünscht haben. Wir waren vor Ort, aber die Ausstattung der Kapellen ist dürftig«, meinte Fischer.

»Ich schlage vor, dass wir uns dem Danziger „Jüngsten Gericht" von Memling zuwenden«, drängte Böhmler.

Ireneusz zog ein Buch hervor, öffnete es an einer eingemerkten Stelle und trug daraus eine ausführliche Beschreibung der Altartafeln vor:

»Der Altar des „Jüngsten Gerichts" in Danzig hat die Maße 221 x 161 cm in der Mitteltafel, die Flügel messen 223,5 x 72,5 cm. Der Bildträger ist Eichenholz.«

»Das ist das Grundlegende. Also weiter!«, drängte Böhmler.

»Zuerst zu den Rückseiten der Tafeln«, fuhr Ireneusz fort.

»Rechts, am Fuße einer grau in grau gemalten Marienstatue kniet barhaupt ein Mann mittleren Alters, *Agnolo Tani*, den Leib vollständig in einen weiten schwarzen Pelzrock eingehüllt, ihm gegenüber, unter der Statue des Drachentöters Michael ist die Stifterin, Maria Baroncelli dargestellt, in rotem Kleide, mit seidenen Schlitzen und Hermelinbesatz. Der Kopf des Stifters ist leider teilweise übermalt, daher ein näheres Eingehen auf seinen Charakter untunlich. Die jugendliche anmutige Dame besitzt eine hohe Stirn, eine schmale, regelmäßige Nase, helle Augenbrauen, dunkle wie Schlehen glänzende Augen. Um den Kopf hat sie ein feines weißes, von

Goldfäden und Perlen durchzogenes Tuch geschlungen, das bis auf Brust und Schultern herabfällt und mit einem Perlenhalsband den Hauptschmuck bildet. Am Sockel der Marienstatue ist das Wappen des Stifters angebracht: Im goldenen Schilde, überdeckt von einem schräglinken blauen Balken ein rechts gewendeter schwarzer Löwe mit roter Zunge, Krallen, Augen und weißem Gebisse. Das Wappen der Frau, an der Plinthe des Hl. Michael zeigt in einem roten Schilde, überdeckt von einem schräglinken blauen Balken mit drei Zangen einen goldenen Löwen mit roter Zunge und weißen Krallen, im rechten oberen Schildteile einen Zirkel mit flatterndem weißen Bande, darauf den Wahlspruch: „Pour non fallir."«

Ireneusz machte eine Pause.

»Nun zur Innenseite. Diese ist doch das Interessante an dem ganzen Triptychon«, meinte Böhmler ungeduldig.

Fischer und Ines warteten geduldig.

»Das Bild stellt auf den drei Teilen der Innenseite das Jüngste Gericht dar. Die Mitteltafel zeigt oben Christus als Weltenrichter in der Glorie, von dem Chor der Seligen umgeben. Unter ihm auf der Erde steht die zwar nicht überlebensgroß, aber riesig gedachte Figur des heiligen Michael mit der Waage der Gerechtigkeit. In der einen Schale kniet die nackte Figur des Gerechten, dessen auf einer in die Holztafel eingelassenen Metallplatte gemalter Kopf als Porträt charakterisiert ist, in der anderen hochaufsteigenden Schale liegt der krampfhaft gewundene nackte Leib des Sündigen. Links sieht man die Scharen der unbekleideten Gerechten, rechts aber das eng gedrängte Gewimmel der ebenfalls nackten Verdammten. Im Allgemeinen sind die Gestalten der Auferstehenden schon alle dem Grabe völlig entstiegen, nur sehr wenige befreien sich eben von der engen Haft der Erde.

Der linke Flügel zeigt in seiner sehr gedrängten Schmalheit den Aufstieg der Seligen in das Paradies. Unten empfängt sie der heilige Petrus wie sie eben die wenigen Stufen einer breiten Treppe in frommer, teilweise scheuer Andacht hinan steigen, oben werden sie von Engeln durch die offenstehenden Pforten eines reichen gotischen Portals in das Reich der ewigen Herrlichkeit eingelassen. Der rechte Flügel stellt den Sturz der Verdammten dar, die in sehr mannigfaltiger Bewegung durch Teufel in die hochaufschlagenden Flammen der Hölle gerissen werden.

Der Danziger Altar wird gewöhnlich in eine nahe Abhängigkeit von Rogiers Jüngstem Gericht im Hôtel-Dieu in Beaune gesetzt. Die Ähnlichkeiten, die wirklich zu konstatieren sind, können jedoch nur durch die Gleichartigkeit des Sujets und dadurch erklärt werden, dass eben beide Werke noch im 15. Jahrhundert in Belgien entstanden sind. Sie haben aber viel weniger zu bedeuten, als die vielen Unterschiede. Memlings Altar ist in jeder Hinsicht von Rogiers großem Werke durchaus unabhängig und zwar sowohl in Bezug auf die Komposition als auch in der Behandlung der einzelnen Teile. Er hat allen Anspruch auf eine vollkommene Selbständigkeit. Nur im weitesten Begriff der Schulgemeinschaft kann er mit dem Beauner

Jüngsten Gericht zusammengestellt werden. Da erweist er sich aber als die ganz natürliche und konsequente Weiterführung dessen, was Rogier als Vertreter der älteren Richtung aufgeworfen und nicht ganz gelöst hatte.

Die Hauptabweichung und der Hauptfortschritt finden sich in der Komposition. Während beim Beauner Altar die Bildfläche in viele einzelne Teile zerlegt war, während dort zwischen Flügeln und Mittelstück keine rechte Einheit hergestellt war, und während dort vor allem zwischen den in überirdischen Regionen befindlichen Personen und den auf der Erde vor sich gehenden Szenen gar kein plausibles Verhältnis hergestellt war, so ist hier die gesamte Bildfläche der drei Tafeln des Mittelstückes und der Flügel in ein beinahe vollkommenes, durch feine überleitende Linien verdeutlichtes Gleichgewicht gebracht.

Der Chor der Seligen, der bei Rogier ganz unbestimmt im Raum schwebt, ist in sehr klaren und sachgemäßen Zusammenhang mit Christi Glorie gebracht. Der Erzengel Michael ragt nicht mehr so archaistisch und unglaublich groß vom Erdboden in den Himmelsraum. Die ganze Gestalt des Engels ist von Grund aus geändert; er trägt eine Rüstung, während er bei Rogier das Idealgewand der Engel hat; statt des etwas erschreckend starren Charakters ist er mit jener allerdings nicht ganz lebensvollen Schönheit gebildet, die für Memling charakteristisch ist. Auch in allen Einzelheiten der Behandlung der sonstigen, damals noch unentbehrlichen Einzelmotive des Jüngsten Gerichts geht Memling im Sinne der späteren, bewegter arbeitenden Zeit von Rogiers archaischer Ruhe weit ab: so lässt er den Sünder in der Waagschale der Gerechtigkeit nicht knien, sondern sich verzweiflungsvoll winden. Diese wundervoll gezeichnete Figur des Sünders ist in ihrer auffallenden Bewegung und Beweglichkeit gewissermaßen das Symbol der Auffassung in jenen Partien des Bildes, die offenbar für Memling die wichtigsten waren.

Über dem religiösen Motiv, dem er ja noch durchaus gerecht wird, steht ihm, der in späteren Jahren dann den Übergang zur Renaissance vermitteln sollte, bereits die Freude am nackten Menschen und an der frischen durchlaufend gezeichneten Bewegung. Darum hat er die bei Rogier noch zu beobachtende und für dessen Zeit durchaus charakteristische Sparsamkeit in der Verwendung der Akte aufgegeben und bedeckt die Tafel mit einer schier unübersehbaren Fülle von unbekleideten Menschen. Darum auch hat er so, wie das von der Kunst des 16. Jahrhunderts übernommen wurde, das Motiv der eigentlichen Auferstehung vernachlässigt. Die Leiber, die noch halb in der Erde stecken, passten ihm nicht und er verwendet sie nur noch ganz vereinzelt.

Diese Auferstandenen sind nun auch noch in der Hauptsache wohl erhalten. Während nämlich besonders der obere Teil des Bildes und vor allem der Chor der Seligen im 18. Jahrhundert so übermalt wurde, dass Memlings Handschrift nicht mehr zu erkennen ist, liegt über diesen Akten nur eine dünne Schicht von fremder Farbe und allzu gelb gewordenem Firnis; an ihnen kann man noch immer die blühende Schönheit der Originalgestaltung und die Umsicht des Künstlers, der massenhafte Korrekturen anbrachte, ganz deutlich beobachten.«

Ireneusz klappte das Buch zu und wartete auf die Reaktionen der drei Zuhörer.

»Dem können wir schon einiges entnehmen. Das hat Hand und Fuß«, sagte Böhmler zufrieden. »Wir treffen uns morgen noch einmal. Kommen Sie bitte um 14.00 Uhr zu mir.«

Mailand, 10. April 1478

Tommaso Portinari kommt bei seinem Bruder Accerrito in Mailand an. Nach einem kurzen Abstecher nach Florenz bleibt er einige Zeit wieder in der lombardischen Hauptstadt. Im Oktober des Jahres kommt Giovanni d' Adoardo Portinari ebenfalls nach Mailand. Zu dieser Zeit reift in Lorenzo de' Medici der Gedanke, sich von den Portinari Brüdern zu trennen.

Mailand, 16. Oktober und 14. November 1478

In zwei Briefen an Girolamo Morelli, dem Botschafter von Florenz in Mailand, beklagt sich Lorenzo de' Medici, dass er viele tausend *fiorini* durch das Missmanagement der Portinari-Brüder Accerrito in Mailand und *Tommaso* in Brügge verloren habe und er entschlossen sei, die Last der Mailänder Bank und abzulegen und die Niederlassung aufzulösen und seine Verbindungen mit ihnen zu brechen. Welche Vereinbarungen getroffen wurden, geht aus den verbliebenen Aufzeichnungen nicht hervor. Jedenfalls beklagte sich Accerrito bitter, dass die Anschuldigungen unfair ihm gegenüber wären, und *Tommaso* bezichtigte Lorenzo, dass Lorenzo seinen Bruder nie gemocht habe, was möglicherweise auch der Wahrheit entsprach.

Nach der Loslösung von den Medici betrieb Accerrito mit verschiedenen anderen Partnern Geschäfte in Mailand. Die Medici-Bank wurde jedoch geschlossen.

Rom, 25. Januar 1479

Das Zerwürfnis der Medici mit dem Heiligen Stuhl setzte sich fort. Papst Sixtus erklärte, dass aller Alaun, der durch das Haus Medici aus dem Patrimonium verschifft sei, wo immer es sich finde, als der apostolischen Kammer verfallen und konfisziert sei.

Avignon, 1479

Die Medici-Bank, die am 1. Juni 1446 mit einer Vereinbarung zwischen den Medici und Giovanni di Benedetto Zampini eröffnet worden war, wird geschlossen.

Bereits am 10. Dezember 1468 zogen die Medici überraschend ihr ganzes Kapital und ihren Gewinnanteil aus der Niederlassung in Avignon ab. Die Gründe blieben unbekannt. Im Juni 1470 traten sie zu den alten Konditionen wieder der Niederlassung bei. Nach erfolgreichen Jahren in den Bankgeschäften, in denen in einem Zeitraum von elf Jahren ein Gewinn von fast 31.000 *fiorini* erzielt worden war, sank der Rang Avignons zusehends. Die Niederlassung von Avignon hatte gute Beziehungen zu René von Anjou, dem Titularkönig von Neapel, der auch der Graf der Provence war. Nach dessen Tod 1480 wurde die Provence von Frankreich übernommen.

Die Zweigniederlassung in Avignon endete nicht in einem unglücklichen Schuldenberg, aber sie war nicht mehr ertragreich.

Der Erbe von König René, der König von Frankreich warf alle möglichen Schwierigkeiten auf und der Nachfolger Ferdinand von Aragon schuldete ihm eine stattliche Summe, die schwer einzutreiben war.

Guinegate (Picardie) , 17. August 1479

Als Karl der Kühne tot war, betrachtete der französische König Ludwig XI. die Gebiete als ein an ihn zurückgefallenes Lehen und ließ seine Truppen in die burgundischen Städte der Picardie, nach Artois, Flandern, Hennegau und das Herzogtum Burgund einrücken. Die entscheidende Schlacht im burgundi-

schen Erbfolgekrieg! Das französische Heer kämpfte in Gui-
negate (heute: Eguinegatte) unter dem Befehl von Philippe de
Crèvecœur. Die deutschen und burgundischen Einheiten führte Maximilian I. persönlich in die Schlacht. Der junge Erzherzog gesellte sich in die Reihen der Fußknechte. Mit einem
Langspieß in der Hand kämpfte er im ersten Glied gegen die
herankommenden Ritter. Sein Beispiel mag den Kampfesmut
des taktischen Verbandes erhöht haben. Nach vierstündigem
Kampf waren die Franzosen geschlagen, sie flohen aus dem
Schlachtfeld.

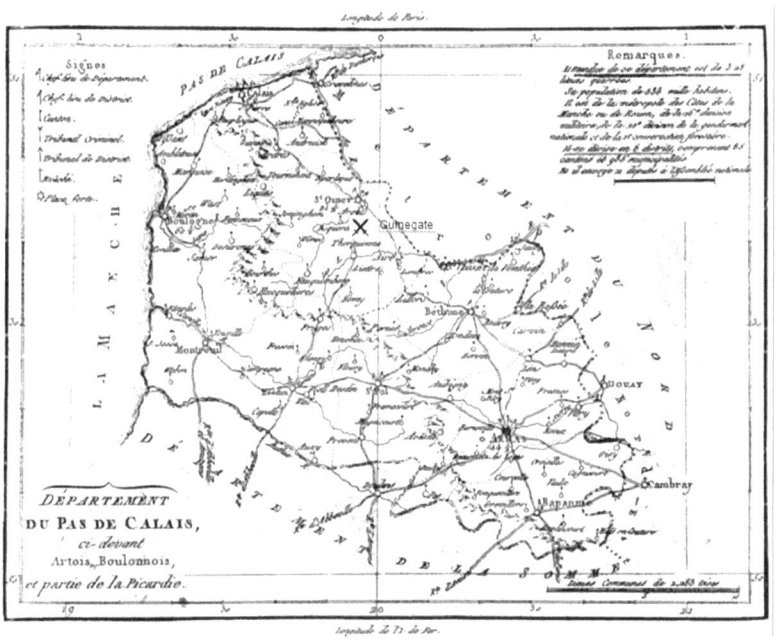

Frankreichs Versuche, im burgundischen Erbfolgekrieg auch
weitere ehemals französische Territorien aus der burgundi-

205

schen Erbschaft zurückzuerobern, konnte Maximilian 1479
durch diesen Sieg seiner Truppen verhindern.

Florenz, 14. September 1479

Lorenzo de' Medici erteilt an Rinieri da Ricasoli Anweisungen,
die Bank in Brügge entweder zu reorganisieren oder zu liqui-
dieren. Vielleicht war der Schaden nicht mehr zu reparieren.

Neapel, 8. Dezember 1479

Auf dem Höhepunkt der Auseinandersetzungen zwischen den
Verbündeten Papst Sixtus und dem König von Neapel, deren
Söldner schon fast vor den Mauern von Florenz standen, erreichte Lorenzo de' Medici die Hauptstadt des Königs Ferdinand I. Ein mutiges Unterfangen, denn der Papst hatte Lorenzo exkommuniziert und der Stadt Florent das Interdikt ange-
droht, nach dem alle kirchlichen Handlungen verboten wurden.

Neapel, 25. März 1480

Nach zähen Verhandlungen Lorenzos mit dem König in Neapel, die immer wieder von Seiten des Papstes sabotiert wurden, erreicht Lorenzo einen Friedensvertrag, dem auch der
Papst Sixtus zustimmte.

Brügge, 1480

In einer Quelle der Stadt Brügge ist folgendes zu lesen:

Tommaso Portinari, „tot 1480 beheerder van het Medici-filiaal, koopt het eigendom. De toenmalige beschrijving ervan maakt melding van o.a. ‚de grote zale met ii torren‘, en van een ‚comptoir‘ - een soort kluis - tussen de keuken, gelegen aan de straatzijde en de ingangspoort.“

(*Tommaso Portinari*, bis 1480 Manager der Medici Zweigstelle, kauft das Eigentum. Seine Beschreibung nennt unter anderem "der große Saal mit 2 Türen" und ein "Comptoir" - eine Art Safe - zwischen der Küche, auf der Straßenseite und dem Eingangstor.)

Florenz, 7. August 1480

Hier musste man feststellen, dass die Verluste der Brügge-Bank sich auf £ 982 5s. 10d. groat beliefen, und wenn man die Zahlen der London Bank hinzurechnet, einem Gesamtverlust von £ 18.982 5s. 10d., was etwa 70.000 Dukaten entsprach. Ein gewaltiger Betrag.

Lorenzo stellte mit bitterer Ironie fest: "…E questi sono i ghuadagni grandi che ci à assengniati il ghoverno di Tommaxo Portinari". (Das sind die großen Gewinne, die uns durch das Management des *Tommaso Portinari* zufließen.)

Tommaso Portinari war gezwungen das Haus in der Rue Ai-
guilles (heute: Naaldenstraat 19, Brügge) zu verlassen.

Portinari betrieb bis 1497 ohne neuen Vertrag mit den Medici
eigene Geschäfte. In den 1480er Jahren verpachtete Maximilian von Österreich, in dessen Einflussbereich Flandern lag, an
Tommaso Portinari weiterhin die Zolleinnahme von Gravelingen. Ein wenigstens sicheres Einkommen mit der Einschrän-
kung, dass die Hälfte der Einnahmen zur Tilgung von Maximilians Schulden verwendet werden musste.

Florenz, 1. Januar 1481

Nach der Pazzi-Verschwörung war Lorenzo de' Medici in einer
schrecklichen Geldnot, dass er sich von Accerrito Portinari
2.000 Dukaten lieh, mit dem Versprechen, dass dieser das
Bankgebäude nutzen könne, bis der Kredit beglichen wäre.

Venedig, April 1481

Ein kurzer Rückblick als die Medici-Bank geschlossen wurde
und ein fast achtzigjähriges Engagement zu Ende ging. Bald
nachdem Giovanni di Bicci de' Medici und sein Partner, Benedetto di Lippaccio de' Bardi ihr Hauptquartier 1398 in Florenz
aufgeschlagen hatten, beschlossen sie, auch ein Büro in Ve-

nedig zu gründen. Am 12. März 1402 wurde dort eine Zweig-stelle gegründet.

Nach erfolgreichen Jahren unter dem Management von Giovanni di Francesco da Gagliano wurde nach dessen Aus-scheiden der erste aus der Familie Portinari, Giovanni d' Adoardo di Giovanni di Manetto Portinari Manager in Venedig, der bis zum Juniorpartner der Medici mit Beteiligung an der Bank aufstieg. In den Jahren 1435 bis 1440 war die Nieder-lassung in Venedig eine Art Ausbildungsbank für angehende Manager. Bernardo Portinari, der Sohn von Giovanni wurde schon 1436 aus Venedig abberufen und nach Brügge ge-schickt, um dort eine Niederlassung der Medici zu gründen. Nach zwei weiteren Managern wurde Pigello Portinari der Generalvertreter, bis ihn 1452 Cosimo de' Medici nach Mai-land beorderte und ihm die Aufgabe anvertraute, dort eine Niederlassung zu gründen. *Agnolo Tani* war dann für die nächsten drei Jahre der Manager in Venedig, bevor er sich dem Bernardo Portinari in Brügge anschloss.

Nach vielen schicksalsreichen Jahren, wechselnden Mana-gern und zahlungsfaulen venezianischen Patriziern schickte Lorenzo de' Medici letztlich Piero d'Antonio Taddeo nach Venedig „per finire quelle nostre cose", um die Bank abzuwi-ckeln.

London, 9. April 1483

Edward IV. stirbt überraschend nach einwöchiger Krankheit. Er erreichte ein Alter von knapp 41 Jahren. Sein ältester Sohn, der 12-jährige Edward sollte ihm als Edward V. nachfolgen. Er stand unter der Vormundschaft seines Onkels Richard, Duke of Gloucester, dem späteren Richard III, der als Lord Protector die Regentschaft zwischenzeitlich übernahm.

Brügge und Florenz, im Mai 1483

Tommaso Portinari muss seine ursprünglichen Pläne aufgeben. Seine Zukunft in Flandern ist gescheitert. Er ist in großen finanziellen Schwierigkeiten. Sein Traum, als angesehener Bürger in Brügge seine letzte Ruhe in „seiner" Kirche S. Jakob zu finden, ist verflogen.

Das Triptychon von Hugo van der Goes wird versandt. Die Transportkosten leiht ihm ein Kollege aus Brügge. Der Altar wurde über Gibraltar und Sizilien nach Pisa transportiert, von dort auf ein kleineres Boot umgeladen und auf dem Arno flussaufwärts verschifft. Schließlich in Florenz von 16 Männern zum Spital Santa Maria Nuova getragen, wo es zur Aufstellung kam. In der Zeit der Großherzöge der Toskana im 16. Jahrhundert wurde das Triptychon in die Bildergalerie der Uffizien überführt.

In den Folgejahren unternahm *Tommaso Portinari* eine Reihe diplomatischer Missionen. So wurde er 1487 von Maximilian von Österreich als Botschafter zu Ludovico il Moro nach Mailand geschickt und ging dann nach Florenz, wo er mehrere Monate blieb, bis er 1489, als selbst Lorenzo der Prächtige ihn nach England schickte, um einen Handelsvertrag zu erörtern, der Pisa zum mediterranen Stützpunkt für den Handel mit englischer Wolle machte.

London, 25. Juni 1483

Richard, Herzog von Gloucester, lässt das Parlament die Söhne Edwards IV. für illegitim erklären. Die vom Parlament erlassene Akte „Titulus Regius" deklarierte die Ehe Eduards IV. für ungültig und die Söhne für illegitim. Er selbst lässt sich am folgenden Tag zum König als Richard III. ausrufen. Die Krönung fand am 6. Juli statt.

Diese letzten Erben des verstorbenen Königs Edwards IV., genannt „die Prinzen im Tower", Edward V. und Richard of Shrewsbury, 1. Duke of York, verschwinden spurlos. Die beiden 12- und 9-jährigen Jungen wurden vermutlich auf Geheiß Richards III. im Tower of London ermordet, ihre Leichen wurden allerdings nie gefunden. Im Jahre 1674 gruben Arbeiter bei Umbauarbeiten im Tower eine Holzkiste aus, die zwei kleine menschliche Skelette enthielt. Der Fund landet zunächst im Müll, ehe man auf die Idee kommt, es könne sich um die Überreste der Prinzen handeln. Daraufhin wurden die Knochen in eine Urne verbracht und in der Westminster Abbey beigesetzt.

Leitzersdorf, 11. Mai 1484

Im Rahmen des 1482 ausgebrochenen dritten Krieges zwischen dem ungarischen König Matthias Corvinus und Kaiser Friedrich III. wurde diese Schlacht geschlagen. Die Armee Friedrichs, die zum Entsatz der belagerten Stadt Korneuburg anrückte, erlitt dabei eine schwere Niederlage gegen die ungarischen Truppen.

Rom, 29. August 1484

Nach dem Tod von Papst Sixtus IV. am 12. August wird Giovanni Battista Cibò als Innozenz VIII. zum Papst gewählt. Dieser Papst war immer in Geldnot. Daher arrangierte er sich mit dem Sultan Bāyezīd II. in Istanbul. Als Gegenleistung für jährliche Tributzahlungen und Geschenke, darunter auch eine heilige Lanze, wurde für den Sultan dessen Bruder Çem in Rom gefangen gehalten. Aufgrund fortwährender finanzieller Probleme war er sogar gezwungen, Mitra und Tiara sowie Teile des päpstlichen Kronschatzes vorübergehend zu verpfänden.

Innozenz hinterließ viele Kinder, so dass über ihn in Rom gesprochen wurde „Octo nocens pueros genuit, totidemque puellas; hunc merito poterit dicere Roma patrem – „Acht Buben zeugte er unnütz, genauso viele Mädchen; ihn wird Rom mit Recht Vater nennen können".

Eine gewisse Berühmtheit erlangte seine Bulle „Summis desiderantes affectibus" vom 5. Dezember 1484, die 1487 durch den sogenannten „Hexenhammer" ergänzt wurde, einem von der päpstlichen Inquisition verfassten Gesetzbuch für Hexenprozesse, das den Kreis der beschuldigten Frauen drastisch ausweitete und detailliert die Anwendung sadistischer Foltermethoden festlegte.

Erst durch die Doppelhochzeit seines 35-jährigen Sohnes Franceschetto Cibò, den er im Alter von 16 Jahren mit einem einfachen Mädchen gezeugt hatte, mit der 14-jährigen Maddalena de' Medici, Tochter von Lorenzo, il Magnifico, konnte der neuerlich ausgebrochene Krieg 1492 schließlich beigelegt werden. Die Mitgift Maddalenas betrug 4.000 Fiorini. Gleichzeitig wurde am 25. Februar 1487 in Neapel im Beisein des Königs Ferrante der Ehevertrag zwischen Piero de' Medici und Alfonsina Orsini in Abwesenheit der Braut, die von Virginio Orsini vertreten wurde, und des Bräutigams, dessen Bevollmächtigter Bernardo Rucellai war, unterzeichnet und danach in großer Pracht gefeiert. Hier belief sich die Mitgift auf 12.000 Dukaten.

Florenz und Mailand 1484

Mit dem Ablauf der fünfjährigen Vertragslaufzeit beauftragte Lorenzo de' Medici Folco di Pigello Portinari den Palast, der den Medici geschenkt worden war, an Ludovico il Moro, dem Sohn von Francesco Sforza, zu verkaufen. Nach langem Hin und Her einigte man sich auf einen Preis von 4.000 Dukaten, der jedoch die Möbel und Tapisserien nicht mit einschloss. Später, nach Lorenzos Tod, gab Ludovico il Moro den Palst an die Medici zurück, die ihn für einige Jahre behielten. Nach weiteren Wechseln erwarben die Großherzöge der Toskana im 16. Jahrhundert das Gebäude. Die Nachfolger aus dem Hause Lothringen ließen es verfallen. Heute ist vom „schönsten Haus in Mailand" nur noch das Portal im Museum erhalten.

Wien, 1. Juni 1485

Nach einer rund vier Monate währenden Belagerung, vom März bis 1. Juni 1485, zieht Matthias Corvinus in Wien ein. Kaiser Friedrich III. muss zunächst nach Graz und zeitweise in das oberösterreichische Linz flüchten. Erst als Corvinus überraschend 1490 stirbt und keine Erben hinterlässt, konnte Friedrich Wien und die besetzten Gebiete zurückgewinnen.

Market Bosworth (Leicestershire), 22. August 1485

Die Heere von König Richard III. und Heinrich Tudor, Earl of Richmond, dem späteren König Heinrich VII. von England, stießen hier zur vorletzten und entscheidenden Schlacht in den Rosenkriegen aufeinander. Richard III. wird getötet die Leiche wird geschändet und nackt dem Volk in einem Wirtshaus von Leicester vorgeführt. Anschließend wurde die Leiche im dortigen Franziskanerkloster begraben. Nachdem das Kloster aufgelöst und abgerissen wurde, blieb das Grab bis 2012 verschollen. Nach langen Recherchen wurde unter der Asphaltdecke eines Parkplatzes ein Skelett gefunden, das nach einem DNA-Abgleich mit einem Nachfahren der Schwester Richards dem gesuchten König zugeordnet werden konnte.

Frankfurt, 16. Februar 1486

Im Kaiserdom St. Bartholomäus zu Frankfurt am Main wird Maximilian I. von den Kurfürsten einstimmig nach der Königswahlordnung der Goldenen Bulle von Karl VI. aus dem Jahre 1356 zum römisch-deutschen König (Rex Romanorum) gewählt.

Es wählten:

Berthold von Henneberg, Kurfürst und Erzbischof von Mainz

Johann II. von Baden, Kurfürst und Erzbischof von Trier

Hermann IV. von Hessen, Kurfürst und Erzbischof von Köln

Ladislaus II., König von Böhmen

Philipp, Pfalzgraf bei Rhein

Ernst, Kurfürst von Sachsen

Albrecht Achilles, Kurfürst von Brandenburg

Aachen, 9. April 1486

Krönung Maximilians im Kaiserdom, wodurch er die Würde der Krone allerdings neben seinem noch lebenden Vater erlangte, der noch bis 1493 regierte. Friedrich III. betrachtete den Vorgang mit zwiespältigen Gefühlen.

Stoke Field, (Nottinghamshire), 16. Juni 1487

Nach dreißig Jahren Auseinandersetzungen mit zeitweiligen Unterbrechungen fand zwischen den Häusern Lancaster und York bei dem Dorf East Stoke die letzte Schlacht der Rosenkriege statt.

Henry Tudor, über seine Mutter mit dem Haus Lancaster verwandt, war zu dieser Zeit König Henry VII. von England. Durch die Heirat mit der Erbin des Hauses York, Elizabeth von York, war von dieser Seite kein Widerstand mehr zu erwarten. Seine Macht war allerdings noch nicht gefestigt. Er hielt daher den einzigen männlichen Erben des Hauses York, den ersten Cousin der Königin, Edward Plantagenet, 17. Earl of Warwick, Sohn von George Plantagenet, 1. Duke of Clarence, im Tower von London gefangen.

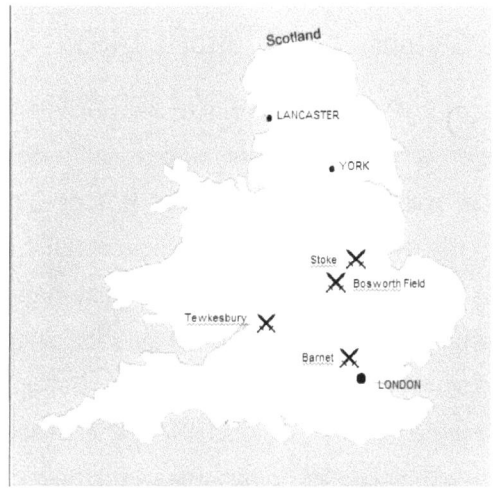

Schlachten der Rosenkriege 1471 – 1489

Brügge, 5. Februar 1488

Durch ein Missverständnis kam es zur Gefangennahme Maximilians durch die Bürger von Brügge, die sich durch Maximilian bedroht fühlten. Mitte März wurde Maximilian in das Haus des Generalhauptmanns von Flandern, Philipp von Cleve, überführt. Vom Haus aus, in dem er gefangen gehalten wurde,

musste er mitansehen, wie zehn seiner Räte vor seinen Augen gefoltert und hingerichtet wurden. Es drohte ihm die Aus-
lieferung an Frankreich oder an die Stadt Gent. Der Sohn Maximilians, Erzherzog Philipp, mobilisierte Truppen und rief den
Kaiser herbei.

Florenz, Oktober 1487 – April 1488

Folco d'Adoardo Portinari, ein Enkel des Giovanni Portinari,
Bankmanager in Venedig in der ersten Hälfte des Jahrhunderts, wurde trotz der Proteste seiner Brüder Giovanni und
Alessandro, die beide *Tommaso* uneingeschränkt in Bankgeschäften in Brügge und London unterstützt hatten, festge-
nommen, angeklagt und über ein halbes Jahr eingesperrt, da
er während seiner Anstellung bei *Tommaso* Betrug begangen
und in die eigene Tasche gewirtschaftet hatte. Dieser Vorgang
verursachte wahrscheinlich einen Riss innerhalb der Familie
Portinari.

Brügge, 12. Mai 1488

Vertrag Maximilians mit den Niederländischen Ständen zur
Wiederherstellung des „Großen Privilegs", das Rechte bein-
haltete, die 1477 Maria von Burgund abgetrotzt und gewährt
worden waren.
Vier Tage später wurde Maximilian freigelassen.

Montil-le3-Tour, 30. Oktober 1488

Der französische König Karl VIII. brachte die Bewohner Flanderns dazu, König Maximilian als „mambourg" (Protektor) anzuerkennen und eine Entschädigung von 300.000 Goldtalern zu entrichten.

Hamburg, 17.04.2012

Dietmar Fischer und Ines Weiland gingen nochmals ihre Texte durch.

»Ich verstehe nicht, wie sich die Menschen in England gegenseitig so bekämpfen mussten«, sagte Ines. »Wie ist das alles so gekommen. Wie hat es begonnen?«

Fischer versuchte zu erklären:

»England war noch kein geordnetes Königreich. Die adeligen Grundbesitzer aus dem Haus of Lords bekämpften und bekriegten sich untereinander. Dabei wechselten sie die Seiten, wie es ihnen vorteilhaft erschien. Die Geistlichkeit war korrupt und verhielt sich in gleicher Weise.«

»Spielte der vorangegangene lange Krieg mit Frankreich nicht auch eine Rolle?«

»Viele Historiker sehen in den heimkehrenden, geschlagenen Söldnern eine der Hauptursachen der Rosenkriege. Sicher hatte es auch zuvor immer mal wieder dynastische Konflikte

gegeben, aber nie war so dauerhaft und erbittert um den englischen Thron gekämpft worden. Die arbeitslosen Veteranen
des Hundertjährigen Krieges waren das ideale Reservoir für
jeden, der erfahrene und skrupellose Kämpfer suchte. Zudem
hatten die Engländer in den letzten Jahrzehnten viele Kolonis-
ten in der Normandie angesiedelt. Auch sie kehrten zurück;
sie hatten alles verloren. Es waren aber nicht nur die Kleinen,
auch die mächtigen Magnaten hatten als Subunternehmer der
Krone für ihre Dienste große Ländereien in Frankreich erhalten, die nun wieder an französische Adlige gefallen waren.
Bereits einige Zeit vor dem völligen Verlust der französischen
Besitzungen hatten vor allem in Südengland Raubüberfälle
und Banditentum stark zugenommen, wofür hauptsächlich
heimkehrende Söldner verantwortlich waren, die nur schlecht
von ihren bewährten Gewohnheiten des Raubens und Plün-
derns lassen wollten.«

»Dass die Schlachten so brutal geführt wurden, ist richtig
abstoßend«, merkte Ines an.

»Das 15. Jahrhundert wusste nichts von christlicher Duld-
samkeit, nichts von Milde, nichts von sittlichen Begriffen; die
Enthauptung und Vernichtung des Gegners entsprach dem
Zeitgeist«, resümierte Fischer.

»Eine abscheuliche Zeit, da lebe ich schon lieber jetzt, zumindest in Europa, wo wir seit Jahrzehnten Frieden haben.«

»Ja. Gerade in England waren die Herzöge die Anführer
ihrer Heere und kämpften an vorderster Front. Sie waren auch

die Opfer ihrer kriegerischen Aktionen. Daher wurde der Adelsstand ziemlich dezimiert.«

»Ich denke da auch an Karl den Kühnen, der immer mit all seiner Habe an der Spitze seiner Truppen kämpfte«, ergänzte Ines.

»Es wurde in den nördlichen Breiten von einem Heerführer erwartet, seine Kämpfer anzuführen. Auch Maximilian, machte da als römisch-deutscher König keine Ausnahme. In Italien lagen die Dinge anders. Die Stadtrepubliken und Landesfürsten stellten für gutes Geld Söldnerführer, sogenannte Condottieri, ein«, brachte Fischer eine neue Idee in das Gespräch.

»Was waren das für Männer?«, wollte Ines wissen.

»Es waren die italienischen Stadtstaaten wie Venedig, Florenz und Genua, die durch ihren Orienthandel reich geworden waren. Diese Städte hatten aber nur wenige, schwache Streitkräfte und wurden so zum Angriffsziel fremder Mächte wie auch neidischer Nachbarn. Der regierende Adel suchte seine Länder durch das Anmieten von Söldnertruppen zu verteidigen, die einen condotta, einen Soldvertrag abschlossen. Sie rüsteten ihre angeworbenen Söldner mit Waffen, Pferden und Lebensmitteln aus. Die Städte bezahlten und hatten eine Sorge los.«

»Aber waren diese Anführer mit ihren Soldaten genauso verlässlich, wie die einheimischen Leute?«, hakte Ines nach.

»Die Condottieri spürten bald, dass sie ein bedeutender Faktor in den militärischen Machtverhältnissen in Italien darstellten und begannen, ihren Arbeitgebern die Bedingungen zu diktieren. Viele Condottieri wie Braccio da Montone oder Muzio Attendolo Sforza strebten danach, selbst ein Landesfürst zu werden. Außerdem waren, wie du schon vermutest, die Truppen der Condottieri für ihre Launen berüchtigt. Sie wechselten oft die Seiten für eine bessere Bezahlung, und dies nicht nur vor, sondern auch in der Schlacht. Aus Prestigegründen verwickelten sie sich auch gegenseitig in Gefechte, die meist unblutig blieben, denn es war ihr Geld, ihre Waffen und Pferde, die bei ernsthaften Auseinandersetzungen verloren gingen.«

»Kennst du noch weitere Namen von diesen Condottieri?«, Ines steigerte sich sichtlich in dieses Thema.

»Einen Augenblick, bitte«, sagte Fischer und nahm sich sein Notebook heran. Er schaltete es an und tippte zielsicher einen Pfad ein.

»Hier habe ich eine Liste mit Namen von den Condottieri, die in Italien gefürchtet waren. Aber ich nenne nur wenige aus dem 15. Jahrhundert«, wies Fischer auf sein Vorhaben hin.

»Den Muzio Attendolo Sforza (1369–1424) habe ich schon erwähnt. Sein unehelicher Sohn Francesco, der nach dem Tod seines Vaters die Führung von dessen Söldnertruppe übernahm, war der Gründer der Dynastie der Sforza in Mailand. Francesco Sforza war der typische Condottiere. Er verdingte sich je nach Bezahlung der einen oder anderen Seite. Er diente den Visconti gegen Venedig und dann Venedig gegen die Visconti, griff den Papst an, vertrieb ihn aus der Romagna und verteidigte ihn später.

Braccio da Montone, der als Andrea Fortebracci geboren wurde; er entstammte dem Ort Montone, in der Nähe von Perugia. Braccio war Herr von Perugia und kontrollierte kurz auch die Stadt Rom. Er war ein Rivale von Muzio Attendolo Sforza; beide starben fast gleichzeitig innerhalb von wenigen Wochen und hinterließen ihren Söhnen die Fehde.

Sigismondo Pandolfo Malatesta, genannt der Wolf von Rimini war seit 1432 Herr von Rimini, Fano und Cesena. Die Malatestas regierten diese Städte als Vikare des Papstes.

Manche Condottieri waren so angesehen, dass ihnen Reiterdenkmäler errichtet wurden, wie für Erasmo da Narni, genannt Gattamelata, die gefleckte Katze, was auf die Verschlagenheit des gefürchteten venezianischen Söldnerführers anspielt. Er diente dem Papst und der Stadt Florenz gleichermaßen, unterstützte Venedig in den Schlachten gegen die Visconti aus Mailand und wurde in Padua Diktator. Diese Stadt errichtete ihm das erste gegossene Reiterstandbild seit der Antike.

Auch Bartolomeo Colleoni diente nacheinander den Condottieri Braccio da Montone und Muzio Attendolo Sforza. 1431 ging er in den Diensten von Gattamelata nach Venedig und kämpfte auf Seiten der Serenissima in den Jahren gegen Mailand. Die Serenissima ernannte ihn später zum Generalleutnant. 1467 stand er auf der Seite der Familie Albizzi, die ihre Rückkehr nach Florenz erkämpfen wollte. Das Standbild, das ihm errichtet wurde, ist eines der berühmtesten Reiterstandbilder

aller Zeiten, es ist noch heute auf dem Campo Santi Giovanni
e Paolo in Venedig zu sehen.

Niccolò (Nicola) Piccinino hatte für eine kurze Zeit der Republik Florenz gedient, wechselte dann zu Filippo Maria Visconti,
dem Herzog von Mailand, in dessen Dienst er zusammen mit
Niccolò Fortebraccio gegen das Bündnis von Papst Eugen IV.,
Venedig und Florenz kämpfte.
Piccinino soll von geringer Körpergröße, gehbehindert und von
schwacher Gesundheit gewesen sein, trotzdem aber „mutig
bis zur Tollkühnheit, wunderbar erfindungsreich und niemals
von einer Niederlage überwältigt". Zugleich sagte man ihm
nach, grausam und verräterisch gewesen zu sein, und kein
anderes Ziel vor Augen gehabt haben als den eigenen Macht-
zuwachs. Piccinino hinterließ zwei Söhne, Jacopo und
Francesco die beide ausgezeichnete Condottieri wurden.

Federico da Montefeltro war einer der erfolgreichsten Condottieri der italienischen Renaissance und Herzog von Urbino aus
dem Hause da Montefeltro. Seine Allianz mit Francesco
Sforza ging aber bereits nach wenigen Jahren zu Ende, so
dass er später in den Dienst des Königreichs Neapel und seines Herrschers Alfons V. von Aragón trat.

Wie man sehen kann wurden einige zu Landesfürsten, aber
andere schlugen, obwohl sie anfänglich kriegerische Anführer

waren, eine kirchliche Laufbahn ein, wie Giovanni Maria Vitelleschi, der von Papst Eugen IV. zum Kardinal gemacht wurde. Er war seit Bischof von Recanati und Kommandeur der päpstlichen Armeen, als die Colonna-Fraktion in Rom, die um ihre Einkünfte fürchtete, in Rom einen Aufstand schürte.«

»Da sind erstaunliche Karrieren durch das Kriegshandwerk entstanden«, meinte Ines.

»Fast wie im letzten Jahrhundert«, spottete Fischer.

»Verstehe ich jetzt nicht«, sagte Ines und blickte irritiert.

»Mir fallen dazu ganz spontan die Namen de Gaulle, Eisenhower, Franco, Tito ein.«

»Ach, das waren alle Militärs und wurden dann Politiker und Staatspräsidenten«, stellte Ines fest.

»Befehlen waren sie ja gewohnt. Sie haben nur die Rolle im Staat gewechselt. Aber ich denke, wir wenden uns von dieser geschichtlichen Phase ab, denn wir müssen wieder darauf blicken, wie es den Medici erging. Für die Medici war England ein Rohstoff-Lieferant und London ein Umschlagplatz für Waren aus Flandern.«

»Ja. Die Medici waren aber nicht nur Banker und Händler, gerade Lorenzo hatte mit seinem Sohn Giovanni eine kirchliche Laufbahn im Auge.«

Florenz, Badia Fiesolana, 10. März 1492

Ein großer Tag für Lorenzo de' Medici, denn ein lange vorbe-
reitetes Ziel in der geistlichen Laufbahn seines zweiten Sohnes Giovanni, die Aufnahme in den Kreis der Purpurträger,
war endlich erreicht. Vorangegangen waren im Juli 1483 die
Firmung und zum Zeichen des geistlichen Standes die Tonsur.
Im November 1483 wurde er Domherr von Florenz und fun-
gierte nominell als Abt im Kloster San Michele in Arezzo. Bereits als Kind wurde Giovanni, vom Vater gezielt auf geistliche
Aufgaben vorbereitet und gesteuert. Die geplante Einsetzung
als Erzbischof von Maix scheiterte bedauerlicherweise, da der
Amtsinhaber noch lebte. Doch hatte Lorenzo auch eine Heirat
seiner ältesten Tochter Maddalena 1488 mit Franceschetto
Cibò, dem illegitimen Sohn des Giovanni Battista Cibò, der
1484 als Papst Innozenz VIII. den Stuhl Petri bestieg, in die
Wege geleitet. Der florentinische Botschafter in Rom, Giovanni
Lanfredini, und der Schwager Lorenzos, Rinaldo Orsini, der in
Rom lebende Erzbischof von Florenz, hatte wiederholt dem
Papst die Wünsche des Magnifico vorgetragen. Leider konnte
Lanfredini seinen Erfolg nicht mehr selbst feiern, denn er starb
im Januar 1490.

Der Magnifico war nun am Ziel seiner Bemühungen. Doch er
musste für diese Ehre, die seiner Familie zu Teil wurde, einige
Abstriche hinnehmen. Denn als Ort für die große Zeremonie,
die nun bevorstand, wurde die oberhalb von Florenz auf halben Weg nach Fiesole gelegene Badia gewählt. Dieses Klos-

ter, das aus einem Oratorium aus den Jahren 1025 bis 1028 stammt und den Heiligen Petrus und Romulus geweiht war, war bis 1028 die Kathedrale von Fiesole und wurde nach dem Heiligen Bartholomäus benannt. Die Erneuerung der Klosteranlage der Badia Fiesolana wurde von Cosimo de' Medici 1456 gestiftet und von Piero de' Medici vollendet. Lorenzo de' Medici wollte den wichtigsten Verbündeten in seinem wirtschaftlichen Netzwerk je eine der acht Kapellen der Kirche zuweisen. Die Kapelle für *Agnolo Tani* ist die erste auf der rechten Seite, wenn man die Kirche betritt. Dort sollte das Triptychon von Hans Memling zur Aufstellung kommen. Aber es kam anders. Nur noch ein Wappen weist auf die ursprüngliche Idee hin.

Die feierliche Zeremonie in der Badia Fiesolana konnte beginnen:

Der Abt des Klosters, Matteo Bosso, überreichte Giovanni den „galeus", den Prälaten- oder Kardinalshut, der große, sehr flache, bei Kardinälen scharlachrote Hut mit breiter Krempe, von dem seitlich je fünfzehn Quasten herabhängen. Es war die erste Kardinalserhebung, die außerhalb der Kurie stattfand und nicht vom Papst selbst verkündet wurde. Dieser Vorgang erfolgte per pectore, d. h. die Erhebung durfte erst nach Ablauf von drei Jahren öffentlich bekannt gegeben werden. Verstöße dagegen belegte der Papst mit der Androhung der Exkommunikation, so dass die offizielle Investition erst später erfolgen konnte. Eine Verkürzung der Wartezeit, wie sie der Magnifico immer angestrebt hatte, wurde von Rom immer abgelehnt.

An die kirchliche Zeremonie anschließend folgte eine Prozession hügelabwärts nach Florenz. Trotz eines Frühjahrsregens standen viele Zuschauer Spalier. Giovanni ritt als Zeichen seiner Demut auf einer Mauleselin und 500 Würdenträger folgten ihm zu Pferd. Die erste Station war das Gnadenbild der Jungfrau Maria in Santissima Annunziata, vor dem wohl um 1360 entstandenen Fresko an der Eingangswand der gleichnamigen Florentiner Servitenkirche von einem unbekannten Nachfolger Giottos gemalt. Dann folgte der Besuch des Palazzo della Signoria und schließlich langte man im Palazzo Medici an. Aufgrund seiner schmerzhaften Erkrankung konnte Lorenzo den Feiern nur als Zuschauer beiwohnen. Aber er war mit dem Erreichten zufrieden.

Am 26. März 1492 wurde endlich vom Papst die Ernennung Giovannis veröffentlicht. Seine Titularkirche war Santa Maria in Dominica in Rom. Nach seiner Erhebung zum Kardinal zog Giovanni de' Medici nach Rom und war schon nach dem Tod von Innozenz VIII. im Juli 1492 jüngstes Mitglied bei der Papstwahl, die den Spanier Rodrigo Borgia als Alexander VI. auf den Heiligen Stuhl wählte. Giovanni, wie seine Familie, ein Gegner des neuen Papstes, verließ überstürzt die römische Stadt. Glücklicherweise war der Nachfolger von Alexander VI. den Medici wohlgesonnen. Julius II. ernannte Giovanni zu seinem Feldherrn gegen die Franzosen. Nach dem Tod seines Bruders Piero im Jahre 1503 wurde Giovanni de' Medici neues Oberhaupt der Familie.

Rennes, 19. Dezember 1490

Der verwitwete Maximilian I. heiratete „per procurarionem" in der dortigen Kathedrale, ohne selbst anwesend zu sein, Anne, die dreizehnjährige Erbin der Bretagne. Der folgende Vorgang entbehrte nicht einer gewissen Besonderheit und Pikanterie. Nach der kirchlichen Zermonie legte sich die Braut bei Anwesenheit des Hofstaates ins Hochtzeitsbett. Der Habsburger Gefolgsmann Maximilians Wolfgang Freiherr von Polheim legte sich in voller Rüstung dazu. Mit seinem entblößten Knie berührte er die frischvermählte Braut. Damit war die Ehe rechtsgültig, aber de facto nicht vollzogen. Anne de Bretagne war jetzt Ehefrau des zukünftigen Königs Maximilian und zugleich Erzherzogin von Österreich.

Das rief jedoch den Widerstand des französischen Königs hervor, da der Vater der Braut nach einer verlorenen Schlacht zustimmen musste, dass die erbberechtigte Anne nicht ohne Einwilligung Frankreichs heiraten konnte. Karl VIII. schickte Truppen in die Bretagne und drängte auf die Auflösung der Ehe. Anne war in einer hilflosen Situation, da auch Maximilian keine militärische Hilfe anbot.

Die Situation war verzwickter, da noch einige Steine im Weg lagen. Denn es gab noch ein Eheversprechen zwischen dem zwanzigjährigen französischen König und der zehnjährigen Tochter Maximilians, Margarete, aus seiner Ehe mit Maria von Burgund. Karl VIII. schickte seine Verlobte zurück und verlobte sich heimlich mit Anne. Da beide Ehen zwar geschlossen, aber noch nicht vollzogen waren, konnte sie nur der Papst annullieren. Innozenz VIII. tat das nicht ohne Gegenleistung. Da die Bretagne damals noch nicht zu Frankreich gehörte, wollte Karl VIII. sein Herrschaftsgebiet vergrößern. Im Tausch beanspruchte er Anne und ihr Land gegen den Sultansbruder Çem, der von den Johannitern von Rhodos, wohin er vor seinem Bruder geflüchtet war, nach Frankreich gebracht und gefangen gehalten wurde und eine wundersame Reliquie, die Heilige Lanze, die Lanze des Longinus. Diese Lanze, mit der dieser römische Hauptmann die Seite des gekreuzigten Jesus durchbohrt hatte und die auf verwinkelten Wegen nach Frankreich gelangt war.

Careggi, 8. April 1492

Lorenzo de' Medici stirbt erst 43 Jahre alt an dem ererbten Gebrechen in seiner Familie. Er hatte sieben Kinder mit Clarissa Orsini. Von seinen drei Söhnen nannte er den ältesten, Piero, töricht, den zweiten, Giovanni, klug und den jüngsten Giuliano gut. Leider wurde der Älteste sein Nachfolger.
In weiser Voraussicht hatte Lorenzo vorgesorgt. Er hatte bereits in früheren Jahren Einlagen und Beteiligungen getätigt, die sich bei genauerem Hinsehen als Tarnbanken erwiesen, bei denen letztlich er bestimmte. Noch kurze Zeit vor seinem Tod gründete er einige Produktionsbetriebe, die Tuche herstellten und in denen auch Gold verarbeitet wurde.

Insgesamt war das Jahr 1492 ein Jahr der vielen Sterbefälle von Persönlichkeiten: Neben Lorenzo de' Medici, der Magnifico, starb auch *Agnolo Tani*, seine Frau Caterina und eine seiner Töchter, als auch Papst Innozenz VIII. sowie Carlo di Cosimo de' Medici, der illegitime Sohn von Cosimo de' Medici, Bischof von Pisa, und Bruder Pieros und Giovannis.

Rom, 11. August 1492

Nach dem Tod von Papst Innozenz VIII. am 26. Juli 1492 wird Rodrigo Borgia, der in Spanien geborene Roderic Llançol i de Borja, Dekan des Kardinalkollegiums, zum Papst gewählt. Er nannte sich Alexander VI. Sein Onkel mütterlicherseits, Alonso de Borja, regierte als Papst Kalixt III. von 1455 bis 1458 und ermöglichte seinem Neffen den Aufstieg. Er wurde als berüchtigter Renaissance-Papst durch seinen rücksichtslosen Nepotismus bekannt. Mit Vanozza de' Cattanei, der Mutter seiner Kinder Juan, dem späteren Herzog von Gandía, Cesare, der später Herzog der Romagna wurde, Lucrezia, die spätere Herzogin von Ferrara und Jofré, lebte er in seiner Zeit als Kardinal etwa 20 Jahre lang zusammen. Sein Sohn Cesare wollte ein weltliches Machtgebiet in Italien begründen.

Bahamas (Karibik), 12. Oktober 1492

Im Wettlauf mit Portugal um den Seeweg nach Indien entdeckt der italienische Seefahrer Christophorus Columbus in kastilischen Diensten eine Insel der Bahamas, die von den Einheimischen Guanahani genannt wurde. Er gab ihr den Namen San Salvador, spanisch für „Heiliger Retter".

Senlis, 23. Mai 1493

Senlis liegt im Norden von Frankreich, knapp 50 Kilometer von Paris entfernt. Der Vertrag von Senlis wird unterzeichnet, in dem König Karl VIII. dem späteren Kaiser Maximilian I. das burgundische Erbe Karls des Kühnen mit Ausnahme der Picardie und Burgunds selbst Maximilian überlassen muss.

Auch die Grafschaft Artois fiel in die Hände Maximilians. Selbst die Grafschaft Charolais, eine vormals zu Burgund gehörende Enklave an der Loire, gelangte in habsburgischen Besitz, wenngleich als französisches Lehen. Karl sah sich nun im Vertrag von Senlis gezwungen, diese neuen Gegebenheiten anzuerkennen. In einem Geheimzusatz verzichtete Maximilian dafür auf alle Titel und Rechte die Bretagne betreffend. Durch diesen Vertrag wurde der burgundische Erbfolgekrieg, der von 1477 bis 1493 dauerte, endgültig beendet.

Mailand, 30 November 1493

Maximilian I. von Habsburg heiratete in zweiter Ehe Maria Bianca Sforza, Tochter des Galeazzo Maria Sforza, Herzog von Mailand und Nichte des Lodovico Maria Sforza, il Moro genannt. Die Vermählung fand in Abwesenheit des Bräutigams in einer Stellvertreterhochzeit (per procurationem) in Mailand statt.

Um dem deutschen König die unstandesgemäße Ehe schmackhaft zu machen, hatte Herzog Lodovico eine Mitgift von 400.000 Dukaten in bar und weitere 40.000 Dukaten in Juwelen ausgesetzt. Dieses Argument überzeugte Maximilian, der in ständigen finanziellen Schwierigkeiten war. Lodovico erhielt im Gegenzug die Investitur durch Maximilian, da er zuvor die Herzogswürde „nur" aus den Händen des Mailänder Adels erhalten hatte.

Neapel, 25. Januar 1494

Alfons II. wurde als Nachfolger Ferdinands in Neapel vom päpstlichen Legaten Juan de Borja de Romani gekrönt, aber er hatte in den Kreisen des neapolitanischen Adels keinen Rückhalt, er verzichtete zugunsten seines Sohnes Ferdinand II. und zog sich bald aus Neapel zurück. Ferdinand bemühte sich nach dem Vordringen und dem Zurückweichen der Franzosen um eine rasche Belehnung mit Neapel. Im März 1494, nach Begleichung der vorgeschriebenen Zahlung von 200 000

Golddukaten und einigen Lehen für die Kinder des Papstes, konnte im Mai die Krönung in Neapel stattfinden.

Hall (Tirol), 16. März 1494

Am 16. März 1494 wurde die Ehe in Hall in Tirol vollzogen. Diese Verbindung blieb kinderlos, da Maximilian sich weitest gehend fern von seiner Gemahlin aufhielt. Bianca Maria fehlte auch bei Maximilians Proklamation zum „Erwählten Kaiser" am 4. Februar 1508 in Trient. Als Bianca Maria am 31. Dezember 1510 in Innsbruck starb, hielt sich Maximilian in Freiburg auf. Er nahm nicht an ihrem Begräbnis teil, sondern kehrte erst im Juni 1511 nach Innsbruck zurück.

Brügge, 11. August 1494

Hans Memling (*1433), der Maler des Danziger „Jüngsten Gerichts", das für *Agnolo Tani* gefertigt wurde, stirbt. Das genaue Geburtsjahr in Seligenstadt liegt zwischen 1433 und 1440.

Pavia, 21. Oktober 1494

Gian Galeazzo Sforza (* 1469) stirbt. Er war der Schwager von Kaiser Maximilian I. Sein plötzlicher Tod im Alter von 25 Jahren wird den Machenschaften seines Onkels Ludovico il Moro zugeschrieben.

Neapel, 23. Januar 1495

Tag der Abdankung Alfons II. und Krönung seines Sohnes Ferdinand II. (Ferrandino). Alfons zog sich in ein Kloster nach Sizilien zurück und starb in Messina am 18. Dezember 1495.

London, 24. Februar 1496

Der "Intercursus Magnus" war ein bedeutender und langwieriger Freundschafts-, Friedens- und Handelsvertrag, der im Februar 1496 von König Henry VII. von England und Herzog Philipp IV. von Burgund unterzeichnet wurde. Weitere Unterzeichner waren die Handelsmächte Venedig, Florenz, den Niederlanden und der Hanse. *Tommaso Portinari* gehörte zu den Unterhändlern des Intercursus Magnus, der dann jahrelang den Handelsverkehr zwischen England und den Niederlanden regeln sollte.

Nach dem Schwarzen Tod im 14. Jahrhundert begann England, den europäischen Tuchmarkt zu beherrschen, wobei der Handel einen ersten Höhepunkt 1447 erreichte, als die Exporte 60 000 Tücher erreichten. Ein "Tuch" im Mittelalter war ein einzelnes Stück Gewebe aus einem Webstuhl von fester Größe; ein englisches Tuch zum Beispiel war 24 Meter lang und 1,75 Meter breit.

Die Niederlande waren einer der wichtigsten Exportmärkte Englands, insbesondere Antwerpen. Der Tuchhandel war wichtig für Burgund und ein bedeutender Bestandteil der eng-

lischen Wirtschaft. Es war ein wichtiger Akt der Innen- und
Außenpolitik, also für Henry VII. ein Handelsembargo zu ver-
hängen - erwidert von Herzog Philipp IV. von Burgund - als
Ergebnis von Margarets Einmischung, wobei König Henry die
Händlerabenteurer zwang, die Gesellschaft, die das Monopol
des flämischen Wollhandels genossen, von Antwerpen nach
Pale of Calais zu ziehen und die flämischen Kaufleute in Eng-
land auszuschalten.

Utrecht, 7. September 1496

Der große Rat von Holland erklärte die Hanse für schuldig, an
die Kläger Tommaso und Folco Portinari 6.000 Andreasgulden für die Galeere und 400.000 Kronen für die darin einge-
schifften Güter zu zahlen. Es wurden den Klägern die Befug-
nisse erteilt, sich bis zum Betrag dieser Summen hanseati-
sche Güter zu bemächtigen, wo auch immer sie diese anzu-
treffen mochten.

Die Vertretung der deutschen Kaufleute in Brügge erwirkte
einen Aufschub bis zum 1. Juni 1497. Dieser wurde verlängert
und bis zum 1. Juni 1498 ausgesetzt.

Auf mehreren Hansetagen kam es zu heftigen Diskussionen,
da Lübeck die Verantwortlichkeit allein Danzig zuschieben
wollte.

Auf dem Hansetag von 1498 erklärte der Bürgermeister von
Lübeck, dass die Hanse keineswegs die Forderungen der
Italiener der Stadt Danzig allein aufbürden wolle. Die Hanse

denke noch weniger daran, den Italienern Ersatz zu leisten, selbst wenn das Geld dazu bereit läge:

„Dy herrn synn nicht gesynnet de ssake alleyn upp de stadt dannesike to leggn, und ock derhaluen keyne restitutie eft betalingh to doenn, sso alrede ock ssodann gelt vor oghenn wer, sunder alleyn upp wysse und weghe to denneken, wo menn dem copmann by syner priwilegien beholdenn mag."

Florenz, 19. März und 28. September 1496

Tommaso Portinari überträgt seinen Neffen Folco und Benedetto, die Söhne seines ältesten Bruders Pigello, die mit *Tommaso* bereits in Brügge tätig waren, notariell seine geschäftlichen Angelegenheiten, besonders den Rechtsstreit mit der Hansestadt Danzig und den Rechten aus dem Urteil des Großen Rates von Mechelen vom 5. August 1496, ein sofort vollstreckbares Urteil, nach dem *Tommaso Portinari* 6.000 Andreasgulden und 40.000 Kronen zu 4 Grote flämisch zugesprochen wurden.

1496 waren die Medici-Brüder eine eingetragene Organisation mit einem gesetzlichen Monopol für den Handel mit Wolltüchern, und König Henry VII. verhandelte, hauptsächlich aufgrund ihrer politischen und internationalen Bedeutung, erfolgreich den „Intercursus Magnus", einen äußerst günstigen Handelsvertrag zwischen England und den Niederlanden.

Neapel, 7. Oktober 1496

Nach dem Tod Ferdinands II. (Ferrandino) wurde dessen Onkel, Friedrich I., von dem Sohn des Papstes Alexander VI.,
dem Kardinal Cesare Borgia, zum König von Neapel gekrönt.
Friedrich übertrug sein Königreich an den König von Frankreich. Da auch Ludwig XII. sich militärisch nicht durchsetzen
konnte, wurde im Vertrag von Chambord-Granada vom 10.
Oktober bzw. 11. November zwischen Ludwig und den Katholischen Königen eine Aufteilung des Königreiches von Neapel
vereinbart. Dieser Vertrag wurde am 25. Juni 1501 von Papst
Alexander VI. gebilligt.

Brügge, 1497

Das Bladelin-Palais wird an Jacob von Luxemburg, Lord von
Fiennes, verkauft. *Tommaso Portinari* kehrt endgültig in seine
Heimatstadt Florenz zurück. Er ist nun 70 Jahre alt.

Florenz, 24. Dezember 1498

Nach der Vertreibung der Medici aus Florenz beeilte sich
Tommaso Portinari von den jetzigen Verwahrern des mediceischen Vermögens eine Summe von 15.445 *fiorini* zu for-
dern, die angeblich beim Vergleich mit Ricasoli 1498 von ihm
erzwungen worden waren. Diese Forderung wurde ihm zuer-
kannt, das Geld wurde jedoch wegen der 17.500 fiorini einbehalten, welche die Kommune gezahlt hatte, um Guillaume de

Bische zu bezahlen, als die Franzosen Florenz besetzten. Guillaume de Bische hatte Geld in der Brügger Filiale einge- legt. Das wurde von Maximilian konfisziert, nach dem das doppelte Spiel von de Bische zwischen dem Herzog von Bur- gund und dem König von Frankreich aufgeflogen war. De Bi- sche prozessierte gegen *Tommaso Portinari*. Nach dem Ein- zug der Franzosen unter Karl VIII. in Florenz wird von der Signoria das Geld für de Bische gezahlt, aber *Tommaso Por- tinari* blieb damit belastet, und bei seiner endgültigen Ausei- nandersetzung mit den Medici im Jahre 1498 wird diese Summe von der Signoria einbehalten. *Portinari* war der ge- schädigte Leidtragende.

Florenz, 1499

Tommaso Portinari übergibt die riche fleur di lyz (la riccho fiordalisio de Borgogna), die mit Reliquien besetzte und mit Edelsteinen überladene Lilie von Burgund, die nicht weniger als 19 Pfund wog, an seine Neffen, Folco und Benedetto, wel- che sie als Faustpfand in Besitz nahmen und die sie nun an die Salviati zugunsten der Frescobaldi in Brügge gegen eine Zahlung von 9.000 Dukaten aushändigen ließen. Das auf das Juwel bewilligte Darlehen sollte aus dem flämischen Ein- gangszoll auf englische Wolle, dem Tonlieu von Gravelingen, den *Portinari* 1485 gepachtet hatte, zurückbezahlt werden. Da dies aber nicht geschah, wanderte das Kleinod nach Florenz und wurde nach dem Tod von *Tommaso* zunächst von dessen

Neffen übernommen, dann von der Firma Girolamo Frescobaldi e Compagni als Vertreter der *Portinari* in Brügge. Im
Jahre 1498 kam die Preziose an Alemanno und Jacopo Salviati, die es im Hospital von Santa Maria Nuova hinterlegten.

Florenz, 15. Februar 1501

Tommaso Portinari stirbt verarmt im Hospital Santa Maria
Nuova, das von einem seiner Vorfahren im Jahre 1385 gegründet wurde und wird dort in der Kirche Sant' Egidio beigesetzt.

Tommasos Sohn, im Testament als Erbe bestimmt, weigerte
sich aufgrund der möglichen Schulden, die auf ihn zukommen
würden, die Erbschaft anzunehmen.

Hamburg, 19.04.2012

Böhmler begrüßte Dietmar Fischer und Ines Weiland in seinem Redaktionsbüro.

»Schön, dass Ihr wieder in Hamburg seid. Da habt Ihr Euch
mächtig ins Zeug gelegt. Gratuliere. Wir können der ersten
Veröffentlichung getrost ins Auge sehen. Ihr habt eine Menge
Informationen zusammengesammelt. Jetzt geht es darum,
Strukturen und Vernetzungen in die Personen und Ereignisse
zu bringen. Es lassen sich sicherlich drei bis vier Geschichten
daraus entwickeln. Wir packen noch ein paar schöne Bilder

dazu, damit der Leser noch einige optische Anreize erhält. Dann aber bald ab damit in den Druck.«

»Gut, dass Sie unsere Arbeit so positiv sehen«, sagte Fischer. »Wir selbst, ich vor allem, haben eine Menge dazugelernt.«

»Der Anschlag auf die Medici-Brüder im Dom ist zwar schon vielfach dargestellt worden, aber die Aussagen von diesem Montesecco sicher noch nicht so oft. Auch die beteiligten Hintermänner, wie dem „Patenonkel" aus Urbino, der nie enttarnt wurde, kann aufregend vermarktet werden.«

»Ja, es stecken vielerlei Stories in diesem Jahrhundert.«

»Wie beurteilen Sie die hochgestellten Fürsten?«, fragte Böhmler nach.

»Die Rivalität zwischen Habsburg und Frankreich hat bis weit in unsere Gegenwart angehalten und hat zu vielen Kriegen geführt. Zwar hatte Ludwig XI. noch kein gefestigtes Territorium, da er noch unter den Folgen des Hundertjährigen Krieges zu leiden hatte. Die Bedrohung durch England mit einer Invasion war noch latent vorhanden. Er konnte sich wichtige Teile vom nie richtig verbundenen Burgund einverleiben. Doch musste er auf die nördlichen Gebiete zu Gunsten der Habsburger verzichten. Denn die Teile des Erbes von Karl dem Kühnen fielen durch die Heirat Marias von Burgund mit Maximilian I. in die Hände der Habsburger und ihrem Nachkommen Philipp dem Schönen. Ludwig XI. der auch der Kluge, le prudent („der Vorsichtige"), le rusé („der Listige") oder l'araignée („die Spinne") tituliert wurde, zeigte von Jugend an einen herrschsüchtigen, und dabei tückischen Charakter. Er war jedoch im höchsten Grad misstrauisch und zynisch. „Wer nicht heucheln kann, kann nicht herrschen", pflegte er zu sagen. Er wurde von Zeitgenossen als hässlicher, hinterlistiger und grausamer Tyrann beschrieben. Er vernichtete die großen Vasallenstaaten innerhalb des Reichs und dehnte die königliche Herrschaft bis zu den Pyrenäen, Alpen und dem Jura aus. Er kann als Gründer des französischen Zentralstaats und als Wegbereiter des königlichen Absolutismus bezeichnet werden.«

»Er war also eine intelligente und ausgebuffte Herrschernatur«, fasste Böhmler zusammen.

»In der dynastischen Sache war er weniger erfolgreich. Er hatte in zweiter Ehe sieben Kinder, vier Knaben, mit Charlotte von Savoyen, von denen nur das vorletzte Kind, der spätere Karl VIII. das Erwachsenenalter erreichte.«

Fischer fuhr fort:

»Sein Gegenspieler auf Habsburger Seite, Friedrich III. wurde als „bedächtiger und zäher Charakter", der immerhin einige Erfolge erzielt habe, beschrieben, „von Natur aus schwerfällig und ohne Tatkraft" gewesen, habe „die Grenzen des Reichs" gegen die Ungarn und Osmanen nicht zu schützen vermocht und sei bald „als des Heiligen Römischen Reiches Erzschlafmütze" bezeichnet worden, so dass der Papst Pius II. einmal meinte, Friedrich „wolle die Welt im Sitzen erobern".

Am Ende des Mittelalters waren dem Königtum im deutschen Reich nicht mehr viele Machtmittel geblieben; es mangelte ihm an finanziellen und militärischen Ressourcen. Nur ein Herrscher mit starkem Rückhalt im eigenen Territorium konnte hoffen, seine Ansprüche zur Geltung zu bringen und die Erwartungen zu erfüllen, die an einen König gestellt wurden. Die Bereitschaft, das Hausgut der Familie für Reichsbelange einzusetzen, wurde jedoch gedämpft durch die Aussicht, dass die Königswürde nach dem eigenen Tod einem anderen Geschlecht zufallen könnte.

Friedrich musste im Verlauf des Krieges mit seinem Bruder, Herzog Albrecht VI., die Schmach hinnehmen, dass es zu der demütigenden Belagerung Friedrichs und seiner Familie in der Wiener Hofburg kam.

Doch im Jahr 1486 setzte Friedrich III. durch, was kaum einem spätmittelalterlichen deutschen König gelungen war: die Nachfolge des Sohnes zu seinen eigenen Lebzeiten. Obwohl ein seit den Jugendjahren Maximilians I. herrührender Generationenkonflikt zwischen den beiden nach der Wahl des Sohnes zum König sich zu einer starken einvernehmlichen Reichspolitik entwickelte.

Der Schlusspunkt seines Lebens war gezeichnet durch seine Erkrankung mit den Symptomen eines Altersbrandes, verursacht durch Durchblutungsstörungen im linken Bein. Zunächst war der Fuß allmählich unempfindlich geworden und habe eine bleiche bis bläuliche Färbung angenommen. Dann habe er begonnen, von den Zehen aufwärts abzusterben und sich schließlich bis zur Wadenmitte schwarz zu färben. In einer Aufsehen erregenden Operation am 8. Juni 1493 in Linz wurde ein Bein amputiert. Zehn Wochen hat der 78-jährige Kaiser die schwere Operation überlebt. Am 19. August 1493 starb er an einem Schlaganfall.

Sein Sohn, Maximilian I. war im Gegensatz zu seinem Vater ein unsteter Geist, der Zeit seines Lebens durch sein Reich reiste. Seine nicht übergroße, aber stattliche Erscheinung mit den Locken bis auf die Schultern, machte durch seine außerordentliche kräftige Erscheinung, geformt durch Turniere und Jagden Eindruck, wo immer er auftrat. Als Heerführer hatte er umfassende Kenntnis vom Kriegswesen. Er hatte ein besonderes Interesse an der Technik, vor allem an der Artillerie. Im Umgang mit seinen Mitmenschen zeigte er ein ausgezeichnetes Personengedächtnis. Durch eine Redegewandtheit und seine Auffassungsgabe konnte er andere leicht gewinnen. Allerdings hatte er einige negative Züge. Er konnte aufbrausend und heftig, dann über das Ziel hinausschießend reagieren. In seiner lebhaften Fantasie verlor er mitunter den Sinn für die politische Realität. Machiavelli sagte über ihn: „Er ist schwankend, weil er heute eine Sache will und morgen nicht. Oft löste er am Abend eine Sache auf, die er am Morgen abgeschlossen hat."

Die größte Schwäche in seinem politische Handeln lag in seinem Verhältnis zum Geld, so dass er ständig ohne die nötigen Mittel war und die Italiener ihn den Beinamen „ohnegeld" (Massimiliano sanza danari) gaben. Ständig musste er sich

Geld leihen oder Anleihen gegen hohe Gegenleistungen aufnehmen.

Auch führte sein unstetes Wesen dazu, dass er nie wichtige
Persönlichkeiten als Helfer und politische Berater fand. Seine
Untergebenen wussten, dass „ihre Majestät alle Dinge selbst
angeben, durchsehen und korrigieren will". Auch hier beschreibt Macchiavelli den König so, „dass er sich mit niemand
berät und jedem glaubt". So sehen wir Maximilian als politisch
Handelnden, der ohne weiteren Rat einzuholen nach eigenem
Willen entscheidet und seine Entschlüsse bis zum letzten Augenblick geheim hält.

Maximilian zeigt sich als typischer Mensch, der spätmittelalter-
liche und renaissancehafte Züge miteinander verbindet.

»Was ist mit den anderen hochgestellten Hauptakteuren in
dieser Epoche?«, fragte Böhmler. »Wie beurteilen Sie die
Päpste und die anderen Herrscher sowie die reichen Kaufleute?«, konkretisierte er seine Frage.

»Ich denke, wir wenden uns nun den Päpsten jener Zeit zu«,
meinte Fischer.

»Wenn ich nur wenige herausgreife, dann vergleiche ich
einmal Papst Pius II., (Enea Silvio de' Piccolomini), mit Papst
Innozenz VIII. Der Beginn des Pontifikats Pius II. 1458 stand
unter dem Eindruck des Vordringens der Osmanen und der
Eroberung Konstantinopels. Trotz seiner Misserfolge im politischen Handeln gegenüber König Georg Podieprad von Böhmen war er um Reformen in der Kirche und in der römischen

Kurie bemüht. Bevor er 1456 Kardinal wurde, war er als gelehrter Sekretär eines hohen Würdenträgers am Konzil in Basel tätig. Nach seinem Auftreten auf dem Frankfurter Reichstag 1442, wo er die Position der Basler und des Konziliarismus vertrat, wurde er von Kaiser Friedrich III. zum Dichter gekrönt und zum Sekretär der kaiserlichen Kanzlei berufen.

Nach seiner Priesterweihe 1445 schwenkte er in seiner Haltung von den Baslern zu den Anhängern Paps Eugen IV. hin. Für seine Verdienste ernannte ihn der Papst zuerst zum Bischof von Triest, dann zwei Jahre später zum Bischof seiner Heimatstadt Siena.

Pius II. war ein Humanist mit Interessen, die sich über die Gebiete der Historie, der Geografie und Dichtkunst erstreckten. Als kirchlicher Politiker und Diplomat übte er wirksamen Einfluss aus. Zwar zeigte er Ansätze zum Nepotismus, mit denen er seine Reformen stützen wollte.

Francesco della Rovere, ein gut gebildeter Franziskaner, der aus einer angesehenen, jedoch armen ligurischen Familie stammte, gelangte über Funktionen in seinem Orden und seine Lehrtätigkeiten in Bologna, Florenz, Padua, Pavia, Perugia und Siena 1467 zum Kardinalshut, wählte den Namen Sixtus IV. für sich aus. Obwohl er die üblichen Wahlkapitulationen beschwor, brach er sie schon Wochen später und ernannte zwei Neffen zu Kardinälen. Drei Jahre später erhob er einen weiteren Neffen zum Kardinal. Dieser Girolamo Riario, dem Sixtus ein großes Fürstentum verschaffen wollte, brachte den

Heiligen Stuhl in Auseinandersetzungen zu den italienischen Staaten. Seine Beteiligung an der Pazzi-Verschwörung brachte den Papst in einen unrühmlichen Gegensatz zu der Stadtrepublik Florenz. Von den 34 ernannten Kardinälen waren sechs Nepoten, die zu einer Verweltlichung der Kurie führten. Der Begriff Simonie ist dadurch erklärt, dass ein Kardinalshut 30.000 Goldstücke kostete. Bleibend für die Kunstwelt ist sein Auftrag zur Errichtung der Sixtinischen Kapelle von 1475 und 1483 und andere Bauten wie die Biblioteca Apostolica Vaticana, die Rom zur Renaissance-Stadt machten. 1481 ruft der Papst die Künstler Botticelli, Perugino, Ghirlandaio, Signorelli und Rosselli zur Ausmalung der Sixtinischen Kapelle nach Rom. Das weltberühmte Gebäude wurde ein Jahr vor seinem Tod eingeweiht.

Bei Innozenz VIII. (Giovanni Battista Cibò) war die Wahl zum Papst am 29. August 1484 weitgehend von Simonie bestimmt. In der päpstlichen Politik bestimmte wesentlich Giuliano della Rovere mit. Dieser Neffe des Papstvorgängers Sixtus IV. wurde später selbst Papst und nannte sich Julius II und war der Vorgänger des Medici-Papstes Leo X.
Innozenz war ein schwacher und unselbstständiger Papst, was nicht nur auf seine angeschlagene Gesundheit zurückgeführt wurde. Aufgrund anhaltender finanzieller Probleme war er teilweise sogar gezwungen, Mitra und Tiara sowie Teile des päpstlichen Kronschatzes zu verpfänden.

Politisch war Innozenz' Amtszeit auch durch den Streit mit König Ferrante von Neapel geprägt, der ihm den Lehnszins verweigert hatte, militärisch aber übermächtig war. Zudem kam der französische König Karl VIII., nicht wie vereinbart, dem Papst zu Hilfe.

Über die Kontakte zum osmanischen Sultan und seine Verheiratung seines Sohnes mit einem Mädchen aus der Medici Familie wurde bereits berichtet.«

»Warum wurde Lorenzo de' Medici als der „Magnifico, der Prächtige", tituliert?«, fragte Böhmler nach.

»Wie sein Vater Piero wurde Lorenzo de' Medici humanistisch erzogen. Er war in Sprachen, Literatur und Künsten bewandert. Seinen Beinamen erhielt Lorenzo durch seine großzügige Förderung der schönen Künste: Literatur, Malerei, Bildhauerei und auch als Förderer der Architektur. Lorenzo schrieb philosophische Texte, aber auch launische Gedichte in italienischer Sprache. Die Natur hatte ihn nicht zu einer strahlenden Erscheinung gemacht. Groß, breitschultrig, hässlich und dunkel blickend, mit überproportional großem Mund und schmaler Nase, kaum mit einem Geruchssinn ausgestattet, rau stimmig und so kurzsichtig, dass er fast blind war. Seine Haltung mag majestätisch gewesen sein, aber er machte sie durch seine überschwänglichen Gesten gewöhnlich. Geistig war er vielseitig und begierig, angezogen von der Erziehung zur Literaturwissenschaft, zur Gelehrsamkeit und zur Poesie.

Er teilte den Eifer seines Großvaters, Manuskripten nachzujagen und zu erwerben.

Was seinen drei Vorgängern in der Medici-Familie gelungen war, mit dem geschäftliche Erfolg auch die Machtpositionen in der Führung der Stadt zu erringen, fehlte Lorenzo über weite Strecken oder es fiel nur nachgeordnet in sein Interesse. Das Geschäftliche übertrug er seinen Managern. Zunehmend fehlte die Kontrolle des Personals in den Bank-Niederlassungen, Fehlentscheidungen in der Besetzung von Positionen traten zu Tage, eine zunehmende Verquickung von Politik und Geschäft, brachten Schieflagen in die Bilanzen, da die Ausübung der politischen Macht wichtiger als das Geschäft des Kaufmanns schien. Ererbte gesundheitliche Einschränkungen machten sich häufiger und ernster bemerkbar.

Doch er veränderte das Herrschaftsgefüge in Florenz schrittweise. Er entmachtete die oppositionellen Familien, indem er verfassungsmäßige Ämter begrenzte, staatliche Gelder in private Vorhaben umleitete, durch Manipulation seine Freunde in entscheidende Positionen holte und letztlich in der Stadt alles bis zum Kleinsten bestimmte. Allein hunderttausend Gulden gingen weg, um das Bankhaus in Brügge, das von *Tommaso de' Portinari* für Lorenzo verwaltet wurde, vor dem Konkurs zu retten, "und die arme Stadt hat alles bezahlt", schreibt der ehrliche Chronist Giovanni Cambi. Es war willkürlicher und verschleierter Despotismus mit all seinen monströsen Missbräuchen. Der Sekretär des Büros von San Giorgio in Genua, Antonio Galli, beschrieb die Situation so: "Die Stadt Florenz wurde von dem allmächtigen Lorenzo unter dem Eindruck der Freiheit gehalten. Er galt den Fürsten von Italien als kaum unterlegen, unterschied sich aber in seiner Lebensweise kaum von seinen Mitbürgern. Er hatte immensen territorialen Besitz, unzählige und eine riesige Anhängerschar. Alles an ihm übertraf das Maß dessen, was eine Privatperson ausmacht. Niemand, der mit ihm unzufrieden war, durfte in der Stadt leben."

»Wenn ich mir das so anhöre, war der „Magnifico" gar nicht so großartig und prächtig«, unterbrach Böhmler den langen Beitrag von Fischer.

»Im Gegensatz zu seinem Großvater Cosimo, der zurückgezogen lebte und keineswegs mit seinem erarbeiteten Reichtum prahlte, hatten sich in der Zeit Lorenzos die Erwartungen der Menschen an eine herausragende Persönlichkeit in der Stadt gewandelt. Nicht mehr die traditionellen Tugenden der vorangegangenen Epoche, wie Frömmigkeit, Ehrgefühl, Rechtschaffenheit und Verantwortlichkeit für das Wohl der Stadt und ihrer Bürger zählten als anerkennenswerte Statussymbole, sondern die Zurschaustellung der Pracht in großaufgezogenen Festen und Feiern, Luxus und Freigebigkeit. Dazu gehörte das Mäzenatentum, das nicht nur private, sondern auch öffentliche Gelder einsetzte, mit denen Gebäude, Bildwerke und Plastiken finanziert wurden.

Die Förderung der Familie durch Verheiratungen und das Streben kirchlicher Würden für seinen zweitältesten Sohn erzwangen seine höchste Aufmerksamkeit. Bei der geschäftlichen Fortführung seiner „Firma" konnte er seinen ältesten Sohn nicht übergehen, obwohl es keine glückliche Entscheidung war. Er versuchte, als seine Kräfte nachließen, die „Firma" auf zusätzliche Füße zu stellen, die das Bankgeschäft abstützten und den Geschäftsbereich der textilen Produktion als Montanunternehmer mit der monopolistischen Beherrschung der Alaunförderung und des Handels beherrschten. Die Ausweitung der Geschäfte mit der Verarbeitung von Gold und als Teilhaber von anonymen Beteiligungen an diversen Banken in den letzten Lebensjahren, sollte vorausschauend das Überleben in schwierigen Jahren sichern.

Lorenzos politisches Geschick fußte auf seinem Selbstvertrauen, seinem Mut, und seiner Rede- und Verhandlungskunst, die er bei seiner gewagten Reise nach Neapel, die er in aller Heimlichkeit unternahm und mit einem Friedensvertrag mit König Ferdinand zurückkehrte, den letztlich auch Sixtus VI. unterzeichnete, bewies. So dass Machiavelli anmerken konnte: "War Lorenzo schon als Großer abgereist, so kehrte er als ein noch viel Größerer heim und wurde von den Florentinern mit einer solchen Freude empfangen, wie es seine außergewöhnlichen Qualitäten und seine neuen Dienste verdienten: sein eigenes Leben hatte er aufs Spiel gesetzt, um dem Vaterland den Frieden wiederzugeben."

So bedeutete seine wichtigste außenpolitische Leistung die Wahrung des Gleichgewichts der fünf großen Mächte Rom, Florenz, Neapel, Mailand und Venedig auf italienischem Boden.«

»Im Krieg der Rosen, in dem es um die Vorherrschaft aufgrund von Streitigkeiten um die Erbfolge in England ging, bekämpften sich Henry VI. aus dem Hause Lancaster und
Edward IV. aus dem Hause York. Während der schwache und
phasenweise regierungsunfähige Henry von seiner Gemahlin
Margarete von Anjou gesteuert und getrieben wurde, setzte
sich Richard Neville, der Earl of Warwick and Salisbury, für
seinen Verwandten Edward ein.

Man muss für Margarete als mutige Verfechterin der Rechte
ihres Sohnes und ihres Mannes ein gewisses Mitgefühl aufbringen. Manche Historiker meinen, sie handelte politisch un-
klug und verletzte ihre Sache durch ihre Bereitschaft, auslän-
dische Hilfe zum Preis englischer Interessen zu kaufen.

Im dauernden Konflikt der Könighäuser und dem Hochadel
zeigte sich Richard Neville als der Königmacher jener Zeit, der
jedoch durch Ehrverletzung durch Edward die Seite zu den
Lancastrianer wechselte, den im Tower von London schmach-
tenden Henry befreite und wieder auf den Thron verhalf, der
ihm einige Monate zuvor von Edward entrissen worden war.
Edward floh auf das Gebiet des Kontinents. Doch Edward
kehrte zurück und der Tod von Henry war damit besiegelt.
Auch Richard Neville überlebte eine der vielen Schlachten des
Rosenkrieges nicht. Auch er starb im gleichen Jahr 1471.

Der Krieg tobte jedoch innerhalb der Yorkisten weiter. Als
Edward IV. im April 1483 starb, kam es zu einem Machtkampf
zwischen dem väterlichen Onkel des jungen Königs, Richard,

Herzog von Gloucester, der von Edward IV. zu seinem Vormund ernannt worden war, und seinem Onkel mütterlicherseits, Richard Woodville, Earl Rivers. Gloucester gewann die Oberhand und nachdem er Rivers und einige seiner Anhänger verhaften und hinrichten hatte lassen, übernahm er die Krone selbst nach einem vorgetäuschten Widerwillen als Richard III. Mit der Begründung, die Ehe von Edward IV. und Elizabeth Woodville sei ungültig und folglich auch die Kinder illegitim. Der 13-jährige Edward V. und sein jüngerer Bruder Richard, Duke of York, befanden sich als Gefangene im Tower of London. Eine Bewegung wurde organisiert, um die beiden Prinzen im Tower aus der Gefangenschaft zu befreien, als dann bekannt wurde, dass sie bereits tot waren. Obwohl es die allgemeine Überzeugung war, dass sie ermordet worden waren, dauerte es zwanzig Jahre, bevor die Art und Weise dieser Tat entdeckt wurde. Laut der Erzählung von Sir Thomas More hatte sich Sir Robert Brackenbury, der Constable of the Tower, geweigert, Richards Befehl auszuführen, die jungen Prinzen zu töten. Er befolgte jedoch den Befehl, seine Schlüssel für eine Nacht an Sir James Tyrell abzugeben, der das Attentat arrangiert hatte. Zwei Männer, Miles Forest und John Dighton, erstickten dann die Jugendlichen unter ihren Kopfkissen, während sie schliefen. Der Mord wurde höchstwahrscheinlich im August oder September 1483 begangen. Es gibt wenig daran zu bezweifeln, dass die Geschichte von Sir Thomas More im Wesentlichen richtig ist.

Die anschließende Herrschaft von Richard III. endete durch die Übernahme der Macht durch den letzten Lancastrianer, Henry VII., der eine Tochter von Edward IV., Elisabeth von York, heiratete. Die nun folgende Tudor-Zeit befriedete England und der Weg zu einem politischen Schwergewicht in Europa war frei.«

»Eine erschütternde Periode in der englischen Geschichte. Es war ein dreißig Jahre dauernder Kampf mit siebzehn blutigen Schlachten«, sagte Ines Weiland.

»Die Selbstzerfleischung des englischen Adels, behinderte den Handel mit dem Kontinent, wo ohnehin viele Territorien bis auf Calais für die englische Krone verloren gingen, die sich einmal für den Anspruch auf ein englisch-französisches Doppelkönigtum stark gemacht hatte. Die Verschuldung der englischen Herrscher, auch bei den Medici-Vertretern in London, hatte fatale Auswirkungen für die Bank.«

Die Könige in Neapel, von denen Alfons I., der von Königin Johanna II. ins Land gerufen wurde, regierte von 1443 bis 1458. Er begründete das Haus Trastámara-Aragón. Sein Nachfolger, Ferdinand I. (Ferrante), ein Bastard, war die auffälligster Herrschergestalt in Neapel des 15. Jahrhunderts. Seine absonderlichen Gewohnheiten, seine Gegner entweder lebend in Kerkern oder tot und einbalsamiert, in der Bekleidung, die sie zu Lebzeiten trugen, in seiner Nähe zu haben. Er kicherte wie ein Geistesgestörter, wenn er mit seinen Vertrauten von den Gefangenen sprach und aus seiner Mumienkollektion wurde nicht einmal ein Geheimnis gemacht.

Ihm folgten mit nur wenigen Regierungszeiten Alfons II. (1494 – 1495) und Ferdinand II. (Ferrandino) (1495 – 1496) nach. Die Ansprüche Frankreichs auf den neapolitanischen Thron und die militärischen Angriffe darauf schwächten die ohnehin instabile Dynastie, so dass der König Friedrich I. (1496 – 1501) seine Herrschaft an Frankreich übertrug. Durch Unklarheiten im Vertrag von Chambord-Granada besetzten die Truppen der Katholischen Könige Spaniens das Königreich Neapels und bestimmten ab dem 1. Januar 1504 die Geschicke.

»Einer der schillerndsten Herrscher des Jahrhunderts war doch Karl der Kühne, der Herzog von Burgund. Hätte er nicht das vollenden wollen was seine drei Vorgänger begonnen hatten: ein zusammenhängendes Herrschaftsgebiet, ja ein Königreich zwischen Frankreich und Deutschland. Ein Mittelreich wie es im Vertrag von Verdun 843 festgelegt wurde, das Lothari Regnum, das Reich Lothars?«

»War dieses Ziel realistisch, das Karl anstrebte?«, wollte Böhmler wissen.

»Schon im frühen Mittelalter sollte die Idee Karls des Großen vom Universalreich Brüche zeigen. Es zeigte sich schon bald eine Auseinanderentwicklung nicht nur im kulturellen und sprachlichen Bereich. Das Mittelreich besaß keine Einheit im Herrschaftsgebiet, keine klaren Grenzen nach Osten und nach

Westen, die künstlich gezogenen Grenzen nahmen keine Rücksicht auf westfränkische und ostfränkische Dialekte. Die vielen Teilungen hatten keine Dauer. Vor allem die Tatsache, dass sich die Regionalfürsten gegen die Königsgewalt stellten, verstärkte das althergebrachte Sondertum in den Teilherrschaften. Hoch- und Niederburgund machten sich selbstständig, die Langobarden errichteten wieder ihr eigenes Königreich, Aquitanien und die Bretagne, Lothringen, die ostfränkischen Stämme Sachsen, Bayern, Schwaben und Franken bekamen wieder Herzöge.«

»Also war der Versuch der vier Burgunderherzöge aus dem Hause Valois nur ein Wunschtraum?«

»Ja. Diese Idee scheiterte vor allem an Frankreich und an den Habsburgern, die längst auf dem Weg waren, ihre Territorialreiche zu stabilisieren. In erster Linie aber an Karl dem Kühnen selbst.«

»Was waren die Fehler, an denen er gescheitert ist?«

»Karl war zwar ein tüchtiger Verwaltungsmann, ein begabter Organisator, wie er in der Einführung der Hofetikette zeigte, aber jedoch ein ungeduldiger und impulsiver Mensch, es lag wohl an seinem Charakter und an seiner Erziehung.

„Es schien so, als sei er in Eisen geboren, so sehr liebte er es; er hatte seine Freude an Waffen und an von Harnisch geschmückten Feldern.", sagte Georges Chastellain, der große burgundische Historiker, der zwei Jahre vor Karls Ende starb. Gekennzeichnet wurde   Karl durch den Zwang zum Erfolg, seine Beratungsresistenz, der aus dem übermächtigen Vaterbild resultierende, sein Perfektionismus, seine Humorlosigkeit, seine Erbarmungslosigkeit, und endlich die geheime tiefe Lebensangst dieses Mannes, der seine Ängste durch überbordende Aktivität und rasende Arbeitswut zu kompensieren trachtete, und am Ende – maßlos geworden – gerade zwanghaft die Selbstvernichtung suchte.«

»Und die Frauen. Was wisst Ihr über die Frauen des 15. Jahrhunderts. Wir müssen auch an unsere Leserinnen denken«, drängte Böhmler.

»Die Frauen spielten ihre Rollen zwar nicht im Vordergrund der Geschichte, aber hatten immer einflussreiche Positionen in Bezug auf ihre Partner. Davon kann ich gerne einige Beispiele anführen:

Von den bekannten Frauen des Jahrhunderts möchte ich Jeanne d'Arc, die Jungfrau von Orleans einmal ausnehmen. Ich möchte die verheirateten Frauen näher heranziehen. Ich beginne mit den Frauen der Medici:

Contessina de' Bardi, 1390 – 1473, verheiratet mit Cosimo 1415, stammte aus dem großen Bankiersgeschlecht der Bardi, welche die kaufmännischen Vorläufer der Medici im Geschäft mit England waren. Die Unterstützung des englischen Königs Eduard III. mit einem Kredit in Höhe von 900.000 fiorini im Hundertjährigen Krieg gegen Frankreich erwies sich als Reinfall, da der König die Zahlungen einstellte. Ihrem Mann Cosimo war sie eine unauffällige, treue Gefährtin. Sie war die Mutter von Piero di Cosimo und Giovanni di Cosimo de' Medici.

Lucrezia Tornabuoni, 1427 – 1482, verheiratet mit Piero di Cosimo 1444, stammte aus einer sehr reichen Bankiersfamilie, einem Adelsgeschlecht, das wie die Medici auf einen Titel verzichtet hatte, um in der Stadtrepublik Ämter übernehmen zu können. Fünf Kinder, Maria Bianca, Lucrezia, Lorenzo und Giuliano, schenkte sie ihrem Gatten Piero. Durch ihre geistreiche Art war sie besonders ihrem Sohn Lorenzo ein Vorbild. Durch ihre Schönheit war sie das Idealbild einer florentinischen Frau, wie sie Botticelli festgehalten hat.

Clarissa Orsini, 1453 – 1487, verheiratet mit Lorenzo 1469, wurde nicht von Lorenzo selbst, sondern von seiner Mutter Lucrezia ausgewählt. Sie war die engstirnige und stolze Tochter aus dem berühmten römischen Adelsgeschlecht der Orsini. Die streng katholische und rangbewusste Clarissa war ihrem Gatten treu und pflichtbewusst, gebar, was ihre Aufgabe war, sieben Kinder, konnte sich jedoch nie mit der Gedankenwelt Lorenzos anfreunden. Lorenzo war weder bei der prunkvollen Hochzeit in Rom noch bei ihrem Tod persönlich anwesend.

Alfonsina Orsini, 1472 – 1520, verheiratet mit Piero di Lorenzo, wurde von Clarissa Orsini für ihren Sohn Piero ausgewählt. Ihre Ehejahre waren geprägt durch Exilzeit der Medici und sie kämpfte ein Leben lang um die Wiedererlangung ihres Besitzes, was sie hart, zäh und verbittert machte. Lorenzo di Piero de' Medici und Clarice Strozzi waren ihre Kinder, ihre Enkelin Caterina Maria Romula de' Medici 1519 - 1589, wurde durch Heirat die Königin von Frankreich und später auch Regentin für ihre minderjährigen Söhne.

Margarete von Anjou, (1430 - 1482) war 1445 - 1471 Königin von England und nominell auch von Frankreich. Als Tochter des "guten Königs" Rene wurde sie in den Wirren des Hundertjährigen Krieges geboren und mit 15 Jahren vom geistlosen englischen König Henry VI. zur Frau genommen; die Hochzeit löste Bestürzung im Volk aus.

Doch war es maßgeblich sie, die die Lancaster-Partei anführte, vor allem nach 1453, als Henry VI. zeitweilig schwachsinnig wurde. Sie behauptete sich gegen den Usurpator Richard von York, der selbst nach der Krone griff, als ihr Heer 1460 bei Wakefield Richard schlug, der ermordet wurde, und rettete damit Henrys Herrschaft - zumindest kurzweilig.

1461 schlug sie an der Spitze des Heeres den Grafen von Warwick, doch wurde sie von Richards Sohn Edward 1461 bei Towton besiegt und floh mit Henry VI. und dem Kronprinzen Edward nach Schottland; Edward von York wurde als Edward IV. Gegenkönig. 1464 wurde sie abermals bei Hexham geschlagen und war 1465 - 1470 inhaftiert. 1470 ging Warwick auf ihre Seite über und mit seiner Hilfe konnte Edward IV. vertrieben werden und Henry VI. abermals die Herrschaft erlangen. Nach zwei neuen Niederlagen bei Barnet und Tewkesbury, wo der Kronprinz Edward, ihr Sohn, umkam, wurde Henry VI. gestürzt und im Tower ermordet. Margarete war bis 1475 wiederum in Haft, wo sie Louis XI. von Frankreich freikaufte; anschließend ging sie nach Frankreich. Dort starb sie verbittert 1482.

Margarete galt als stolz, leidenschaftlich, willensstark, gebildet und schön. Sie war die eigentliche Regentin Englands, anstelle Henrys VI. in den Jahren 1453-1461 bzw. 1470 – 1471. Ihren Sohn, Prinz Edward von Wales (1453 – 1471), einen hochmütigen, dünkelhaften, gutaussehenden, jedoch auch geistig und körperlich schwachen Jüngling, soll sie zu Hass und Rache erzogen haben. Sie war eine der wenigen Frauen, die schon im Mittelalter politische Geltung erlangte. Ihr Beispiel ist aber auch traurig, da sie letztlich Gemahl, Sohn und Krone verlor.

Margarete von York, 1446 – 1503, verheiratet mit Karl dem Kühnen, stammte aus einer kinderreichen Familie des Hauses York, darunter die späteren englischen Könige Eduard IV. und Richard III.

Die erste Frau Karls des Kühnen, Isabelle de Bourbon, starb bereits im September 1465 und so nahm der Witwer bald danach Verhandlungen über seine Vermählung mit der 19-jährigen Margareta auf, die als unverheiratete Schwester des englischen Königs eine begehrte Braut war. Mit großem burgundisch Pomp wurde die Eheschließung 1468 gefeiert. Gegen Ende des Lebens Karl des Kühnen, in dem er seine Frau nur noch selten sah und daher auch kinderlos blieb, zeigte sich Margarete als sorgende Stiefmutter und Beraterin von Maria.

Margareta wird als attraktiv beschrieben, hatte einen hellen Teint, graue Augen und blonde Haare. Aufgrund ihres großen Wuchses überragte sie ihren Gatten.

Tief betrauert starb Margareta 1503 im Alter von 57 Jahren in Mechelen und wurde dort bestattet.

Maria von Burgund, 1457 – 1482, verheiratet mit Maximilian I. 1478. Als typisches Heiratsobjekt aufgrund ihres Erbanspruchs war Maria von klein auf stets begehrt und umworben. Obwohl die Heirat mit Maximilian fast überstürzt erfolgen musste, entwickelte sich eine harmonische Ehe. Umso tragischer war ihr Tod der sie nach wenigen Ehejahren ereilte.

Als die erst 25-jährige Maria von Burgund am 27. März 1482 an den Folgen eines Reitunfalls starb, hinterließ sie außer Philipp, genannt der Schöne, noch eine Tochter Margareta. Die beiden Kinder waren zu diesem Zeitpunkt erst vier bzw. zwei Jahre alt. Deren Erziehung übernahm teilweise die Herzoginwitwe Margarete von York, für die Marias Tod einen schweren Verlust bedeutete.

Als Philipp der Schöne und seine Gattin 1500 einen Sohn, den späteren Kaiser Karl V., erwarteten, wurden schon vor dessen Geburt Margarete von York und deren Stiefenkelin Margareta von Österreich zu Taufpatinnen bestimmt. Die beiden Frauen nahmen am 7. März 1500 in der Kirche St. Jean zu Gent an der Taufzeremonie des Säuglings teil. Die Herzoginwitwe wirkte bei der frühen Erziehung Karls und seiner Geschwister mit.

Anne de Bretagne, 1477 – 1514, Herzogin der Bretagne, hatte ein bewegtes Leben, in dem sie immer nur Verhandlungsobjekt in nahezu verrückten Partnerbeziehungen war.

Im Dezember 1490 schloss der damalige römisch-deutsche König und spätere Kaiser Maximilian I., der 31-jährige Witwer, mit der knapp 14-jährigen Waise die Ehe per procurationem. Maximilian geriet in eine doppelt prekäre Situation. Im Mai 1483 hatte Karl VIII. bereits Maximilians dreijährige Tochter Margarete von Österreich aus dessen Ehe mit Maria von Burgund geheiratet. Durch die Hochzeit zwischen Karl VIII. und Anne de Bretagne verlor Maximilian nun seine Frau an seinen eigenen Schwiegersohn und den Ehemann für seine Tochter. Obwohl Maximilian Protest gegen die Ehe des französischen Königs einlegte und auch kein päpstlicher Dispens vorlag, das beide zuvor geschlossenen Ehen auflöste, fand die Trauung zwischen Anne und Karl VIII. statt. In dieser Ehe hatte Anne sechs Kinder mit Karl VIII.

1498 berief Papst Alexander VI. eine Kommission aus einem Kardinal und zwei Bischöfen ein, die die Annullierung der Ehe zwischen Johanna von Frankreich und Ludwig XII. prüfen sollte. Die päpstliche Kommission lud Johanna persönlich zu einer Prüfung des Anliegens ihres Mannes vor. Ludwig schwor vor der Kommission, die Ehe nie vollzogen zu haben und von seinem Vater mit Gewalt zur Eheschließung gezwungen worden zu sein. Eine Prüfung ihrer Unberührtheit lehnte Johanna ab und fügte sich schließlich der Entscheidung der Kommission bzw. den Wünschen ihres Mannes. Sie erhielt als Abfindung das Herzogtum Berry mit dem dazugehörigen Titel einer Herzogin.

1499 wurden dann Ludwig XII. und Anne de Bretagne getraut. Anne war zu dieser Zeit erst seit neun Monaten Witwe und Ludwig XII. erst seit drei Wochen von Johanna von Frankreich geschieden.

Am 13. Oktober 1499 brachte Anne ein gesundes Mädchen zu Welt, das auf den Namen Claude getauft wurde. Anne hatte fünf weitere Kinder mit Ludwig XII. Die Tochter Claude heiratete 1514 Franz von Angoulême, den späteren König Franz I. von Frankreich, und wurde später Mutter des Königs Heinrich II. So war sie Mitbegründerin der Häuser Orléans und Angoulême.

Caterina Sforza, 1462 – 1509, uneheliche Tochter Galeazzo Marias von Lucrezia Landriani, war nacheinander verheiratet mit dem Papst-Neffen Girolamo Riario, Giacomo Feo und Giovanni de' Medici, Regentin von Imola und Forli. Aus ihrer ersten Ehe hatte sie sechs Kinder, aus der zweiten einen Sohn und aus der dritten einen Sohn Ludovico, der nach dem Tod seines Großvater Giovanni, genannt und als Giovanni dalle bande nere, der letzte Condottiere Italiens, bekannt wurde.

Im Jahr 1500 war sie gegen Cesare Borgia unterlegen und in Rom ein Jahr in der Engelsburg eingekerkert. Als die Macht der Borgias zerbrach kehrte sie nach Florenz zurück, wo sie erneut versuchte, in den Besitz ihrer Ländereien zu gelangen, was jedoch aufgrund der Anfeindungen ihrer Schwäger Pierfrancesco und Lorenzo de' Medici misslang. Sie verbrachte ihre letzten Lebensjahre im Nonnenkloster Santa Maria delle Murate in Florenz.

Die Bezeichnung „La Tigressa" beschreibt ihren Mut und ihre Furchtlosigkeit vor allen ihren Feinden. Ihre Schönheit bis ins hohe Alter lässt manche Historiker vermuten, dass Leonardo da Vincis Gemälde „Mona Lisa" ein Porträt der Caterina Sforza sei.

Bona von Savoyen war Herzogin von Mailand, war die zweite Gemahlin von Herzog Galeazzo Maria Sforza. Sie diente nach der Ermordung des Herzogs als Regentin von Mailand während der Minderjährigkeit ihres Sohnes Gian Galeazzo Maria 1476–1481. Unterstützt in der Führung des Herzogtums wurde sie von dem fähigen ersten Staatssekretär Francesco (Cicco) Simonetta, der Verwaltungskompetenz und diplomatisches Talent bewies und bis zum Generalsekretär des Herzogtums aufstieg. Bona von Savoyen wurde jedoch 1481 als Regentin vom Onkel Ludovico Sforza des unmündigen Herzogs, genannt il Moro, verdrängt, der auch nach der Volljährigkeit seines Neffen de facto weiter regierte. Dem letztlich in Mailand gescheiterten Cicco wurde der Kopf abgeschlagen.«

»Was können Sie über die Frauen von *Tommaso Portinari* und *Agnolo Tani* sagen?«, brachte Böhmler das Gespräch wieder enger an die Personen der Kerngeschichte heran.

»Wie ihre Ehepartner gehören sie in verschiedene Zeitepochen. Caterina Tanagli stammte aus einer angesehenen Familie, die jedoch wirtschaftlich nicht sonderlich wohlhabend war. Dazu kam noch, dass sie viele Geschwister hatte, die alle irgendwann einmal verheiratet werden mussten. Eheverhandlungen mit der Strozzi-Familie scheiterten, da der Bräutigam Filippo Strozzi nicht entscheidungsfähig genug war und sein Bruder Lorenzo ebenfalls den Schritt in die Ehe noch abwarten wollte. Beide waren beruflich in der Bank beschäftigt, die sie in Neapel gegründet hatten.

So konnte der Vater von Caterina für seine Tochter für eine kleine Mitgift *Agnolo Tani* als Ehemann gewinnen. Doch Tani wurde geschäftlich nach Brügge beordert und Caterina blieb in Florenz. Vermutlich hat sich Caterina nie in Brügge aufgehalten. Das Portrait auf der Außenseite des berühmten Triptychon von Hans Memling entstand aufgrund einer Zeichnung, die aus Florenz mitgebracht wurde. Eine Kunsthistorikerin will das aus der schlechten Zuordnung von Kopf und Körper bei der Darstellung von Caterina festgestellt haben.

Wie wenig von Bedeutung eine Frau im 15. Jahrhundert war, zeigt das Beispiel von *Maria Portinari*, die aus der Familie Baroncelli stammt und mit dem Medici-Attentäter Bernardo Bandini de' Baroncelli verwandt war. Sie erlitt keinerlei Verfolgung durch die Medici. Außerdem hielt sich Maria Portinari zum Zeitpunkt der Pazzi-Konspiration in Brügge auf, wo sie nach ihrer Hochzeit mit *Tommaso* in Jahre 1470 nahezu alle ihre zehn Kinder zur Welt brachte. Sie kehrte erst 1493 mit *Tommaso* nach Florenz zurück.«

»Welches Resümee lässt sich am Ende für die beiden Männer, *Portinari und Tani*, ziehen?«

»Kommt darauf an, nach welchen Kriterien wir sie beurteilen«, gab Fischer als Antwort.

»*Tommaso Portinari* hatte durch sein Aufwachsen in der Medici-Familie einen ungleich besseren Start. Auch sein Vater arbeitete schon in der „Firma". Er war in das mediceische Netzwerk zusammen mit seinen Brüdern von klein auf fest eingebunden. Sein übersteigertes Selbstwertgefühl brachte ihn in die höchsten Kreise am burgundischen Hof und in die nächste Nähe des Herzogs. Er holte seine Ehefrau mit nach Brügge und gab sich als großzügiger Spender und Stifter, so lange die Geschäfte gut liefen. Tommaso war schon ein Mensch, der ein Stück weit in der Renaissance zu Hause war.«

»Wird das von allen Seiten so gesehen?«, wollte Böhmler wissen.

»Die Historiker beurteilen die Person *Tommaso Portinari* unterschiedlich. Während die Italiener überwiegend die geschichtlichen Umstände für sein Scheitern an die erste Stelle setzen, wie der überraschende Tod von Karl dem Kühnen, den wechselnden Machtverhältnissen in England, die Umorientierung von Papst Sixtus IV., die Differenzen mit König

Ludwig XI. von Frankreich u. a., nennen die amerikanischen Historiker das Wesen von *Tommaso* als zentralen Punkt, seine riskanten Darlehen an Karl dem Kühnen und Maximilian von Österreich, sein Verstöße gegen die Kontrakte mit den Geschäftspartnern, die enge Anlehnung an Burgund, um dort eine selbstgefällige, dominante Rolle zu spielen, seine desaströsen Spekulation mit zwei Galeeren für eine missglückte risikobelastete Expedition nach Afrika, die ihn in die Verlustzone führten.«

»*Tani* war ein erfolgreicher Bankier. Er machte moralisch betrachtet gegenüber seinen Partnern einen äußerst seriösen Eindruck. Er arbeitete stets solide. Er trat in die Fußstapfen seines Vaters in der Medici-Bank. Jedoch war er in seinem Denken und Handeln noch sehr im ausgehenden Mittelalter verwurzelt. Während seiner beruflichen Jahre ließ er seine Frau in der Heimat, in Florenz, zurück. Traurig, dass seine Frau und seine Tochter nahezu gleichzeitig an irgendeiner Epidemie, die wieder einmal in Mittelitalien grassierte, starben.«

»Wie ist der wirtschaftliche Erfolg der beiden Florentiner zu beurteilen, denn die beiden waren ja Bankiers in einem höheren Rang?«, drang Böhmler weiter vor.

»Man muss feststellen: *Tommaso* hat vieles einfach nur verzockt, würden wir heute sagen. Schuld daran waren die geschichtlichen Entwicklungen in diesem Jahrhundert, aber auch seine große Risikobereitschaft. *Tommaso* konnte trotz seinem vorübergehenden Status nur wenig an seine Kinder weitergeben. Doch er trat, zwar enttäuscht und verbittert, rechtzeitig aus dem Geschäftsleben zurück.

Tani war den Medici treu ergeben. Seine eigene Familie war eine fast nebensächliche, aber selbstverständliche Beigabe zu seinem beruflichen Leben, die einfach dazugehörte. Seine Verpflichtung gegenüber der „Firma" hatte immer Vorrang.

Keiner von beiden hatte seine Ziele wirklich erreicht, falls man in der damaligen Zeit von Zielsetzungen sprechen kann. *Tani* war zu zurückhaltend und bescheiden. Er führte ein gottgefälliges Leben ganz im Dienste seiner Arbeitgeber.
Tommaso war zügellos und setzte seine Position bei den Medici aufs Spiel, so dass eine Trennung unvermeidlich war. Er stand letzten Endes mit leeren Händen da. Auch er war ein Verlierer.«

»Beim Lesen Ihrer Arbeit ist mir ein Gedanke zur Fortführung gekommen. Wie konnten die Medici die Zeit ihrer Exilierung gegen Ende des 15. Jahrhunderts, die immerhin 18 Jahre währte, überstehen? Und wie konnte die durch die Medici exilierte Familie Strozzi wieder aufsteigen?
Und die Thematik mit der Sklaverei brachte ich bislang nur mit der Zeit nach Kolumbus mit Afrika und Amerika in Verbindung, aber dass es im Mittelalter so etwas im Zentrum von Europa, im zivilisierten Italien, in der Zeit des aufkeimenden Humanismus, gab, hat mich nahezu umgehauen. Das wissen

viele unserer Leser nicht, daran machen wir weiter. Ein Stück weit seid Ihr damit ja schon vorangekommen. Doch wenn ich an die Kunstepoche der Frührenaissance denke, tut sich eine Fülle von Erkundungen auf. Namen wie Filippo Brunelleschi, Donatello, Masaccio, Leon Battista Alberti, Paolo Uccello, Andrea del Verrocchio und Andrea Mantegna kommen mir da in den Sinn. Also da stecken Eure neuen Aufträge drin. Ich bin jetzt schon gespannt«, schloss Böhmler die Gesprächsrunde.

Bedeutende Personen des 15. Jahrhunderts

Anne de Bretagne, 1477 – 1514, Hzgin. der Bretagne

Alexander VI. (Rodrigo Borgia), 1431 – 1503, Papst ab 1492

Alfonso I., 1398 – 1458, Kg. v. Neapel, in Aragón bez. Alfonso V.

Alfonso II., 1448 – 1495, Enkel von Alfonso I. 1494/95 Kg. v. Neapel

Benedikt XIV. (Bernard Garnier), 1370 – 1430, Gegenpapst in
  Avignon 1425 – 1430

Borgia, Cesare, 1475/1476 – 1507, Sohn v. Papst Alexander VI.,
  Condottiere

Bussone, Francesco da Carmagnola, um 1390 – 1432, Condottiere

Calixtus III. (Alfonso de Borgia), 1378 – 1458, Papst ab 1455,
  Onkel von Rodrigo de Borgia, dem späteren Alexander VI.

Clemens VIII. (Gil Sánchez Muñoz y Carbón), 1369 – 1447,
  Gegenpapst in Avignon 1423 – 1429

Colleoni, Bartolomeo, um 1400 – 1475, Condottiere

Corvinus, Matthias, eigentlich Hunyadi, 1443 – 1490, Kg v. Ungarn
  und Kroatien, Gegenkönig v. Böhmen

Edward IV., (York) 1442 – 1483, Kg. v. England 1461 – 1470
  und 1471 – 1483

Edward v. Westminster, Prince of Wales, 1453-1471, mit ihm und
  seinem Vater Henry VI. starb das Haus Lancaster aus

Eugen IV. (Gabriele Condulmer), 1383 – 1447, Papst ab 1431

Felix V., 1383 – 1451, (Hzg. Amadeus VIII. v. Savoyen)
  Papst 1439 – 1449

Ferdinand I. v. Aragón (Ferrante), 1424 – 1494, Kg. v. Neapel ab
  1458, unehel. Sohn von Alfonso I.

Ferdinand II. v. Aragón (Ferrandino), 1469 – 1496, Kg. v. Neapel
  1495 – 1496

Friedrich I. v. Aragón, 1452 – 1504, Kg. v. Neapel

Friedrich III., 1415 – 1493, dt. König ab 1440,
  röm.-dt. Kaiser ab 1452

Fortebracci, Andrea, 1368 – 1424, genannt Braccio da Montone,
  Condottiere

George, (Plantagenet), 1449 – 1478, 3. Hzg. v. York, 1.
  Hzg v. Clarence, Bruder von Edward IV.

Gregor XII. (Angelo Correr), 1335 – 1417, Papst von 1406 – 1415

Henry V., (Lancaster) 1387 – 1422, Kg. v. England 1413 - 1422

Henry VI., (Lancaster) 1421 – 1471, Kg. v. England 1422 – 1461

und von 1470 – 1471, Kg. v. Frankreich 1431
Hus, Jan, 1370 – 1415, böhmischer christlicher Theologe, Prediger
    und Reformator
Innozenz VIII. (Giovanni Battista Cibò) 1432 – 1492, Papst ab 1484
Johanna II., Königin von Neapel, 1373 – 1435
Johanna von Orleans, (Jeanne d'Arc), 1414 – 1431
Johannes XXIII. (Baldassare Cossa), 1370 – 1417,
    Gegenpapst in Italien 1410 – 1415
Johann (Juan) II. v. Aragón, 1398 – 1479, Kg. v. Aragón und
    Sardinien 1458
Julius II. (Giuliano della Rovere), 1443 – 1513, Papst ab 1503
Karl (der Kühne), 1433 – 1477, Hzg. v. Burgund und
    Luxemburg 1465
Karl VII., 1403 – 1461, Kg. v. Frankreich ab 1422
Karl VIII., 1470 – 1498, Kg. v. Frankreich ab 1483
Leo X. (Giovanni de' Medici), 1475 – 1521, Papst ab 1513
Ludwig XI., 1423 – 1483, Kg. v. Frankreich 1461
Macchiavelli, Niccolò, 1469 – 1527, historischer und politischer
    Schriftsteller in Florenz
Malatesta, Sigismondo, 1417 – 1468, Condottiere
Margarete v. Anjou, 1430 – 1482, Königsgemahlin v. England,
    heiratet 1445 Henry VI. (Lancaster)
Margarete v. Österreich, 1480 – 1530, Statthalterin der
    habsburgischen Niederlande 1517 – 1530
Margarete v. York, 1446 – 1503, 3. Ehefrau von Karl d. Kühnen,
    Heirat 1468
Maria v. Burgund, 1457 – 1482, Hzgin v. Burgund ab 1477,
    heiratet 1477 Maximilian I. v. Österreich
Martin V. (Oddo di Colonna) 1369 – 1431, Papst ab 1417, die
    Kirchenspaltung ging mit ihm zu Ende
Maximilian I. v. Österreich, 1459 – 1519, dt. König ab 1486,
    röm.-dt. Kaiser 1508
Medici, Cosimo de', (pater patriae), 1389 – 1464
Medici, Giovanni di Bicci de', 1360 – 1429, Gründer der Medici-Bank
Medici, Giovanni de,' 1498 – 1526, genannt Giovanni dalle Bande
    Nere, Condottiere, Sohn v. Caterina Sforza und Giovanni
    di Pierfrancesco de' Medici
Medici, Lorenzo di Giovanni de', (der Ältere), 1395 – 1440
Medici, Lorenzo di Piero de', (Il Magnifico), 1449 – 1492

Medici, Giovanni de', (der Ältere), 1421 – 1463
Medici, Giuliano di Piero de', 1453 – 1478
Medici, Giuliano di Lorenzo de', 1479 – 1516, Hzg. v. Nemours
Medici, Pierfrancesco de',1430 – 1476
Medici, Piero de', (der Gichtige), 1416 – 1469
Medici, Piero de', (der Unglückliche), 1472 – 1503
Montefeltro, Federico da, 1422 – 1482, ab 1474 Herzog v. Urbino
Montefeltro, Guidobaldo da, 1472 – 1508, 3. und letzter Montefeltro-
        Herzog ab 1482
Narni, Erasmo da, 1370 – 1443, genannt Gattamelata, Condottiere
Neville, Richard, 1428 – 1471, 16. Earl of Warwick,
        der "Königmacher" in England
Nikolaus V. (Tommaso Parentucelli), 1397 – 1455, Papst ab 1447
Orsini, Clarice 1453 – 1488, Ehefrau von Lorenzo de' Medici
Orsini, Rinaldo, ? – 1510, Erzbischof von Florenz von 1474 – 1508
Paul II. (Pietro Barbo), 1417 – 1471, Papst ab 1464
Pazzi, Francesco de', 1444 – 1478, Bankier in Rom
Pazzi, Jacopo de', 1423 – 1478, Bankier in Florenz
Philipp (der Gute), 1396 – 1467, Hzg. v. Burgund ab 1419
Philipp (der Schöne) v. Österreich, 1478 – 1506, Hzg. v.
        Burgund ab 1482
Piccinino, Niccolò, 1380 – 1444, Condottiere
Pius II. (Enea Silvio de' Piccolomini), 1405 – 1464, Papst ab 1458
Pius III. (Francesco Todeschini Piccolomini), 1439 – 1503,
        Papst ab 1503
René I. von Anjou, (René der Gute) 1409 – 1480, Herzog von Anjou,
        Graf von Provence (1434–1480), König von Neapel (1435–
        1442) sowie Titularkönig von Jerusalem (1435 – 1480)
Riario Salviati, Francesco, 1443 – 1478, Erzbischof v. Pisa
Riario, Pietro, 1445 – 1474, seit 1473 Erzbischof v. Florenz
Riario-Sansoni, Raffaele, 1460 – 1521, 1477 Kardinal,
        Neffe von Riario Girolamo
Richard III., 1452 – 1485, 1. Hzg. v. Gloucester, Kg. v. England
        1483 – 1485
Rovere della, Girolamo Riario, 1443 – 1488, ermordet in Imola, Neffe
        von Papst Sixtus IV., Graf v. Forli, Herr v. Imola, General
        Captain der Kirche, heiratet 1477 Catarina Sforza
Savonarola, Girolamo Maria Francesco Matteo, 1452 – 1492,
        Dominikaner und Bußprediger in Florenz

Sforza, Bianca Maria, 1472 – 1510, Tochter von Galeazzo Maria, heiratet 1493 Maximilian I., dt. König

Sforza, Catarina, 1463 – 1509, uneheliche Tochter von Galeazzo Maria Sforza, Heirat (1) mit Girolamo Riario, Heirat mit Giacomo Feo, Heirat (3) mit Giovanni di Pierfrancesco de' Medici

Sforza, Francesco I., 1401 – 1466, Hzg. von Mailand ab 1450, 1441 Heirat mit Bianca Maria Visconti

Sforza, Francesco II. 1495 – 1535, 2. Sohn des Moro, Hzg. von Mailand, letzter Sforza-Herzog

Sforza, Galeazzo Maria, 1444 – 1476, Hzg. v. Mailand ab 1466, Sohn von Francesco Sforza, ermordet in San Stefano, Mailand

Sforza, Gian Galeazzo, 1469 – 1494, ältester Sohn von Galeazzo Maria, von Lodovico il Moro entmachtet

Sforza, Ludovico (Il Moro), 1451 – 1508, Hzg. von Mailand ab 1494

Sforza, Muzio Attendolo, 1369 – 1424, Condottiere

Simonetta, Francesco (Cicco), 1410 – 1480, Kanzler v. Mailand

Simonetta, Giovanni Giacomo, 1452 – ?, Sohn v. Cicco Simonetta

Sixtus IV. (Francesco della Rovere), 1414 – 1484, Papst ab 1471

Vitelleschi, Giovanni, 139 – 1440, Condottiere

Diese Zusammenstellung erhebt keinen Anspruch auf Vollständigkeit.

Nachwort:

Das 15. Jahrhundert war vollgefüllt mit Personen und Ereig-
nissen wie kaum ein anderes. Es war in vieler Hinsicht ein
Jahrhundert des Umbruchs. In seinem zweiten Jahrzehnt fand
das Konzil von Konstanz (1414 – 1418) statt, welches das seit
1378 andauernde Große Abendländische Schisma beendete,
eine Zeit in der es in der Folge Päpste und Gegenpäpste,
einen in Rom, einen in Avignon und einen in Pisa, gab.

Kriege überzogen Europa, keine Nation war noch so gefestigt
wie im darauf folgenden Jahrhundert. England und Frankreich
kämpften im Hundertjährigen Krieg in drei Phasen von 1337
bis 1453 um die Vorherrschaft im Westen des Kontinents.
Bürgerkriege der Armagnacs und Bourguignons wüteten im
Inneren Frankreichs. Der Krieg der „weißen" und „roten" Rosen (1455 bis 1485), Kämpfe zwischen den beiden rivalisierenden englischen Adelshäusern York und Lancaster, sorgten
für instabile Verhältnisse in England und rotteten nahezu eine
ganze Generation von adeligen Familien aus.

Der Traum der Herzöge von Burgund auf ein eigenes zusammenhängendes Herrschaftsgebiet mit dem Anspruch auf ein
König- oder gar das Kaisertum wurde durch den Tod von Karl
dem Kühnen jäh beendet.

Das Heilige Römische Reich Deutscher Nation befand sich im
Übergang von der Wahlmonarchie zur Erbmonarchie in den
Händen der Habsburger. Der Kaiser dieses Reiches, Friedrich
III., scheinbar machtvoll aber arm, bewirkte in 53 Herrschafts-

jahren die territoriale Sicherung seiner Länder für die spätere Vormachtstellung der Habsburger, die durch kluge Heiraten ausgebaut wurde. Er kann als der letzte große Herrscher der „alten" Zeit angesehen werden.

Die Bedrohung aus dem Osten, das ungestüme Vordringen der Osmanen in den Balkan, der Untergang des oströmischen Reiches, erschütterte das christliche Abendland, das jedoch zu uneinig gegenüber den Eroberern war.

Die Vielzahl der in ihrer Persönlichkeit unterschiedlichsten Päpste im Konzert der italienischen Stadtstaaten brachte dauernde Unruhe und Feindseligkeiten, an denen sich auch die bedeutsame Geschichte der Händler-, Produzenten- und Bankiersfamilie der Medici durch ein ganzes Jahrhundert hindurch auszurichten hatte. Die zeitlich begrenzten und wechselnden Allianzen in Italien von Mailand, Venedig, Florenz, dem Königreich Neapel und dem Kirchenstaat verhinderten auf lange Zeit ein einheitliches Staatsgebilde. Mailand, das von der Usurpation aufgestiegener Condottieri sich in diesem Jahrhundert bis zum Herzogtum entwickelte, das vom Kaiser letztlich anerkannt wurde. Die Verfassungsstrukturen von Venedig und Florenz, in denen die Macht von argwöhnischen, eingeschworenen Zirkeln ausgeübt und Neapel, ein Lehen des Heiligen Stuhles, das von despotischen Königen geführt wurde, riefen endlose kriegerische Auseinandersetzungen hervor. Letztlich, der Nepotismus der Renaissance-Päpste, der sich bei der Machterweiterung und Gebietsvergrößerung rigoros der Familienstruktur bediente.

Der Drang zu einem Aufbruch, nach Jahrhunderten der festge-
fügten Ordnung, der aus den Erfindungen und Entdeckungen
dieser Epoche spricht, beschreibt dieses unruhige Jahrhundert
zwischen Spätmittelalter und Renaissance, das angefüllt war
mit Gewalt und Blutvergießen in Kriegen, Hexen- und Ketzer-
prozessen.

Vor diesem geschichtlichen Hintergrund kreuzen sich die Le-
benslinien zweier unterschiedlicher Charaktere, die zwar im
gleichen Metier bei der Florentiner Medici-Bank arbeiten, aber
unterschiedliche Lebenswege nehmen. Beide stehen stellver-
tretend für Lebensentwürfe von bürgerlichen Menschen zu
jener Zeit in Italien.